grafit

Chemnitzer Str. 31, D-44139 Dortmund
E-Mail: info@grafit.de
Internet: http://www.grafit.de

Umschlagzeichnung: Peter Bucker
Druck und Bindearbeiten: Clausen & Bosse, Leck
ISBN 3-89425-225-1
4. 5. 6. 7. / 2005 2004 2003 2002

Hiltrud Leenders / Michael Bay / Artur Leenders

Ackermann tanzt

Kriminalroman

grafit

Die Autoren

Hiltrud Leenders, geboren 1955 in Nierswalde (Niederrhein), hat Germanistik und Anglistik studiert. Sie war als Übersetzerin tätig und hat sich als Lyrikerin einen Namen gemacht. Sie ist Mutter von zwei Söhnen.

Michael Bay erblickte 1955 in Rheine (Westfalen) das Licht der Welt und verdient als Diplompsychologe in Bedburg-Hau sein Geld. Er ist verheiratet und hat drei Kinder.

Dr. Artur Leenders, Vater oben genannter Jungen, ist 1954 in Meerbusch (Rheinland) geboren. Als Chirurg im Emmericher Krankenhaus sorgt er für das Überleben seiner Familie.

Alle drei Mitglieder des Trio Criminale wohnen in Kleve. Seit 1988 konspirieren sie in gemeinsamer Wertschätzung von Doppelkopf, Clouseau, Pin Sec und Monty Python's Flying Circus.

Bisher sind von ihnen erschienen: *Königsschießen* (1992; nominiert für den ›Glauser 1992‹, den Autorenpreis deutschsprachiger Kriminalschriftsteller), *Belsazars Ende* (1993), *Jenseits von Uedem* (1994), *Feine Milde* (1995), *Clara!* (1997) und *Eulenspiegel* (1998).

1

»Hilf dir selbst, sonst hilft dir keiner. Das ist mein Motto.« Polizeiobermeister Schumacher ruckte kurz an dem frisch angenähten Uniformknopf und biss dann den Faden ab. »Hier, bitte schön, hab ich mir ganz allein beigebracht.«

Sein Kollege Schuster nahm die Jacke in die Hand und begutachtete das Ergebnis.

»Bisschen stoppelig«, meinte er schließlich. »Das kriegt Claudia besser hin.«

»Die näht dir deine Knöpfe an?« Schumacher runzelte die Stirn. »Tja, nicht jede Frau ist ein solches Schaf.«

»Was soll das denn heißen?«, brauste Schuster auf, stutzte dann aber. »Gibt es da etwas, das ich wissen sollte?«

Schumacher wich dem neugierigen Blick aus, stand auf und schlüpfte in die Uniformjacke, aber Schuster ließ nicht locker: »Sag bloß, du hast dir jetzt doch ein Landei angelacht!«

Flintrop, der heute Nacht Dienst auf der Wache hatte, half Schumacher aus der Klemme.

»Kommt endlich in die Pötte!«, rief er herüber. »Ihr wisst genau, dass die Chefin mehr Präsenz in der Innenstadt haben will.«

»Nun mach mal halblang«, brummelte Schuster, griff aber nach seiner Mütze.

»Bei diesem Wetter trauen sich nicht mal die Ganoven vor die Tür«, rief er zurück. »Scheißprovinz, Scheißregenloch!«

Schumacher und Schuster waren vor fast zwei Jahren nach Kleve versetzt worden, aber sie hatten sich immer noch nicht so recht damit abgefunden.

Flintrop steckte den Kopf zur Tür herein und grinste.

»Meinst du, bei euch in Düsseldorf hättet ihr besseres Wetter? Diesen Sommer säuft doch ganz Europa ab.«

Das Telefon vorn an der Wache unterbrach ihn.

Schuster seufzte tief und klopfte seinem Kollegen auf die Schulter. »Dann lass uns mal los. Ich bin schon gespannt auf deine heiße Liebesgeschichte.«

Flintrop hatte den Telefonhörer am Ohr und lauschte. Mit einer Handbewegung hielt er die beiden zurück. »Moment«, formte er lautlos mit den Lippen.

»Wo?«, fragte er dann in den Hörer. »Ja, verstanden. Ihren Namen hätte ich – aufgelegt! Teufel, noch mal, das scheint in Mode zu kommen.« Er drehte sich zu den anderen um.

»Ein anonymer Tipp. Angeblich sind ein paar Typen dabei, einen Zigarettenautomaten zu knacken. Königsallee, Ecke Merowingerstraße.«

Es goss in Strömen und die Wolkendecke war so dick, dass es schon jetzt um kurz vor zehn stockfinster war. Die Stadt wirkte wie leer gefegt, auch auf der Merowingerstraße war kein Mensch unterwegs. Die beiden Zigarettenautomaten an der Eckkneipe, die schon seit Monaten geschlossen war, hingen einsam und unversehrt an der Wand.

»Und jetzt?«, fragte Schumacher.

»Wir stellen den Wagen an der Welbershöhe ab und gehen von da aus zu Fuß zurück«, entschied Schuster. »Möglich, dass die abgetaucht sind, als sie unsere Mühle gesehen haben.«

»Hätte ich bloß auf meine Mutter gehört und was Anständiges gelernt, dann säße ich jetzt schön warm im Trockenen«, murrte Schumacher, als sie ein paar Minuten später langsam im Schatten der Friedhofsmauer zur Königsallee zurückgingen.

Auf der Straße war immer noch keiner zu sehen, nur auf dem Bolzplatz links spielten ein paar Kinder.

»Tss«, murmelte Schumacher, »um diese Zeit! Dass die Eltern denen das erlauben.«

»Den Eltern ist es wahrscheinlich schnurz, wo ihre Kids rumhängen. Ist ja nicht gerade die feinste Wohngegend hier.«

Schumacher zögerte plötzlich. »Warte mal.« Auch Schuster blieb stehen.

Die beiden Jungen, die gerade noch am Klettergerüst gehangelt hatten, kamen jetzt zur Straße hoch, schauten sich vorsichtig um und wandten sich Richtung Königsallee. Sie gingen ganz dicht an den Häusern entlang, aber für einen kurzen Augenblick konnte man ihre Gesichter im trüben Schein der Straßenlaterne sehen.

»Schau mal einer an«, flüsterte Schuster. »Kennen wir die nicht? Na, dann wollen wir doch mal gucken, was die beiden Früchtchen diesmal vorhaben.«

Kriminalkommissar van Appeldorn schloss die Bürotür ab, verstaute den dicken Schlüsselbund in der Hosentasche und ging zur Treppe. Zu dieser nächtlichen Stunde, im kalten Neonlicht, wirkten die Sichtbetonwände und der mausgraue Teppichboden besonders anheimelnd. Das neue Präsidium war eine Mogelpackung. Die Außenfassade mit ihren gelben Akzenten wirkte einladend und freundlich, einmal drinnen wurde man von funktionalem Grau verschluckt.

Müde war er und genervt, und als er jetzt auf die Uhr sah, musste er feststellen, dass er den bitteren Geschmack in seinem Mund nicht einmal mit einem Bier würde runterspülen können – um diese Zeit waren hier mitten in der Woche alle Kneipen dicht.

Flintrop saß in seinem Glaskasten und las.

»Morgen!« Van Appeldorn stieß die Tür auf. »Hast du mal einen Schnaps für mich?«

Hastig ließ Flintrop die Zeitschrift unter einem Stapel Papier verschwinden und verzog den Mund zu einem halben Lächeln. »Guter Witz, van Appeldorn, wirklich. Was machst du denn noch hier um diese Zeit?«

»Vernehmung.«

»Die Schießerei von der Bahnhofstraße?«

Van Appeldorn nickte und setzte sich rittlings auf einen Stuhl. »Die Sache war eigentlich klar, aber dieser Westentaschendjango war zugedröhnt bis in die Haarspitzen.« Er gähnte. »Und bei euch? Ruhiger Dienst heute?«

»Ziemlich. Zwei Jungs haben wir einkassiert, Automatenbruch, alte Bekannte. Ach, da kommen ja auch die beiden Taxifahrer!«

Schumacher und Schuster machten verdrossene Gesichter.

»In die häusliche Obhut entlassen«, schimpfte Schuster. »Mir steht das wirklich bis hier!«

»Die alten Bekannten?«, fragte van Appeldorn.

Flintrop lachte auf. »Von wegen alt! Giltjes und Kaufmann, 13 und 14 sind die, aber schon so 'ne Latte von Mist gebaut: Telefonzellen demoliert, Automaten aufgehebelt, Schlägereien, Suff.«

»Hört sich gut an«, meinte van Appeldorn. »Wenn das meine wären, denen würde ich dermaßen den Hintern versohlen, dass die drei Wochen nicht mehr sitzen könnten. Glaub mir, die würden keine Automaten mehr knacken.«

»Du sprichst mir aus der Seele«, sagte Flintrop. »Für diese Fälle sollte man die Prügelstrafe wieder einführen. Alles andere bringt sowieso nichts. So welchen muss man sofort zeigen, wo die Glocken hängen, sonst kommen bloß Exemplare wie Kaufmann und Giltjes dabei raus. Sitzen hier bei uns und feixen sich eins, weil sie genau wissen, dass man ihnen in dem Alter nichts kann.«

»In dem Alter«, stöhnte Schumacher. »Eins kann ich euch sagen, verflucht fix sind die in dem Alter. Als die uns gesehen haben, sind die sofort rüber zum Friedhof und wir durften hinter denen her, kreuz und quer über die Gräber. Ein Wunder, dass wir uns nicht die Knochen gebrochen haben.«

»Komisch war das«, unterbrach Schuster ihn. »Irgendwann hatte ich die Schnauze voll und hab gebrüllt: Hände hoch – Polizei! Und da bleiben die beiden wie angewurzelt stehen und strahlen uns an, als wären wir der Weihnachtsmann persönlich. Die sind nicht ganz dicht, die zwei.«

»Ach Quatsch«, winkte Flintrop ab, »die haben einfach vor nichts und niemandem mehr Respekt. Kunststück! Von der Sorte kennen wir doch wohl genug.«

Van Appeldorn streckte sich und stand auf. »Heute Nacht werden wir die Welt sowieso nicht mehr ändern. Ich fahr dann mal nach Hause und leg mich noch ein paar Stunden aufs Ohr.«

Flintrop guckte neidisch. »Ja, die Herren von der Kripo. Ihr habt's gut mit eurer Gleitzeit. Du kannst dich jetzt auspennen.«

»Von wegen! Die Alte will am Vormittag das Team zusammentrommeln und da interessiert es sie herzlich wenig, wie viel Schlaf ich gekriegt hab.«

Norbert van Appeldorn schlief ganze fünf Stunden, dann rasselte der Wecker auf Marions Nachtschrank – Zeit, die Kinder zu wecken, Frühstück zu machen, Schulbrote zu streichen. Murrend wollte er sich noch einmal umdrehen, aber seine Frau bohrte ihm den Ellbogen in die Seite und fauchte: »Du bist heute dran.«

»Dir auch einen wunderschönen, guten Morgen, Geliebte«, murmelte er und wälzte sich aus dem Bett.

Um acht hatte er dann endlich wieder seine Ruhe, die Kinder waren in der Schule und Marion hatte sich auf den Weg zu ihrem Laden gemacht.

Er stellte Käse und Aufschnitt in den Kühlschrank, das Geschirr ließ er stehen, weil er keine Lust hatte, vorher noch die Spülmaschine auszuräumen. Mit dem Unterarm schob er die Milchbecher zur Seite, legte die Beine auf den Tisch und zündete sich die erste Zigarette an.

Sollten die im Büro doch ruhig mal ein bisschen auf ihn warten. Ohne ihn konnte die Chefin sowieso keine Teamsitzung machen. Ohne ihn würde in den nächsten Wochen überhaupt nichts laufen, wenn er das richtig sah. Er war ja im Allgemeinen wirklich ein geduldiger Mensch, aber was im letzten Jahr abgegangen war ... So langsam hatte er die Nase voll.

Zuerst die neue Chefin, die alles durcheinander gewirbelt hatte. Jedem hatte sie einen Computer hingeknallt, alles Bewährte auf den Kopf gestellt und neu verpackt. Neu, wohlgemerkt, besser auf keinen Fall! Musterbehörde waren sie geworden. Im Klartext bedeutete das nichts anderes, als zahllose Fortbildungen, sinnlose Besprechungen und schwachsinnige Dokumentationen. Dann der Umzug ins neue Präsidium an der Kanalstraße – auch so ein Vorzeige-Objekt: Polizeiinspektion Nord. Sogar im Internet waren sie jetzt. Na toll!

Und wie sah der Alltag aus? Der war doch wohl beim besten Willen nicht vorzeigbar. Von simpler Organisation hatte die Chefin offensichtlich keinen Schimmer, sonst hätte sie so einen Murks nicht gemacht. Wie sollte er denn wohl vier Wochen lang den Laden allein am laufen halten?

Gut, Walter war auch noch da, aber dessen Anwesenheit war in letzter Zeit eine rein körperliche.

Innerlich hatte Walter Heinrichs das Handtuch geworfen. Die Umstrukturierung, die ganzen Veränderungen waren ihm in seinem Alter zu viel geworden, er hatte keine Lust gehabt, sich noch einmal umzustellen. Vielleicht schaffte er es auch gesundheitlich nicht mehr, obwohl er das niemals zugeben würde. Jedenfalls würde er im Oktober in Frührente gehen. Seitdem das klar war, riss er sich kein Bein mehr aus, tat allerhöchstens Dienst nach Vorschrift. Das war schon seltsam – Walter hatte seinen Beruf immer geliebt.

Im Moment war es vor allen Dingen ärgerlich.

Und jetzt hatte die Alte auch noch Helmut nach Amerika geschickt!

Van Appeldorn lachte laut auf.

Das war wirklich der größte Witz. Helmut Toppe, sein langjähriger Weggefährte und Chef des alten K 1, hatte sich anfangs am allermeisten gegen die Meinhardschen Neuerungen gesträubt und jetzt gondelte er durch die Weltgeschichte und hielt Vorträge über »Technologie und Erfahrung – eine unabdingbare Kombination« und – wie war das noch? – »Police Forces in Rural Areas – Concepts for an Installation of Efficient Structures«. Drei Wochen hatte er an dem Titel geknobelt! Ein paar Seminare würde er bei der Gelegenheit in Übersee auch noch besuchen.

Dass Helmut mit über fünfzig die Kurve noch so gründlich gekriegt hatte!

Na ja, dachte van Appeldorn ein wenig versöhnlicher, der hatte wohl keine andere Wahl gehabt. Jetzt, wo er noch einmal Vater geworden war, würde er noch viele Jahre malochen müssen, ohne aufzumucken.

Damit war van Appeldorn bei der dritten Person angelangt, die eigentlich zum »Team« gehörte und nicht anwesend war: die schöne, reizvolle und viel zu selbstbewusste Astrid, die sich plötzlich dazu berufen gefühlt hatte, Mutter zu werden.

Dass Helmut sich darauf eingelassen hatte!

Norbert van Appeldorn schauderte bei der Vorstellung, noch einmal mit einem Kind bei Null anfangen zu müssen.

Sicher, die kleine Katharina war süß, aber das waren sie alle in dem Alter. Waren seine Töchter auch gewesen. Und heute? Nora war mit ihren sieben Jahren eine despotische Nervensäge und Anna schien sich in einer Art

Dauerpubertät zu befinden und brachte ihn mit ihrer aufsässigen Bockigkeit tagtäglich zur Weißglut.

Meine Güte, wenn Katharina volljährig wurde, war Toppe schon siebzig!

Nicht sein Problem, Gott sei Dank.

Van Appeldorn drückte die Zigarette aus und zündete sich gleich eine neue an. Wie auch immer, Astrid Steendijk würde bis Januar im Erziehungsurlaub sein. Womit er wieder beim Anfang war: Ohne ihn würde in den nächsten Wochen überhaupt nichts laufen.

Zeit, der Chefin mal ein paar Takte dazu zu sagen.

2

Der Raum, den van Appeldorn sich mit Walter Heinrichs teilte, war, wie alle Büros im neuen Präsidium, viel zu klein. Wenn mehr als vier Leute im Zimmer waren, konnte man die Tür nicht mehr schließen. Schicke Möbel hatte man ihnen zugedacht, sogar vernünftige Schreibtischstühle, nur bei den Computern hatte man gespart. Es waren Auslaufmodelle – vermutlich ein besonders günstiger Sonderposten –, unendlich langsam und mit einem so kleinen Arbeitsspeicher ausgestattet, dass einem die Dinger ständig abstürzten und wichtige Daten verloren gingen. Das Verrückteste jedoch war, dass zu den beiden Arbeitsplätzen nur ein einziger Bildschirm gehörte. Wenn einer im Büro gerade am PC arbeitete, drehte der andere Däumchen oder durfte seine Sachen in eine der vorsintflutlichen Schreibmaschinen hacken, die man in letzter Minute noch schnell aus dem alten Präsidium geborgen hatte.

Heinrichs war, wie immer in letzter Zeit, glänzend gelaunt. Er hatte gerade aus der Teeküche eine Kanne Kaffee geholt und hielt van Appeldorn einen dampfenden Becher hin.

»Guten Morgen! Kaffee ist schon fertig.«

»Morgen«, muffelte van Appeldorn, nahm den Becher und stellte ihn möglichst weit von sich weg.

»Ist dir was über die Leber gelaufen?«, erkundigte sich Heinrichs freundlich.

»Deine gute Laune.«

»Ach ja?« Heinrichs schnappte sofort ein. »Und mir geht dein ewig langes Gesicht auf die Nerven!«

»Du hast gut lachen. Dir kann der ganze Laden hier ja auch am Arsch vorbeigehen.«

»Und das gönnst du mir nicht oder wie soll ich das verstehen? Findest du nicht, ich hab mir lange genug die Hacken abgerannt und meinen Kopf hingehalten, he? Und gesundheitlich ...«

»Komm, lass gut sein«, versuchte van Appeldorn ihn zu beschwichtigen.

»Ich denke gar nicht dran. Ich will dir sagen, wie es wirklich aussieht, damit du dir erst gar keine falschen Vorstellungen machst.« Heinrichs legte beide Hände auf den Schreibtisch und beugte sich nach vorn. »Meine Frau muss auf eine volle Stelle gehen, damit wir über die Runden kommen. Das heißt im Klartext, ich spiele den Hausmann, und ich sag dir, bei unseren Fünfen ist das wahrhaftig kein Pappenstiel. Ach ja, und eh ich's vergesse, am Wochenende werde ich wohl bei einem Wachdienst jobben müssen, sonst wird es nämlich verdammt eng.«

»Ich weiß ja, Walter. Tut mir Leid, ich hab's nicht so gemeint, ehrlich.« Van Appeldorn schaltete den PC ein und fuhr das Programm hoch. »Ist die Chefin schon da?«

Heinrichs antwortete nicht, brummelte nur gekränkt vor sich hin. So war er immer gewesen, schnell eingeschnappt, aber meist auch genauso schnell wieder versöhnt.

Van Appeldorn grinste schief und streckte die Hand aus. »Freundschaft?«

»Na gut.« Heinrichs musste nur noch einmal schlucken. »Ja, die Chefin war schon hier. Ich soll sie anrufen, wenn du da bist, wegen der Teamsitzung.«

»Ich höre immer Teamsitzung.« Van Appeldorn lachte freudlos. »Siehst du hier irgendwo ein Team?«

»Die wird sich schon was einfallen lassen«, meinte Heinrichs unbehaglich.

»Das fürchte ich auch.«

Charlotte Meinhard ließ nicht lange auf sich warten. Kühl elegant, wie immer von einem dezenten Duft umgeben, betrat sie das Büro. »Guten Morgen, meine Herren. Darf ich Platz nehmen?«

Heinrichs sprang sofort auf und rückte einen Stuhl zurecht.

Sie lächelte anmutig und setzte sich. »Gleich zu Anfang zwei gute Nachrichten«, begann sie. »Erstens, wir werden endlich einen neuen Mitarbeiter bekommen.«

»Wann?«, unterbrach van Appeldorn sie rüde, aber sie zuckte nicht einmal mit der Wimper. »Sobald wie möglich, Herr van Appeldorn. Vermutlich in drei bis vier Wochen. Er wird zunächst als Vertretung für Frau Steendijk kommen und ab dem 1.10. dann die Stelle von Herrn Heinrichs übernehmen. Ich kenne den Herrn schon seit längerem und habe mich ausdrücklich um ihn bemüht. Er ist studierter Informatiker und gelernter Polizist, also genau das, was wir brauchen. Sein Name ist Peter Cox und ich bin sicher, dass er ausgezeichnet ins Team passen wird. Das lag mir natürlich besonders am Herzen.«

»Na wunderbar«, meinte Heinrichs.

Die Meinhard lächelte wieder. »Und die zweite, wie ich hoffe, gute Nachricht ist für Sie, Herr Heinrichs: Ihre Kur ist bewilligt worden.«

Van Appeldorn fiel die Kinnlade runter und Heinrichs zog verlegen die Schultern hoch, aber die Chefin war noch nicht fertig. »Außerdem habe ich Ihre restlichen

Urlaubstage ausgerechnet. Am kommenden Mittwoch ist Ihr letzter Arbeitstag. Na, was sagen Sie dazu?«

Van Appeldorn fuhr dazwischen: »Und wie, bitte schön, stellen Sie sich das vor, Frau Meinhard? Das K 1 als Ein-Mann-Betrieb?«

»KK 11«, korrigierte sie ihn kalt.

Van Appeldorn blieb die Luft weg.

»Nu' mach doch nich' so 'n Bohei, Norbert«, tönte es fröhlich von der Tür her, »schließlich bin ich au' noch da.«

Van Appeldorn wandte nicht einmal den Kopf. »Träum weiter, Ackermann!«

»Wie? Wat? Aber die Chefin sacht doch ...«

»Nur über meine Leiche«, presste van Appeldorn zwischen den Zähnen hervor.

Es war nicht ungewöhnlich, dass Jupp Ackermann vom Betrugsdezernat bei ihnen aushalf, aber van Appeldorn hatte immer schon jede engere Zusammenarbeit vermieden, wenn es irgend möglich war. Niederrheinische Philosophen mit einem Hang zum Frohsinn gingen ihm auf die Nerven und Ackermann war ein wahres Prachtexemplar dieser Spezies.

»Die Sache ist längst entschieden.« Für Charlotte Meinhard war die Teamsitzung beendet.

»Bis Herr Toppe zurück ist, wird Herr Ackermann in Ihrer Abteilung arbeiten. Zur Not kann jederzeit zusätzlich ein weiterer Mitarbeiter aus dem KK 21 einspringen. Aber im Augenblick besteht da ja wohl keinerlei Bedarf. Ach übrigens, Herr Heinrichs, nehmen Sie sich für Mittwoch nichts Besonderes vor. Wir planen nämlich eine kleine Überraschung.«

»Ja, ja, danke«, haspelte Heinrichs und ließ van Appeldorn nicht aus den Augen. Der zuckte nur betont gelangweilt die Achseln und zog den Bildschirm zu sich herüber. »Ich habe zu arbeiten.«

Heinrichs kannte diese Reaktion nur zu gut. Van Appeldorn konnte streiten und pöbeln, aber wenn es ans Eingemachte ging, tauchte er weg, meist ausgesprochen lässig. Er verabscheute klärende Gespräche, Gefühlsäußerungen waren ihm zuwider. Lieber verzog er sich in die nächste Kneipe oder vergrub sich in der Arbeit.

Walter Heinrichs konnte einen Seufzer nicht unterdrücken. So fremd ihm diese Art auch war, er wusste sehr gut, er würde Norbert vermissen. Er würde sie alle vermissen, sogar ihre Macken.

»Komm, Jupp«, sagte er ein bisschen sehr munter. »Lassen wir den Meister arbeiten. Ich muss sowieso im Labor noch ein paar Fotos abholen.«

»Is' denn echt die letzten Tage so viel los bei euch?«, wisperte Ackermann, als sie draußen auf dem Gang waren.

»I wo«, antwortete Heinrichs. »Nur der übliche Kleinkram. Deshalb muss ich wegen meiner Kur auch gar kein schlechtes Gewissen haben.«

»Doch sowieso nich', Walter.« Ackermann tätschelte ihm die Wange und blinzelte ihn aufmunternd an. »Der Mensch muss sich schonen ...«

»... so gut er kann«, ergänzte Heinrichs, der, genau wie jeder andere im Präsidium, Ackermanns Sprüche auswendig kannte.

»Meine Rede«, antwortete Ackermann zufrieden. »Wat soll'n wer uns 'n Bein ausreißen, wo wer hier doch sowieso im Paradies leben. Wo die Gangsters jetz' au' noch anfangen, sich selbs' zu läutern.«

»Wie meinst du das denn?« Heinrichs war mit seinen Gedanken noch nicht wieder da.

»Ja, hasset denn nich' gehört? Stand sogar schonn inne Zeitung. Dat mit den Handtaschenräubern. Da wird 'ner Omma die Tasche geklaut, un' ein' Tach später hängt dat Täschken wieder bei die anne Türklinke, un' wat denkste? Nix fehlt! Is' jetz' schonn dreimal passiert. Und heut' Morgen dat mit der Fiets. Gestern als geklaut gemeldet, heute steht se bei den Leuten wieder vor de Garage. Ich sach dir, Walter, et kommt noch so weit, dat die Ganoven unten bei uns anne Pforte schellen un' ihre gerechte Strafe wollen. Hör ma' ...«, Ackermann holte endlich Luft, »wat meins' du, wann ich wieder bei Norbert vorstellich werden soll? Wann hat der sich denn wieder eingekricht?«

»Keine Ahnung«, meinte Heinrichs nur. »Ich bin auf alle Fälle gleich weg. Ich hab einen Zahnarzttermin. Versuch's doch mal nach dem Mittagessen.«

Aber so lange sollte es nicht dauern. Van Appeldorn hatte seinen Bericht über die gestrige Schießerei eben fertig geschrieben, als Ackermann schon wieder da war.

»Hier is' einer, der will 'ne Anzeige erstatten.«

»Ja und?«, meinte van Appeldorn und stutzte irritiert. »Was guckst du denn so komisch?«

»Lehrer«, zischelte Ackermann und verdrehte die Augen.

»Ganz richtig, ich bin Lehrer!« Ein hagerer Mittvierziger drängte sich an Ackermann vorbei. »Und ich gehe davon aus, dass sich unverzüglich jemand um uns kümmert«, fügte er barsch hinzu.

»Ach ja?« Van Appeldorn zog die Augenbrauen hoch und musterte den Mann. Kantiges Gesicht, kurzes, aschfarbenes Haar, fliehende Stirn, randlose Brille.

Herausfordernd erwiderte der Mann van Appeldorns Blick, nur die schmalen Lippen führten ein Eigenleben: Wenn er sie nicht fest zusammenpresste, zuckten sie beständig.

»Komm her, Gregor«, sagte er, schob Ackermann zur Seite und zog einen Jungen ins Zimmer.

Das Kind war vielleicht zwölf Jahre alt und sah schrecklich aus: Beide Augen waren zugeschwollen, die Oberlippe aufgeplatzt, an der Stirn und am Kinn hatte er große Pflasterpolster.

»Weller«, stellte der Mann sich jetzt vor. »Mein Sohn Gregor; er ist zusammengeschlagen worden.«

»Meine Fresse!« Ackermann trat endlich zur Seite und rückte zwei Stühle heran. »Wer macht denn so wat? Wer schlägt denn 'n Kind so zusammen?«

»Deswegen bin ich hier. Ich gehe davon aus, dass Sie das herausfinden.« Weller setzte sich hin und zeigte auf den anderen Stuhl. »Gregor!«

Der Junge hielt den Atem an und ließ sich langsam mit durchgedrücktem Rücken auf der Stuhlkante nieder. Er zuckte und schnappte nach Luft.

»Gott, Jung'«, Ackermann beugte sich über das Kind. »Tut dir wat weh? Du has' Schmerzen, wa?«

»Er hat drei Rippen gebrochen«, bemerkte Weller.

»Aua, dat tut weh. Ich hatt bloß ma' eine gebrochen, un' dat war schon schlimm genuch. Aber ich hatte damals so Schmerztabletten, die waren gut. Warte ma', wie hießen die noch?«

Wellers Lippen zuckten. »Wir nehmen grundsätzlich keine Schmerzmittel. Mein Sohn ist durchaus in der Lage, das auszuhalten. So, Gregor, jetzt erzähle bitte, was dir passiert ist; mit deinen eigenen Worten.«

Die beiden Polizisten wechselten einen Blick.

»Es waren Große«, flüsterte der Junge, ohne irgendjemanden anzusehen.

»Große was?«, drängte der Vater ungehalten.

Van Appeldorn zog die Tastatur zu sich heran. »Augenblick noch. Zunächst einmal brauchen wir ein paar Angaben zu Ihrer Person und zu Ihrem Jungen.«

Gregor sah immer noch auf den Boden. »Ich möchte bitte zur Toilette gehen«, sagte er so leise, dass man es kaum verstehen konnte.

Ackermann legte ihm die Hand auf den Kopf. »Komm, ich zeich dir, wo dat Klo is'. Aber sei vorsichtich, wenn du aufstehs'.«

»Nein«, hielt Weller ihn auf. »Mein Sohn ist zehn Jahre

alt und durchaus fähig, sich auch in einem unbekannten Gebäude zu orientieren, wenn man ihm eine vernünftige Wegbeschreibung gibt.«

»Schluss jetzt!«, fuhr van Appeldorn ihn an. »Das dauert mir alles zu lange. Meinen Sie, wir haben sonst nichts zu tun? Ackermann, bring den Jungen zum Klo. Und in der Zwischenzeit, Herr Weller, erzählen Sie mir bitte, worum es eigentlich geht. Mit Ihren eigenen Worten.«

Bis Gregor zurückkam, hatte van Appeldorn zumindest einen ersten Überblick bekommen.

Der Junge besuchte die vierte Klasse der Liebfrauen Grundschule. Gestern war er auf dem Heimweg, gegen Viertel vor eins, von drei Jugendlichen an der Spyckstraße in ein Gebüsch gezerrt und brutal zusammengeschlagen und getreten worden. Die Täter waren alle schwarz gekleidet und maskiert gewesen.

»Wie denn maskiert?«, wollte van Appeldorn von Gregor wissen.

Der Junge sah kurz seinen Vater an. »Schwarze Motorradmützen«, antwortete er unsicher.

Weller holte ungeduldig Luft. »Nach Gregors Beschreibung kann es sich nur um wollene Motorradmützen gehandelt haben, die lediglich die Augenpartie freiließen.«

»Und du meinst, es waren Jugendliche«, fuhr van Appeldorn fort. »Woher weißt du das?«

»Die sahen so aus«, meinte der Junge unbestimmt.

»Haben die was zu dir gesagt?«

»Ich weiß nicht mehr ...«

»Warum haben deine Klassenkameraden dir nicht geholfen?«

»Die waren schon weg. Die sind immer alle mit dem Fahrrad.«

»Ich sagte Ihnen doch schon, dass es keine Zeugen gibt.« Weller wurde laut. »Ich habe gestern mit allen Mitschülern und deren Eltern gesprochen. Selbstverständlich auch mit der Schulleitung und dem Hausmeister.«

»Sach uns doch noch ma' genau, wie die Typen ausgesehen haben? Ich hab dat eben nich' mitgekricht. Waren dat alles Jungs?« Ackermann war dicht an das Kind herangerückt.

»Ich glaube wohl.«

»Un' wo kamen die her? Hatten die ein Auto oder 'ne Mofa?«

»Ich weiß nicht. Die standen da ...«

Sie kamen nicht weiter.

»Nun gut«, meinte van Appeldorn eine Viertelstunde später. »Wir kümmern uns darum und melden uns dann bei Ihnen.«

»Wenn ich bis Montag nichts von Ihnen gehört habe, sehen Sie mich wieder!«, verabschiedete sich Weller.

»Davon gehe ich aus«, antwortete van Appeldorn, aber das hörte der Lehrer schon nicht mehr.

Ackermann rieb sich die langen Bartzotteln. »Wat is' dat denn für 'n Arschloch? Wenn der dat Kind ma' nich' selbs' vertrimmt hat.«

»Und dann kommt der bei uns angewackelt? Glaub ich nicht.«

»Dat weiß man nie. Bei so einem könnt' ich mir sons' wat vorstellen. Manchen müsstet verboten werden, Kinder zu kriegen, echt.«

»Ich weiß nicht«, grübelte van Appeldorn. »Der Junge spurt wenigstens, was ich von meinen Blagen nicht behaupten kann.«

Ackermann starrte ihn entgeistert an. »Meinste dat ernst, Norbert?«

»Rate mal.«

3

»Ej, Giltjes, tu mal 'ne Zigarette am Start«, rempelte sein Banknachbar ihn an.

»Schnauze!«

»Spinner! Du und Kaufmann, ihr wolltet doch gestern ...«

»Boah, Dickmanns, halt die Fresse!«

Was für eine Kacke! Sein Alter war total durchgetickt, als die Bullen ihn diese Nacht zu Hause abgeliefert hatten. Und heute Morgen hatte der ihn selbst zur Schule gebracht und wollte ihn auch nachher wieder abholen, direkt vor der Klasse. Jeden Tag würde der Alte das jetzt so machen, hatte er gesagt. Weil ab heute »andere Saiten aufgezogen« würden. Und deswegen durfte er jetzt hier rumhängen und sollte auch noch dem Idioten da vorn nach dem Maul reden. Scheiße!

Aber Gott sei Dank gab es Montag neue Knete. Dann würde Papa erst mal wieder den ganzen Tag in der Kneipe abhängen können oder sich zu Hause einen reintun, da hatte er die »anderen Saiten« sofort wieder vergessen.

Trotzdem, jetzt war Wochenende und er durfte mit dem Alten in der Bude hocken.

Wenn Mama noch da wäre, die hätte das alles für ihn hingebogen, aber die war ja zu dem neuen Macker gezogen, die alte Fotze! Nachkommen lassen würde sie ihn, hatte sie fest versprochen. Aber jetzt war da auf einmal keine Rede mehr von. Sie schickte bloß noch Sachen. Klar, der *discman* war geil und die *PlayStation* auch, aber ...

»Giltjes, du Penner!« Sein Nachbar trat ihm volle Kanne auf den Fuß.

»Wichser!« Björn Giltjes gab ihm einen Dutz.

»Aha, Björn, endlich aufgewacht? Manche brauchen eine Extraeinladung.« Der Lehrer stand direkt vor seinem Tisch. »Ich habe dir eine Frage gestellt. Na los, wird's bald!«

»Ich ... ich ...«, stammelte Björn. Ihm wurde glühend heiß und er wusste, dass er wieder knallrot geworden war. Ausgerechnet bei dieser Sau musste ihm das passieren.

»Ich muss pissen«, stieß er hervor.

»Oh, das tut mir aber Leid. Du kennst doch die Regeln. Nur in der Pause.« Der Pauker setzte sein gemeines Grinsen auf. »Aber ein großer Junge wie du, der kann doch schon mal ein Weilchen aufhalten, oder?«

Die ganze Klasse grölte. Björn biss sich auf die Unterlippe, bis er Blut schmeckte. Endlich ging das Schwein von seinem Tisch weg.

»Ej, hasse Tomaten gefrühstückt, Giltjes?«, brüllte Dickmanns.

Björn lachte am lautesten von allen.

In letzter Zeit hatte er nur Scheiße am Hals. Mann, was hatten sie gestern Schiss gehabt, als die beiden Typen hinter ihnen her gewesen waren. Kaufmann hatte sich fast in die Hosen gemacht. Hätte man sich auch nicht träumen lassen, dass man sich mal über Bullen freuen würde.

»Wat is' jetz'? Fahren wer ma' zur Schule un' kucken, wat da abgegangen is' mit dem Kind, ob dat alles wirklich so stimmt?«, fragte Ackermann.

»Du fährst«, meinte van Appeldorn. »Ich muss erst noch dafür sorgen, dass dieser Junkie in den Knast kommt.«

»Alles klar, du bis' der Boss hier. Ich glaub, ich lauf zu Fuß. Is' ja bloß 'n Stücksken.«

Dieser Bau hätte mir als Kind Angst gemacht, dachte Ackermann, als er sich der Liebfrauenschule näherte. Es war ein altes, sehr hohes, dunkles Backsteingebäude. Die bunten Bilder und Aufkleber an den Fenstern wirkten fehl am Platz, brachten die Trostlosigkeit der Fassade erst richtig zum Vorschein.

An der Bushaltestelle vor dem Schultor tobten ein paar Kinder herum. Zwei Mädchen rangelten um einen Turnbeutel. Ein Junge haute gerade mit voller Wucht einem viel kleineren seinen Schulranzen in die Kniekehlen.

»Hee!«, rief Ackermann. »Bist du bekloppt?«

Aber der Junge streckte ihm nur die Zunge raus und rannte weg. Der Kleine hatte sich aufgerappelt und setzte dem anderen nach.

Ackermann schüttelte den Kopf. Gab es denn hier keine Aufsicht? Den Kindern konnte doch wer weiß was passieren, wenn sie hier auf dem schmalen Bürgersteig rumtollten. Er drückte das schwere Tor auf und sah sich um. Kein Wunder, dass die Kinder sich kloppten. Wenn man nicht sowieso schon Wut im Bauch hatte, auf diesem Schulhof kriegte man sie unter Garantie. So eine Asphaltwüste hatte er lange nicht mehr gesehen. Alles grau in grau, kein einziger Grashalm, nur ganz hinten standen, eingerahmt von Kies, ein paar Bäume.

Große Pfützen hatten sich in der Mitte des Hofes gebildet. Ob die Kinder wenigstens da mal drin rumplantschen durften? Bestimmt nicht.

In der linken Ecke wucherte Unkraut. Da musste vor Jahren eine verirrte Seele mal einen Schulgarten angelegt und dann wieder vergessen haben.

Was konnten die Kinder hier tun außer rumrennen? Als seine Nadine noch klein gewesen war, hatte es mal eine Initiative gegeben »Schulhöfe zu Spielhöfen«. Bei ihnen in Kranenburg hatten die Eltern alle mit angepackt, alles umgebuddelt und dafür gesorgt, dass die Blagen Fußball und Federball spielen konnten, klettern, balgen, Burgen bauen, alles Mögliche eben. Die Idee war an denen hier spurlos vorübergegangen. Ach, doch nicht?

Ackermann betrachtete verwundert die verblassten Hinkelkästchen, die jemand mal aufs Pflaster neben der Treppe gemalt hatte. Himmel und Hölle – so was spielte doch heutzutage kein Mensch mehr!

Auch innen im Gebäude war die Zeit stehen geblieben. Grünes Linoleum, dunkelbraune Türen, kaum Licht. Es roch wie in einer alten Turnhalle.

Am besten ging er erst mal zum Direktor. *Schulleitung* stand an der Tür rechts.

Ackermann nahm seine Schultern zurück, räusperte sich einmal kräftig und streckte die Hand zum Klopfen aus, aber da ging die Tür schon auf.

»Ich dachte doch, ich hätte was gehört.« Vor ihm stand eine stämmige Frau mit einer grauen Pottfrisur und kleinen Augen und musterte ihn von oben bis unten.

Ackermann sah an sich herunter. Ja gut, sein T-Hemd war ein bisschen labberig und die Jesuslatschen hatten auch schon bessere Tage gesehen, aber die Jeans waren frisch und die Füße hatte er sich auch gewaschen.

Modell Drachen, dachte er, da packst du besser mal dein feinstes Hochdeutsch aus.

»Tach! Ackermann mein Name. Kripo Kleve. Ich wollte zum Rektor.«

»Das bin ich. Kripo? Worum geht es denn?«

»Haben Sie einen Schüler, der Gregor Weller heißt?«

Die Rektorin nickte schnell. »Ach, diese böse Geschichte. Kommen Sie herein.«

Sie ließ Ackermann an sich vorbeigehen und schloss dann sorgfältig die Tür. »Bitte sehr, nehmen Sie Platz. Ich habe den Vorfall ordnungsgemäß behandelt. Hier, der Unfallbericht.«

»Ach wat! Dat ... das bezweifele ich gar nicht, dass Sie alles richtig gemacht haben. Ich wollt über den Jungen reden und sehen, ob es nicht doch vielleicht Zeugen gibt und solche Sachen.«

»Nun, da sprechen Sie am besten mit Gregors Klassenlehrerin. Ich selbst unterrichte nämlich dieses Jahr nicht im vierten Schuljahr. Einen Moment, ich glaube, die Kollegin ist noch da.«

Sie ging zu einer gepolsterten Verbindungstür und rief in den Nebenraum: »Frau Rouenhoff, haben Sie einen Augenblick Zeit?«

Mensch, dachte Ackermann, sind denn hier alle Pauker so alte Schrullen? Aber dann freute er sich. Die zahlreichen Falten in Frau Rouenhoffs Gesicht waren ohne Zweifel Lachfalten. Die war bestimmt nicht so verschroben.

»Ich lasse Sie dann allein«, meinte die Rektorin, froh, dass sie endlich verschwinden konnte. »Frau Rouenhoff, Sie dürfen sich ruhig auf meinen Platz setzen.«

Ackermann erklärte noch einmal, warum er gekommen war. »Ich möchte von Ihnen wissen, ob et sein könnt', dat der Vater den Jungen selbst so zugerichtet hat«, fragte er, ohne lange um den heißen Brei herumzureden.

Frau Rouenhoff war nicht überrascht. »Ich verstehe, dass Ihnen der Gedanke gekommen ist, wenn Sie Herrn Weller mit seinem Sohn kennen gelernt haben. Aber nein, er hat das Kind sicherlich nicht misshandelt, körperlich, meine ich.«

»Hör ich da wat zwischen de Zeilen?«

Sie war sehr ernst. »Gregor ist ein schwieriges Kind, unzugänglich, aggressiv. Er hat große Probleme, sich an Absprachen zu halten, und sein Sozialverhalten lässt sehr zu wünschen übrig. Es ist schwer zu sagen, wo die Ursachen dafür liegen. Sehen Sie, Gregor ist nicht Wellers leibliches Kind. Als das Ehepaar ihn adoptierte, war er schon zwei Jahre alt.«

»Dat kann doch nich' wahr sein!«, ereiferte sich Ackermann. »So jemand darf Kinder adoptieren? Hat denn keiner mitgekriegt, wat dat für 'n Typ is'?«

»Die Eltern sind beide Lehrer, also quasi Fachleute für Erziehung. Und solche Leute werden bei Adoptionen sogar bevorzugt.« Man hörte deutlich das Bedauern in ihrer Stimme. »Besonders Herr Weller hat sehr klare Vorstellungen von der Erziehung seines Sohnes, und wenn Sie mich fragen, das tut dem Jungen gar nicht gut. Warten Sie mal, ich zeige Ihnen was.«

Sie lief ins Nebenzimmer und kam mit einer Liste zurück. »So eine bekomme ich von Wellers zu Beginn eines jeden Halbjahres.«

Ackermann nahm ihr den Zettel ab und staunte. Da stand:

1. *Gregor bezahlt sein Milchgeld pünktlich. Sollte er das Geld vergessen haben, wird ihm die Summe nicht vorgestreckt.*
2. *Gregor erledigt seine Hausaufgaben pünktlich und vollständig. Sollte das einmal nicht der Fall sein, geht umgehend eine Benachrichtigung an die Eltern.*
3. *Gregors Hefte sind sauber und ordentlich geführt, seine Blei- und Farbstifte stets angespitzt und vollzählig. Sollte das nicht der Fall sein, s. unter 2.*
4. *Gregor ist in der Lage, seinen Turnbeutel von der Halle mit zurück in den Klassenraum zu nehmen. Der Beutel wird ihm nicht hinterhergetragen.*

In dem Ton ging es weiter.

Ackermann wollte es gar nicht glauben. »Steht da manchmal auch irgendwat Nettes, irgendwat von Liebe vielleicht?«

Es dauerte eine ganze Zeit, bis er sich einigermaßen beruhigt hatte, dann stellte er endlich seine Fragen zu dem Angriff auf den Jungen, aber die Lehrerin wusste nur, was Herr Weller ihr erzählt hatte. Heute Morgen hatte sie Gregors Klassenkameraden gefragt, ob irgendjemand den Vorfall beobachtet hatte. »Aber niemand will etwas gesehen haben. Ob das stimmt, kann ich nicht sagen. Gregor ist in seiner Klasse nicht sehr beliebt, ach, eigentlich in der ganzen Schule nicht. In den anderen Klassen habe ich mich noch nicht umgehört. Sie sollten vielleicht am Montag früh mal selbst mit den Kindern sprechen.«

»Kann ich gerne machen, wenn Sie meinen, dat dat wat bringt.«

»Ja«, sagte sie bestimmt. »Ich habe das Gefühl, dass die Kinder mir etwas verschweigen, aber vielleicht täusche ich mich auch.«

Sie verabredeten sich für Montag um zehn, nach der großen Pause, und Ackermann machte sich grübelnd auf den Rückweg.

Gregor Weller war ja vielleicht ein Fiesling, obwohl man sich das gar nicht vorstellen konnte, wenn man den so sah. Egal! Wenn er ein Fiesling war und seine Klassenkameraden hätten ihn deshalb verkloppt, das könnte man ja noch verstehen. Aber angeblich waren es ja Jugendliche gewesen. Hatten die einfach Bock gehabt, jemanden zu vertrimmen? War Gregor nur zufällig das Opfer gewesen? Oder waren es vielleicht ältere Geschwister von seinen Klassenkameraden gewesen? Nur, wieso hätten die sich maskieren sollen? Eigentlich musste er noch mal mit dem Jungen sprechen, wenn der Vater nicht dabei war. Aber das würde dieser Arsch bestimmt nicht erlauben.

Als der Lebensmittelmarkt an der linken Seite auftauchte, blieb Ackermann stehen. »Famka ... Famka ...«, murmelte er vor sich hin. »Da war doch noch wat ... Die Grillwürstkes!«

Er hatte der Mutti versprochen, noch ein paar Ersatzwürste mitzubringen. Heute Abend würde die legendäre alljährliche Ackermann'sche Grillfete steigen. War ja echt Klasse bei dem Wetter! Gut, dass er noch die Plane in der Garage hatte. Wenn er die vom Nussbaum bis zur Hausecke spannte und von da rüber zu Hünnekes an das Garagendach ...

Es regnete ohne Pause, aber Ackermann machte das nichts aus. Er sah sich höchst zufrieden um: Die Plane hatte er fast schon profimäßig gespannt. Den ganzen Rasen hatte er überdacht und auch er stand hier schön im Trockenen an seinem großen Schwenkgrill, den ihm Theo letztes Jahr geschweißt hatte.

Richtig voll war es geworden. Gut, dass er die Reservewürste besorgt hatte. Sein holländischer Schwager hatte noch ein paar Leute aus Cuijk mitgebracht, die Nachbarn waren alle gekommen, womit bei dem Wetter kein Mensch gerechnet hatte, und seine drei Töchter hatten Freunde dazugeholt.

So, die Specklappen waren durch. Noch ein bisschen Bier drüberpinseln, dann waren sie perfekt. Ach verdammt, Bier! Das Fass war immer noch nicht angeschlagen. Die Begrüßungsschnäpskes hatten die Jungs längst weggeschluckt und von den schönen bunten Cocktails, die die Mutti für die Frauen gemixt hatte, war auch nichts mehr zu sehen.

»Schätzeken!«, rief er und sah sich um, aber er konnte seine Frau in dem Gewimmel nicht entdecken. Ein bisschen dunkel war es ja doch unter der Plane, aber er hatte es einfach nicht mehr geschafft, die Partylichterketten aufzuhängen. Vielleicht konnte er bei den Nachbarn noch ein paar Arbeitslampen organisieren. Zwei hatte er selbst im Keller.

»Mutti!«

»Huhu«, hörte er sie antworten und dann war sie bei ihm. Bombig sah sie wieder aus in der engen, goldenen Hose und dem schwarzen Hemdchen mit all den dicken Schleifkes drauf.

»Wird doch noch ein schöner Abend, nicht?« Sie strahlte und umarmte ihn.

Sie war einen halben Kopf größer als er, aber das störte Ackermann überhaupt nicht und von ihrer üppigen Figur kriegte er nie genug.

»Bleibs' du ma' ebkes beim Fleisch. Ich müsst' dat Fässken anschlagen ...«

»Ach, das kann Henk doch machen.« Dass sie Holländerin war, konnte man nur hören, wenn sie richtig in Wut geriet, und das passierte ausgesprochen selten.

»Bloß nich'! Dat gibt 'ne Riesensauerei, vors' Ma' auch. Wat kennt so 'n Kaaskopp schon von Bierfässer? Frach lieber den Franz, der is' da Fachmann drin.«

Sie lachte nur und verschwand in der Menge.

Nadine, seine Älteste, kam mit einem Teller voller Paprikastücke und Maiskolben.

»Rück mal das Fleisch zusammen, Papa.«

»Wer will denn so 'n Grünzeugs fressen?«

»Menschen, die auf ihre Gesundheit achten.« Sie grinste und blinzelte schelmisch durch ihren langen Pony. »Wie ich zum Beispiel.«

Ackermann wieherte. »Aber rauchen wie 'n Schlot. Du bis' gut! Komm, gib deinem alten Vatter 'n Kuss.«

Nadine machte spitze Lippen und hauchte ihm vorsichtig, damit ihr schwarzer Lippenstift nicht verwischte, ein Küsschen auf die Nase.

»Bissken viel Kriegsbemalung, wa?«

»Genau richtig. Ich will doch gleich noch auf das Scheunenfest nach Mehr.«

»Dat isset doch, wat ich meine.« Ackermann legte den Kopf schief. »Dat Geschmier stört doch bloß beim Knutschen.«

»Tss«, kicherte sie, »ich gehe doch nicht zum Knutschen dahin. Ich will nur ein bisschen abtanzen und quatschen.«

»Ha ha! Dat kannste deiner Omma erzählen. Sach ma', wie kommste überhaupt hin?«

»Weiß ich noch nicht. Meistens ergibt sich was und sonst fahre ich mit dem Fahrrad.«

Ackermann wendete summend die Fleischstücke. »Soll der Papa dich bringen?«

»Ach, Quatsch, brauchst du nicht. Vor elf will ich sowieso nicht hin. Da könntest du den ganzen Abend nichts trinken. Wär doch blöd.«

Ackermann nahm sie in den Arm. »Dat lass ma' meine Sorge sein, Schätzken. Ich hab in mein' Leben schon genuch Bier geschluckt. Ich fahr' dich hin, und zurück nimmste dir 'n Taxi. Ich geb' dir auch dat Geld dafür.«

Sie kraulte ihm den Bart. »Manchmal bist du echt süß.«

»Aber et is' versprochen, dat du dir 'n Taxi nimms', klar? Ich will nich', dat du in 'n Auto von so 'nem Vollgesoffski steigs'.«

»Logo. Ich bin doch nicht doof.«

»Nee, wahrhaftig nich'! Hier, halt ma' den Teller hin. Dat Paprika wird schon schwarz.«

Als sie sich auf den Weg nach Mehr machten, war es schon fast Mitternacht.

Ackermann war verschwitzt vom Tanzen und hungrig. Als Gastgeber kam man immer als Letzter dran. Wenigstens hatte er sich ein Kotelett und drei Würstchen bunkern können. Bloß schade, dass sein Lieblingsketchup alle war. Die Jungs hatten aber auch zugeschlagen, meine Fresse!

Als sie in die Mehrer Straße einbogen, wurde es stockfinster. Nur Felder rechts und links, ab und an in der Ferne ein paar matte Lichtpunkte, die erleuchteten Fenster eines Bauernhofes.

»Sach ma', Kind, un' normalerweise wärst du hier mit der Fiets gefahren?«

»Klar, was denn sonst?«

»Find ich nich' gut, find ich echt nich' gut. Hier kriegt doch kein Mensch mit, wenn dir einer ...«

»Komm, hör auf, Papa. Das hier ist Kranenburg und nicht New York. Ich bin hier schon rumgeradelt, so lange ich denken kann, und du auch.«

»Ich war ja auch 'n Junge!«

Ackermann klebte mit dem Gesicht dicht vor der Windschutzscheibe. Die Scheibenwischer schossen hin und her, die Straße glänzte vor Nässe und in seinen dicken Brillengläsern gab es wirre Spiegelungen.

»Un' sowieso! Von wegen New York. Denk ma' an den Bekloppten da im Oldenburgischen.«

»Papa! Ich bin keine dreizehn mehr. Ich weiß, was Sache ist. Und diesen Kurs in Selbstverteidigung, den du mir letztes Jahr zum Geburtstag geschenkt hast, hab ich auch gemacht. Und ich war gut! Also: Keep cool.«

»Verflucht!« Ackermann stieg hart auf die Bremse. »Sind die bescheuert?«

Ein paar Jugendliche hüpften auf der Straße herum. »Die hätt ich fast umgemangelt.«

Von jetzt an konnte er nur noch im Schritttempo fahren. Ganze Pulks von Jugendlichen wanderten am Straßenrand entlang Richtung Mehr.

»Du has' mir ja gar nich' gesacht, dat et da wat umsonst gibt.«

»Gibt es ja auch nicht. Aber hier im Kreis ist doch sonst nichts los. Wir sind ja schon froh, dass im Sommer wenigstens zweimal die Woche irgendwo ein Scheunenfest steigt.«

»Wie, nix los? Un' wat is' mit Privatfeten un' Jugendheim un' so?«

»Vergiss es! Das war mal.«

»Apropos Scheunenfest ...« Ackermann drehte die Fensterscheibe herunter und zwinkerte ein paar Mal. »Ich seh' da bloß ein großes Zelt.«

Nadine musste lachen. »Das heißt doch nur so. Die Feten sind auch schon mal in Scheunen oder in einer Reithalle, wie es gerade so auskommt, meistens aber im Zelt.«

»Aha. Un' jetzt? Soll ich dich hier rauslassen?«

»Spinnst du? Meinst du, ich ruiniere mir meine Schuhe in dem Modder hier? Ich will doch nicht aussehen wie der letzte Asi.«

»Ich wollt bloß nett sein, Süße. Deine Schwester darf ich nich' ma' bis vor die Schule bringen, weil et ihr peinlich is', wenn se mit Papa oder Mama gesehen wird.«

Nadine zuckte die Achseln, klappte die Sonnenblende runter und begutachtete ihr Make-up im Spiegel. »Ihr Problem!«

Ackermann hielt direkt vor dem Eingang. »Dann will ich aber auch mit rein un' ebkes rumspinxen.«

»Wenn du nichts Besseres vorhast. Aber das Auto kannst du hier nicht stehen lassen. Die schleppen alles sofort ab.«

»Ach nee?« Ackermann zog den Schlüssel ab und ließ ihn hin- und herbaumeln. »Dat woll'n wer doch ma' sehen. Hast du vergessen, dat dein Papa Bulle is'? Ich hab sogar meine Marke dabei.«

Mit dem Rausschmeißer an der Tür tauschte er einen kurzen Blick. Sie hatten – beruflich – schon ein paar Mal miteinander zu tun gehabt.

Das Zelt war gepackt voll, über allem hing eine feuchte Dunstwolke, vor den Lichtern wirbelten Staubpartikel. Die Tanzfläche konnte er nicht sehen, die musste weiter vorn sein.

»Wat is' dat denn für 'ne Musik? *Venus*, ich werd' nich' mehr! Ich dachte, ihr hört diesen technischen Mist.«

»Quatsch!« Nadine sah sich suchend nach Bekannten um.

»*Venus* von den *Shocking Blue*, ich glaubet nich'. Weißt du, dat ich die selbs' ma' gesehen hab? In Emmerich war dat, muss so 70 oder 71 gewesen sein. Manno, die Sängerin, dat war 'n scharfes Teil! Hatte man nächtelang feuchte Träume von.«

Nadine hörte nicht mehr zu. Sie hatte jemanden in der Menge erkannt und winkte.

»Okay«, sagte Ackermann, »ich zisch dann mal ab. Langsam krieg ich doch Schmacht auf 'n Bier.«

Sein Blick blieb am Getränkestand hängen – Warsteiner gab es da. Aber Blödsinn – was sollte er hier Geld ausgeben, wo zu Hause noch ein gut gekühltes 20-l-Fass auf ihn wartete?

An der rechten Wand hatte man eine Pommesbude aufgebaut. War das hinter der Theke nicht der ...? Doch sicher!

»Ej, Hubert, alte Socke! Sach ma', hasse *Hela*-Ketchup da? Den extra scharfen, mein ich.«

»'n Abend, Jupp. Sicher hab ich *Hela* da. Wie sollte ich wohl sonst ›spezial‹ machen?«

»Du könns' mir nich' vielleicht eine Flasche davon verkaufen? Ich mein, so aus alter Freundschaft.«

4

So frisch und fit hatte van Appeldorn sich seit Monaten nicht mehr gefühlt, schon gar nicht an einem Montagmorgen. Endlich einmal war ein Wochenende nach seinem Geschmack verlaufen. Anna war seit Freitag bei irgendeiner Freundin gewesen und die Kleine hatte fast die ganze Zeit mit ihrer neuen Barbiepuppe gespielt. Kein Zank, kein Streit. Auch Marion hatte nicht rumgemeckert, nicht mal, als er am Freitag mit den Jungs vom Fußball einen trinken gegangen war. Im Gegenteil, sie war nicht nur äußerst anschmiegsam gewesen, sie hatte auch endlich mal wieder ihre Phantasie ins Spiel gebracht – und davon hatte sie immer schon reichlich gehabt –, und zwar Samstag- und Sonntagnacht. Sein Muskelkater würde ihn noch ein paar Tage daran erinnern.

Er hatte ihr sogar ohne Mucksen sein Auto überlassen, als ihres eben wieder nicht angesprungen war. Würde er eben zu Fuß zum Präsidium gehen, wo es gerade mal nicht regnete.

Er schnupperte, als er vor die Haustür trat. Heute roch es tatsächlich ein bisschen nach Sommer. Nicht einmal der Gedanke an Ackermann konnte seiner guten Laune was anhaben. Irgendwie würde er die vier Wochen schon umkriegen. Und eins musste man Ackermann lassen: Faul war er nicht.

Van Appeldorn ging am Fuß der Schwanenburg entlang und nahm die Treppe, die zur Großen Straße hinabführte. Um diese Uhrzeit war in der Stadt nicht viel los. Die meisten Geschäfte hatten noch geschlossen.

Schade eigentlich, dachte er, als er am Dessousladen vorbeikam. Da lag ein sagenhafter roter Stringtanga im Fenster mit der passenden Winzigkeit von Büstenhalter. Vielleicht hatte er ja im Laufe des Tages ein paar Minuten Zeit, kurz in die Stadt zu fahren. Ackermann würde ihm bestimmt seinen Wagen leihen, oder Walter, falls der da war.

Van Appeldorn überquerte den Minoritenplatz. Ein viel zu schöner Name für diesen hässlichen Parkplatz. Baulücke nannten es die Politiker und planten Kaufhäuser, Wohnungen, Restaurants. Ein gigantischer Klotz würde hier wohl bald entstehen, noch mehr Einzelhandelsgeschäfte würden den Bach runtergehen. Die Ladenbesitzer liefen Amok. Zu Recht, aber wen interessierte das? Moderne Zeiten, man wollte ja den Anschluss nicht verpassen, man wollte ja nicht auf der Strecke bleiben.

Warum war eigentlich bisher keiner auf die Idee gekommen, hier einen Park anzulegen? Mit einem Teich vielleicht, wo die Rentner sitzen und die Enten füttern konnten. So eine kleine Grüne Lunge mit Musikpavillon, bisschen altmodisch gemütlich.

Beton und monumentale Steinklötze gab es doch gerade an dieser Ecke genug. Und das eingesparte Geld konnten die Städteplaner dann in die Sanierung vom unteren Stück der Kavarinerstraße stecken. Das war vielleicht ein Aushängeschild! Das Erste, was Besucher von außerhalb von der Stadt zu sehen bekamen: leer stehende Läden mit blinden Fenstern, bröckelnde Fassaden, eingedrückte Dächer, Sex-Shop – wirklich sehr malerisch.

Er umrundete eine enorme Pfütze, die sich nach dem Dauerregen der letzten Wochen in einer Kuhle gebildet hatte. Mittendrin parkte ein orangefarbener Kleinlaster von der Stadt. Die Reifen standen bis zur Hälfte im Wasser. Im Auto machten zwei städtische Angestellte offensichtlich gerade Frühstückspause. Um neun Uhr!

Van Appeldorn setzte zu einem Sprung an, um das letzte Stück Pfütze zu überwinden, aber der Boden auf der anderen Seite war aufgeweicht, er rutschte mit dem Absatz weg und landete hart auf Hüfte und Ellbogen. Aus dem Stadtauto erklang Applaus.

So viel zum Thema gute Laune. Jetzt kam es auch nicht mehr darauf an. Er wischte sich den Morast von den Händen an der Hose ab und holte sein Funktelefon aus der Jackentasche. In dem Zustand würde er nicht die Stadt hochlaufen. Er machte sich doch nicht lächerlich! Ackermann sollte ihn gefälligst hier abholen und zum Umziehen nach Hause bringen.

Sie verspäteten sich gründlich und das lag daran, dass Jupp Ackermann van Appeldorn einfach nicht gut genug kannte.

Zunächst einmal hatte Ackermann beim Anblick des schlammbespritzten van Appeldorn laut gelacht. Die Folge war, dass van Appeldorn sich zu Hause erst einmal in aller Ruhe unter die Dusche gestellt hatte. Und dann war Ackermann der zweite Fehler passiert: Nachdem er zwanzig Minuten lang gewartet hatte, hatte er an die Badezimmertür geklopft und gerufen: »Et wird langsam Zeit, Norbert!«

Van Appeldorn war eigentlich durchaus kein langsamer Mensch, man durfte ihn eben nur niemals zur Eile drängen, denn dann schaltete er umgehend auf Zeitlupe um und machte jeden wahnsinnig mit Bemerkungen wie:

»Was regt ihr euch denn so auf? Uns läuft doch nichts weg.«

Heute hatte er eine halbe Stunde gebraucht, um sein immer etwas zu langes, schwarzes Haar zu föhnen und in Form zu legen, und dann noch einmal genauso lange, um sich anzuziehen.

Als sie endlich in der Liebfrauenschule ankamen, platzten sie mitten in Frau Rouenhoffs Matheunterricht. Die Kinder freuten sich zunächst über die Unterbrechung, aber als die beiden Polizisten sich auf das Pult setzten und anfingen, Fragen zu stellen, schlug die Stimmung merklich um. Hatte einer gesehen, wie Gregor verprügelt worden war? Kopfschütteln und Schweigen. Hatte jemand drei herumlungernde Jugendliche beobachtet? Nur noch Schweigen.

»Also, so geht das nicht!« Van Appeldorn wurde zornig.

Ein Rothaariger in der letzten Reihe muckte auf: »Aber wenn wir doch nichts wissen!«

Ackermann hatte die ganze Zeit ein rundliches Mädchen im Blick, das ganz vorn saß. Als sie sich vorhin vorgestellt hatten, hatte sie heiße Wangen gekriegt und seitdem hielt sie den Kopf gesenkt und versteckte ihr Gesicht hinter den braunen Haarzotteln.

Während van Appeldorn es weiter versuchte – »Mit wem von euch ist Gregor befreundet?« –, ging Ackermann zur Lehrerin hinüber, die am Kartenständer lehnte. Sie kam seiner Frage zuvor. »Das ist die Sabine und auf dem Korridor dürften Sie um diese Zeit ungestört sein.«

Ackermann ging neben dem Mädchen in die Hocke. »Hallo Sabine.« Er sprach sehr leise. »Hast du ma' ebkes Zeit? Ich würd' gern in Ruhe mit dir reden. Auf'm Flur vielleicht ...«

Sie stand sofort auf und ging schnell mit ihm hinaus, aber kaum hatte Ackermann die Klassentür geschlossen, da brach sie in Tränen aus.

»Ach je, Kind, nu' wein' doch nich'. Du brauchst doch keine Angst vor mir zu haben.« Am liebsten hätte Ackermann sie in die Arme genommen. »Guck mich doch ma' an. Seh ich etwa gefährlich aus? Hör ma', ich hab selbs' drei Mädkes zu Hause, un' die können mich gut leiden, die tanzen mir auf der Nase rum, ehrlich.«

Sabine schniefte.

»Et is' doch bloß ... du scheins' mir die Einzige in eurer Klasse zu sein, die den Durchblick hat. Du bist bestimmt Klassensprecherin, oder?«

Sie nickte und wischte sich mit der Faust die Nase ab.

»Hab ich mir gedacht. So wat seh ich sofort.«

Plötzlich schaute sie ihn an. »Vor Ihnen habe ich gar keine Angst.«

»Na, vor wem denn dann?«

»Vor Gregor.«

»Vor Gregor Weller?« Ackermann machte große Augen. »Aber warum denn? Hat er dir was getan?«

Sie schüttelte den Kopf und er spürte, dass sie nach Worten suchte.

»Der zieht die Kleinen ab«, sagte sie schließlich tonlos.

»Abziehen? Wie meinst du das? Beklaut der die?«

»Nein, der macht ihnen Angst und dann geben sie ihm alles. Der ist stark und er hat ein Messer und er hat auch große Freunde, sagt er, die haben Waffen.« Jetzt sprudelte sie über. »Meine Schwester ist im zweiten Schuljahr. Sie hat immer Bauchschmerzen. Manchmal geht sie gar nicht in die Schule, sondern versteckt sich den ganzen Morgen. Gregor nimmt all ihr Taschengeld, und ihren Walkman und ihre Jeansjacke hat er auch.«

»Und was sagen eure Eltern dazu? Die müssen das doch merken.«

»Carina sagt immer, dass sie alles verliert.«

Van Appeldorn und Ackermann blieben über zwei Stunden in der Schule. Nachdem das erste Kind geredet hatte, war es, als wäre ein Knoten geplatzt. Sieben Mädchen und Jungen schilderten ihren Peiniger und ihre Not. Es waren alles vorsichtige, leise Kinder – Gregor hatte einen guten Blick. Die meisten von ihnen wirkten wie erlöst, als sie erzählten, und es war unfassbar, dass alle so lange geschwiegen hatten.

Van Appeldorn konnte es nicht glauben, dass kein einziger Lehrer auch nur die geringste Ahnung gehabt haben wollte, und er tat seine Meinung auch lautstark kund.

Draußen auf dem Schulhof blieb Ackermann stehen und holte ein paar Mal tief Luft.

»Weißte, Norbert«, meinte er, »ich find et viel schlimmer, dat die Eltern nix gemerkt haben. Wenn du überlegs', wat die Kinder für 'ne Angst gehabt haben! Wat sind dat denn für Eltern?«

Van Appeldorn zuckte die Achseln. Bei ihnen zu Hause hatte eigentlich Marion den direkten Draht zu den Mädchen.

»Die übliche Geschichte, nehme ich an: Eltern beide berufstätig, den ganzen Tag genug um die Ohren«, meinte er lahm.

»Dat is' doch 'n Witz! Ich bin auch berufstätig, aber ich krieg' doch mit, wenn meinen Kindern wat an die Nieren geht. Is' doch wohl bei dir auch nich' anders.«

Van Appeldorn schwieg.

Fanny hatte ihr Fahrrad schon abgeschlossen und wollte zum Postamt hinüber.

»Mensch, Zarah, nun mach endlich. Ich will vor Englisch wieder in der Schule sein.«

»Ich komme ja!« Zarah fuhr sich noch einmal mit den Händen durchs Haar und schraubte dann die Geltube zu.

Fanny verdrehte die Augen. »Dir ist echt nicht zu helfen. Geht doch deine Alten nichts an, was du mit deinen Haaren machst.« Damit stakste sie auf ihren Plateausohlen los. Zarah hatte Mühe, ihr zu folgen. Sie hatte die Schuhe erst gestern nach wochenlangem Betteln bekommen. Die Sohlen waren nicht ganz so dick wie bei Fannys Schuhen, aber sie musste sich trotzdem erst daran gewöhnen.

»Das sagst du«, maulte sie. »Mein Vater spackt voll ab, wenn der mich so sieht. Und dann hab ich wieder Hausarrest für mindestens eine Woche.«

»Ja und? Toll! Du wartest einfach, bis alle pennen, und dann machst du 'n Sittich.«

Zarah blieb stehen. »Ach komm, tu mal normal.«

»Boah Alte, ehrlich«, schimpfte Fanny. »Du kannst einem echt auf den Keks gehen mit deinem ewigen Schiss.« Damit drückte sie die Tür zum Postamt auf. »Hast du den Schlüssel?«

Zarah bückte sich und holte den kleinen Postfachschlüssel aus ihrem Schuh.

»Gib schon her!« Fanny wollte danach grapschen, aber Zarah hielt ihn hoch über ihren Kopf und ging zu den Schließfächern. »Nö, ich mache das. Ich bin diese Woche dran.«

Sie fand drei Briefumschläge, darin zwei gefaltete karierte Zettel, eine herausgerissene Zeitungsnotiz, an deren Rand jemand mit Kuli einen Namen geschrieben hatte.

»Zeig mal her«, meinte Fanny aufgeregt. »Lass mich doch mal lesen.«

Zarah zögerte und sah sie unbehaglich an. »Ich weiß nicht. Nachher ist Sigi sauer ...«

Fanny verdrehte wieder die Augen, aber sie drängelte nicht weiter, sondern ging hinaus.

Dicht nebeneinander stiefelten sie die Lohengrinstraße hinunter.

»Hoffentlich ist Sigi noch da. Der wollte doch heute die Karten besorgen für das *Ärzte*konzert.«

»Sonst geben wir das einfach Manuela.«

»Du, hör mal«, überlegte Fanny, »ich glaube, ich sag dem Sigi einfach, dass die Jungs endlich selber was machen wollen. Die motzen die ganze Zeit hinter seinem Rücken, aber dann halten sie doch immer die Schnauze. Fu und Killer sind bestimmt fit genug.«

Zarah nickte. »Und Bobo auch!«

Ihre Freundin stöhnte. »Du gehst mir voll auf den Zeiger mit dem Typ, echt.«

Sie waren vor dem Gebäude angekommen. »Du, Fanny«, flüsterte Zarah. »Willst du denn selber auch mitmachen?«

»Mann, Alte, was denkst du denn? Das ist doch der Sinn der Übung, Mensch. Und jetzt komm endlich.«

Flintrop saß im Glaskasten und stierte vor sich hin.

»Du schon wieder?«, rief Ackermann. »Ich denk', du has' die Woche Nachtschicht. Wat machste denn hier?«

»Ich bin für Look eingesprungen, dem ging es nicht so gut.«

»Kein Wunder, dat du so bleich bis', wenn du keinen Schlaf kriegs'. Oder haste wat?«

»Ach«, meinte Flintrop, »ich weiß auch nicht. Da war gerade wieder so ein anonymer Anruf, eine Frau diesmal. Wir hatten vorige Woche einen Bruch in einer Kneipe in Kellen, Spielautomaten geknackt. Und die Frau hat mir gerade den Namen vom angeblichen Täter genannt. Wir kennen den Typ, ist in der Drogenszene. So langsam ist mir das alles nicht mehr geheuer. Ach, Moment, vorhin war so ein Bekloppter hier und hat einen Zettel für euch dagelassen.«

Van Appeldorn und Ackermann beugten sich über das Papier. *Habe Sie, trotz angekündigten Besuches, nicht angetroffen. Wenn Sie sich bis 17 Uhr nicht bei mir gemeldet haben, ergeht umgehend Dienstaufsichtsbeschwerde. Weller.*

»Dat is' doch wohl dat Allerletzte!«, polterte Ackermann los. »Dem steig' ich aufs Dach – umgehend.«

»Das wirst du schön bleiben lassen«, meinte van Appeldorn und grinste dann hämisch. »Dem schicke ich eine ganz offizielle Vorladung. Für Donnerstagmittag um zwei. Das tut dem am meisten weh. Da hält der Lehrer an sich nämlich seinen Mittagsschlaf.« Sie gingen die Treppe hinauf. »Aber du kannst es dir gleich aus dem Kopf schlagen, dass bei der Geschichte irgendwas rauskommt. Schließlich liegt gegen den Jungen nicht einmal eine Anzeige vor. Und selbst wenn, er ist erst zehn. Wir können eine Benachrichtigung ans Jugendamt schicken und hoffen, dass die etwas unternehmen, und pro forma schicken wir das auch an die Staatsanwaltschaft. Wenn dieser Gregor noch mehr Scheiß baut, ist er wenigstens schon mal in den Akten. Aber das ist auch schon alles.«

»Man könnte den Eltern von den abgezogenen Kindern nahe legen ...«

»Ackermann!«

»Is' ja schon gut. Die Rouenhoff, ich glaub, die hat dat wirklich getroffen. Vielleicht macht die ja wat. Ir'ndwie is et komisch, man weiß gar nich', wat man denken soll. Früher hätt ich immer gesacht, der Gregor is' 'n armes Schwein bei dem Druck, den sein Alter macht. Aber die letzten Jahre ... ich weiß et nich' ... ir'ndwie läuft alles aus 'em Ruder.«

5

»Pluralis Majestatis«, murmelte Ackermann.

»He?« Van Appeldorn hatte keine Ahnung, wovon er redete.

»Ach ja, du bis' ja Neusprachler, vergess' ich immer. Hatte die Chefin nich' gesagt: *Wir* haben da etwas vorbereitet?«

Heinrichs' Verabschiedung war in vollem Gang. Bis auf eine Notbesetzung an der Pforte hatte die Meinhard alle in den Schulungsraum abberufen, Walter Heinrichs auf einen einsamen Ehrenstuhl platziert und jetzt hielt sie eine Rede, die allen die Tränen in die Augen trieb – Tränen der Langeweile. Am Anfang ihres Vortrages hatte sie Heinrichs' Namen kurz erwähnt und war dann nahtlos übergegangen zur Entwicklung der deutschen und europäischen Polizei in den letzten Jahrzehnten im Allgemeinen und Speziellen.

Seit dreißig Minuten saß Walter Heinrichs auf seinem Stuhl und konnte sich für keinen Gesichtsausdruck entscheiden.

Als die Chefin zum ›Ausblick auf die Zukunft‹ ausholte, hielt es Ackermann nicht länger auf seinem Platz. »Jetzt ist es aber genuch!« Er packte van Appeldorns Hand und zerrte ihn mit sich nach vorn.

Der Meinhard stand vor Überraschung der Mund offen.

»Ich un' mein Freund Norbert hätten da auch noch wat zu sagen«, legte Ackermann einfach los. »Lieber Walter! Ich weiß, et is' beschissen, dat grad jetz' Helmut un' Astrid nich' hier sind, aber nu' is' et auch nich' zu ändern. Da musste wohl mit Freund Norbert un' euerm Libero vorlieb nehmen, wie man so schön sacht. Du bis' ja quasi unser Mann der ersten Stunde gewesen, wenn ich dat ma' so ausdrücken darf. Du wars' ja schon lang vor den meisten anderen hier un' has' die ganze Chose überhaupt ers' an't Laufen gebracht. Du un' Günther Breitenegger, wat immer dein bester Freund war. Un' ich glaub, du has' wohl danach am allermeisten gelitten, wie dem Günther dat passiert is'. Aber has' du etwa schlappgemacht? Nee! Weil du nämlich durch un' durch Profi bis', aber Profi mit Herz.«

An dieser Stelle fing Walter Heinrichs an zu weinen und ein paar Minuten später hatten auch diverse andere Leute ihre Taschentücher herausgeholt.

»Aber zu dem, wat in euerm kleinen Team die ganzen Jahre so wunderbar gelaufen is' un' warum dat so war, da sacht dir jetz' der Norbert wat zu«, schloss Ackermann mit brüchiger Stimme, zog ein zerknautschtes Tempo aus der Hose und schnäuzte sich die Nase.

Van Appeldorn hatte schon die ganze Zeit das Gefühl gehabt, jemand habe ihm den Boden unter den Füßen weggezogen, und jetzt hatte er plötzlich Schweißperlen auf der Oberlippe. Er drehte sich zur Meinhard um, die hinter ihm an der Wand stand und einen schmalen Mund machte. Dann sah er Walters Gesicht und wusste, er hatte keine Wahl.

»Lieber Walter!« Mit Mühe unterdrückte er ein Räuspern. »Du weißt, Helmut kann so etwas viel besser als ich, deshalb machen wir es auch ganz kurz: Ich weiß überhaupt nicht, wie es ohne dich werden soll. Wir alle werden dich sehr vermissen. Ich werde dich vermissen ...« War ihm in den letzten zwanzig Jahren jemals so heiß geworden?

Aber da stupste Ackermann ihn schon an, schob ihn rüber zu Heinrichs und startete das große Händeschütteln und Schulterklopfen. »Jetz' bis' du aber dran, Walter«, drängte er.

»Ich kann nicht. Ich fange sofort an zu heulen.«

Die Chefin brachte ihn erst gar nicht in die Verlegenheit, sie hatte endlich das Ruder wieder in der Hand. »Ist es nicht wundervoll, wenn man solche Kollegen hat? Und von all diesen Kollegen, Herr Heinrichs, möchte ich Ihnen jetzt ein Geschenk überreichen. Wir haben uns gedacht, wir schenken Ihnen etwas, das einerseits der Erholung von uns dient und andererseits eine Einstimmung auf Ihre neue Lebenssituation ist: Für Sie, Herr Heinrichs, und Ihre ganze Familie eine Woche Centerparc in Heijderbos!«

Heinrichs verschluckte sich und konnte nicht mehr aufhören zu husten, Ackermann lachte laut und herzhaft. Die Chefin schaute irritiert von einem zum anderen.

»Ich glaub et einfach nich'!«, prustete Ackermann.

»Waren Sie schon ma' mit fünf Kindern im Schwimmbad? Un' sei et auch bloß für zwei Stunden?«

Charlotte Meinhard lächelte tapfer, aber sie konnte ihre Verwirrung nicht verbergen. Inzwischen lachte der ganze Saal.

Schließlich besann sie sich. »Dies ist selbstverständlich nur ein Gutschein. Und natürlich können Sie ihn jederzeit gegen ein Geschenk Ihrer Wahl eintauschen.«

Heinrichs guckte ein wenig reumütig. »Och, so ein Wochenende im Luxushotel, nur meine Frau und ich, das wäre schön. Und dann natürlich für die Zeit ein kostenloser Babysitter für unsere ganze Blase ...«

»Oder wie wäre es mit einer Kutterfahrt auf dem Ijsselmeer?«, erklang eine tiefe Stimme vom Eingang her.

»Wim! Dass du daran gedacht hast!« Heinrichs kamen schon wieder die Tränen. Mit ausgebreiteten Armen ging er auf den auffallend gut gekleideten Mann zu, der gerade verschiedene Päckchen und Pakete auf dem Tisch neben der Tür ablegte. Wim Lowenstijn, Spross einer deutsch-holländischen Familie, war früher einmal Kollege bei der *recherche* in Nijmegen gewesen und hatte öfter mit dem K 1 zusammengearbeitet. Aber dann war sein Vater verstorben und hatte ihm ein millionenschweres Tabakimperium hinterlassen. Inzwischen lebte Lowenstijn zusammen mit einem englischen Butler, einer Köchin und einer Hauswirtschafterin in einer Villa in Hochelten und hatte sich, zum Zeitvertreib, auf Privatermittlungen verlegt.

Er umarmte Heinrichs herzlich und klopfte ihm auf den Rücken. »Ach, alter Freund, wie könnte ich wohl deinen Abschied vergessen? Der liegt mir schon seit Wochen im Magen. Hoffentlich weiß deine Truppe hier, wen sie da ziehen lässt!« Dann strich er die rostbraunen Locken aus der Stirn und lachte. »Außerdem muss sich ja einer darum kümmern, dass du dich in Zukunft nicht langweilst.« Er zeigte auf seine Pakete.

Ackermann wieherte schon wieder. »Dat sieht ja aus wie 'ne Angelausrüstung. Un' so wat bei 'nem Wibbelstert wie unsern Walter!«

Heinrichs schluckte ein paar Mal und wickelte dann mit glänzenden Augen die Geschenke aus.

»Und noch etwas«, meinte Lowenstijn. »Falls dich doch irgendwann das heulende Elend überkommt, du kannst jederzeit bei mir einsteigen. Ich habe mehr Aufträge, als ich bewältigen kann, und du wärest genau der Richtige. Ich kenne deine Qualitäten.«

»Ach was«, Heinrichs winkte verlegen ab. »Du hast doch Baldwin.«

»Von wegen! Daniel weigert sich inzwischen strikt, mitzuarbeiten. Ihr wisst, wie stolz er darauf ist, Butler zu sein, und etwas anderes interessiert ihn nicht. Seit einigen Wochen droht er mir jedes Mal mit Kündigung, wenn er mir mal zur Hand gehen soll.«

Van Appeldorn hatte sich vorbereitet. Ohne die Spur eines Gefühls schilderte er in Einzelheiten, welche Delikte Gregor begangen hatte, aber Weller blieb absolut unbeeindruckt. Nichts anderes hatten sie erwartet.

»Sie glauben doch nicht im Ernst, dass ich diesen völlig aus der Luft gegriffenen Gerüchten Glauben schenke?«

»Nun, das ist Ihr Problem, Herr Weller. Damit werden sich jetzt andere Stellen beschäftigen, nicht wir.«

»Wollen Sie mir drohen?«

»Nichts liegt mir ferner. Aber zurück zu Ihrer Anzeige. Wir haben zwar inzwischen einiges über die kriminelle Energie Ihres Sohnes erfahren ...«

Weller schnappte nach Luft. »Das ist eine unzulässige Unterstellung, gegen die ich mich aufs Schärfste verwehre und gegen die ich vorgehen werde. Sie sind mein Zeuge!«

»Wie? Wat? Haben Se wat zu mir gesacht?« Ackermann guckte harmlos. »Ich habbet schon länger mit de Ohren. Schlimm, wirklich.«

»... Ihres Sohnes erfahren«, setzte van Appeldorn wieder ein. »Zum tätlichen Angriff auf Gregor haben wir bisher allerdings keine neuen Erkenntnisse. Es ist absolut unerlässlich, dass wir noch einmal allein mit ihm sprechen.«

Weller schnaubte abfällig und stand auf. »Sie glauben doch wohl nicht, dass ich meinen Sohn ungeschützt Ihrer Inkompetenz aussetze! Danke, meine ... Herren.«

»Augenblick noch.« Van Appeldorn lächelte verbindlich. »Bedeutet das, dass Sie Ihre Anzeige zurückziehen?«

»Als ob dat 'n Unterschied macht«, knurrte Ackermann missmutig.

Es war ein warmer Tag gewesen, aber dann war ein Gewitter losgebrochen und hatte den Regen zurückgebracht. Gott sei Dank, sonst säßen die Nachbarn bestimmt alle auf der Terrasse oder im Garten. Schließlich war Freitag.

Seit fast zwei Stunden drückten sie sich schon in der Gegend herum und warteten darauf, dass es dunkel wurde.

Im Nachbarhaus gingen die Lampen an und jemand ließ die Rollläden runter.

Björn Giltjes fing langsam an zu frieren. Kaufmann hatte ihn zur Sau gemacht, weil sein Nato-Shirt zu hell wäre und man ihn im Dunklen zu gut sehen könnte, aber jetzt war das Scheißteil klatschnass und dunkel und bestimmt nicht mehr zu sehen.

Kaufmann schmiss die Zigarette weg und stieß ihn an. »Los!«

Geduckt jagten sie die Einfahrt hoch und quetschten sich durch eine Lücke zwischen der Garage und der Hecke. Giltjes schrabbte mit den Ellbogen an der verputzten Wand lang. Tränen schossen ihm in die Augen, aber er gab keinen Mucks von sich.

Sie waren jetzt im Garten hinter dem Haus und pressten sich japsend gegen die Hecke. Alles blieb still und dunkel. »Weiter!«, befahl Kaufmann. »Auf den Baum und rüber aufs Dach.«

Giltjes hatte keine Angst vorm Klettern, aber die Lücke zwischen dem Baum und dem Flachdach war verdammt groß.

»Willst du da rüberspringen, oder was? Du spinnst doch!«

»Hast du drauf, Alter«, zischte Kaufmann und war schon auf dem Baum.

Es ging leichter, als sie gedacht hatten, aber der Kies spritzte auf und pladderte auf das Dach zurück, als sie landeten. Giltjes schmiss sich flach auf den Bauch und rührte sich nicht. Auch Kaufmann wartete einen Moment, dann zog er Kombizange und Schraubenzieher aus dem Hosenbund und robbte rüber zur Glaskuppel, die sich mitten auf dem Dach befand.

»Giltjes, hau rein, tu die Lampe rüber!«

Er gehorchte. Kaufmann fing an, das Fensterschloss zu bearbeiten. »Auch nicht schwerer als bei 'nem Fahrrad. Jacqui sagt, die haben alles: Video, Kamera, sogar 'n CD-Brenner.«

»Ja, klar! Und wie sollen wir das alles wegkriegen?«

»Piss dich mal nicht an. Das mach' ich schon. Außerdem haben die Schmuck, und wo die Kohle liegt, weiß ich auch. So, jetzt hab ich's.«

Andy Kaufmann richtete sich ein wenig auf und sah sich um. Alles ruhig. Leise öffnete er das Oberlicht. »Leuchte mal runter ... Boah, cool! Guck mal!« Direkt unter dem Lichtschacht stand ein Sofa. Sie mussten sich nur fallen lassen.

Es roch komisch.

»Boah, was für 'n Mief! Das stinkt wie bei uns im Hausflur«, meinte auch Kaufmann. »Vielleicht weil die so viele Hunde haben.«

Den Fernsehapparat entdeckten sie sofort, Großbildschirm, darunter stand der Videorecorder. Giltjes stöpselte ihn aus. »Wo sollen wir den denn verticken?«

»Ich kenne einen, der kennt da einen in Nimwegen. Los, lass uns erst mal den Schotter suchen.«

Aber da hatten sie kein Glück. In der Schublade, von der Andys Schwester erzählt hatte, lagen nur alte Briefe. In der Küche fanden sie in einer Tasse ein bisschen Kleingeld.

»Der Schmuck soll unten im Keller sein. In einem Einmachkessel versteckt, sagt Jacqui.«

»Was ist denn ein Einmachkessel?«

»Kein Plan, weiß ich doch nicht!«, fuhr Kaufmann ihn an.

Ein komisches Haus war das. Die Kellertreppe ging mitten im Wohnzimmer runter und das daneben war wohl ein Kamin, bloß war der voll mit getrockneten Blumen. Auf der zweiten Treppenstufe lag ein dicker Hundehaufen.

Giltjes schob sich daran vorbei und stieß dabei gegen den Lichtschalter. Im Keller wurde es strahlend hell.

»Du Idiot!«, rief Kaufmann.

Giltjes fuhr zu ihm herum und da sah er sie: drei schwarze, vermummte Gestalten, noch eine ließ sich vom Dach herabfallen, noch eine.

»Ihr mieses Verbrecherpack«, sagte die erste Gestalt mit stahlharter Stimme und setzte sich in Bewegung. Da erst merkte Giltjes, dass er selbst es war, der die ganze Zeit schrie.

Er stürzte die letzten Stufen hinunter, sah die Tür nach draußen. Der Schlüssel steckte. Er ließ sich drehen. Die Tür sprang auf.

Giltjes schaute sich noch einmal um. »Andy!«, schrie er. »Andy!«

Kaufmann war auf der Treppe, aber eine schwarze Gestalt griff nach ihm. Eine zweite trat mitten in den Hundehaufen und rutschte weg. Auch Kaufmann fiel.

Die erste Gestalt kam die Treppe runtergerannt. Björn Giltjes stolperte in den Garten hinaus. Da war ein Holzstapel, da war der Zaun zum Nachbargrundstück.

Als er die Stimme hinter sich hörte – »Wir kriegen dich, Giltjes, verlass dich drauf!« – schaffte er das Hindernis mit einem einzigen Sprung und lief den Berg hinunter. Seine Lungen brannten wie Feuer, aber er lief, lief, bis er das Blut in seinen Ohren rauschen hörte. Dann blieb er stehen und sah sich um. Er hatte keine Ahnung, wo er war. Lieber Gott, lieber, lieber Gott, es gab sie also tatsächlich! Und sie kannten ihn!

Das Telefon auf der Wache klingelte zu Flintrops absoluter Lieblingszeit, halb drei, da hatte er immer seinen toten Punkt. Es war gut, dass heute die letzte Nacht war. Seit einiger Zeit fielen ihm die Nachtdienste schwerer, er war müde und manchmal war er tagsüber total aufgedreht. Doch angeblich war das normal. Seine Frau hatte im Fernsehen gehört, dass Schichtdienst einen auf die Dauer fertig machte. Obwohl, morgens konnte er immer noch schlafen wie ein Sack – bis in die Puppen. Und wenn Mia heute wieder mit dem Rasen anfing, der gemäht werden musste, dann würde aber was los sein!

»Ja!«, bellte er ins Telefon.

Es war Vinck, der Wirt von der Kneipe in der Ackerstraße. Sie waren im selben Schützenverein.

»Schick mir mal ein paar von euren Jungs rüber. Ich hab hier einen, den ich nicht loswerde.«

»Randaliert der?«

»So könnte man es nennen. Ich brauche auf jeden Fall eure Hilfe.«

»Alles klar, ich schick dir die Jungs. Dann mach's gut, Ernst. Bis demnächst.«

Auch Schuster und Schumacher waren nicht gerade begeistert, als Flintrops Ruf kam. Sie wollten gerade ihre

Nachtdienstwoche mit der neuen Septemberausgabe vom *Playboy* ausklingen lassen und hatten sich auf den Parkplatz am *Schweizerhaus* zurückgezogen.

Schumacher maulte herum, aber dann startete er doch den Wagen. »Ackerstraße? Welche ist das noch mal? Ich verwechsele die immer.«

»Meine Güte, nach anderthalb Jahren müsstest du so langsam den Stadtplan im Kopf haben, wirklich!«

»Hör doch auf«, schmollte Schumacher. »In Düsseldorf kannst du mir die Augen verbinden und ich finde trotzdem jede Straße. Egal, ob das in Eller ist oder in Oberbilk.«

»An der Ampel links und dann die zweite rechts. Lott jonn!«

Die Außenbeleuchtung an der Kneipe war schon abgeschaltet, aber die Tür war noch nicht verschlossen.

Ernst Vinck stand missmutig hinter dem Tresen und spülte Biergläser. Auf einem Barhocker saß ein Mann und heulte Rotz und Wasser. »Ich bin ein Schwein ... ein verlogenes altes Schwein ... der letzte Dreck ...«

»'n Abend!« Schuster machte auf forsch. »Was gibt's?«

Vinck schlug sich das Küchenhandtuch über die Schulter. »Dieser Gast will nicht gehen. Und wenn ich ihn anfasse, klappt er zusammen und fängt an zu treten.«

»Quatsch«, meinte Schumacher, »das kriegt der doch gar nicht mehr gebacken.«

»Ist auch egal. Packt ihn ein. Ich will endlich ins Bett. Ich hab die Nase voll für heute.«

»Ich Dreckschwein«, greinte der Zecher wieder. »Ich hab ihn aus dem Haus getrieben, alle hab ich aus dem Haus getrieben. Ich war das, jawohl ich, alles hab ich kaputtgemacht, alles hab ich falsch gemacht in meinem Leben ... alles!« Er konnte sich nur noch mit Mühe auf dem Hocker halten.

»Den kenne ich doch«, sagte Schumacher. »Und du kennst den auch. Das ist doch der Vater von dem Früchtchen, das wir letzte Woche nach Hause gebracht haben. Wie hieß der noch? Giltjes?«

»Stimmt, jetzt, wo du's sagst.« Schuster grinste. »Der Apfel fällt nicht weit vom Stamm.«

Vinck ließ das Wasser aus dem Spülbecken ab und klatschte das nasse Handtuch auf die Theke. »Jetzt kassiert ihn schon endlich ein!«

Schuster nickte und machte einen Schritt nach vorn, aber Schumacher hielt ihn am Arm fest. »Bloß nicht! Überleg mal, wir haben doch gar keine Handhabe. Wir handeln jetzt genau nach Vorschrift oder denkst du, ich will noch mal so einen Einlauf kriegen wie voriges Jahr? Nein, der Mann hat nichts gemacht, also können wir ihn auch nicht einkassieren.«

»Ja, spinn ich denn?« Vinck kam hinter seinem Tresen hervor. »Was seid ihr denn für welche? Wofür haben wir euch wohl?«

»Vorsicht!«, blaffte Schuster ihn an.

»Nachher heißt es wieder, wir hätten den Notarzt nicht gerufen«, murmelte Schumacher.

Vinck trat an Giltjes heran, nahm dessen Kopf in beide Hände, sodass er ihm in die Augen schauen musste. »Giltjes, siehst du diese beiden Komiker hier?«

»Was?« Mit glasigen Augen versuchte Giltjes, ein scharfes Bild zu kriegen.

»Genau, die beiden Pausenclowns. Weißt du, was die gerade gesagt haben? Du wärst an allem schuld. Willst du dir das etwa bieten lassen?«

Giltjes schüttelte heftig den Kopf. »Ich doch nicht! Ich bin doch nicht der Popanz für alle. Ich doch nicht!«

»Eben, ich weiß doch, dass du ein ganzer Kerl bist. Also, wenn ich du wäre, denen würde ich es zeigen. Weißt du, was ich tun würde?«

Diesmal schüttelte Giltjes seinen Kopf so stark, dass er vom Hocker kippte, aber Vinck fing ihn auf, packte ihn am Hemdkragen und schob ihn zur Tür.

»Siehst du die Karre da draußen? Wenn ich du wäre, dann würde ich denen mal zeigen, was ein richtiger Kerl ist. Denen würde ich mal in ihre schicke grün-weiße Kiste treten, aber mit Schmackes. Dann wissen die endlich mal, dass man mit dir noch lange nicht alles machen kann. Doch nicht mit Giltjes!«

»Genau!«

Giltjes stürmte pielgeradeaus, trat mit dem rechten Fuß gegen das Auto und fiel auf den Hintern. »So!« Und dann heulte er wieder.

Schuster und Schumacher konnten es nicht fassen. In der Beifahrertür des Streifenwagens prangte eine tiefe Beule. Schumacher unterdrückte ein Prusten und Schuster fiel in seinen Amtston: »Herr Giltjes, ich muss Sie mitnehmen zur Feststellung der Identität ...« Jetzt kicherte Schumacher los. »... und wegen Widerstandes gegen die Staatsgewalt.«

Flintrop nahm sie in Empfang und ließ Giltjes in die geflieste Zelle bringen.

Er wollte sich gar nicht mehr beruhigen, als die beiden Schupos ihm die Geschichte erzählten. »Wartet mal, den kriegen wir«, lachte er, suchte die Telefonnummer heraus und wählte.

Es dauerte ziemlich lange, bis Vinck sich meldete.

»Sag mal, weißt du eigentlich, wie spät es ist? Du kannst doch nicht ganz gescheit sein!«

»Es tut mir wirklich Leid, Ernst«, meinte Flintrop gewichtig, »aber es liegt eine Anzeige gegen dich vor.«

»Was? So ein Blödsinn. Das kann gar nicht sein.«

»Doch, doch. Ich hab's hier schwarz auf weiß: Anstiftung zu einer Straftat.«

»Hast du ein Ei am wandern, oder was?« Vinck war endlich aufgewacht. Er hörte mehrstimmiges Gegröle am anderen Ende der Leitung.

»Wir wollen mal nicht so sein, Ernst«, sagte Flintrop

gemessen. »In diesem Fall könnte ich wohl ausnahmsweise Gnade vor Recht ergehen lassen. Aber das kostet dich mindestens eine Runde.« Dann legte er auf und hielt sich vor Lachen den Bauch.

Sie amüsierten sich immer noch, als das Telefon schon wieder schellte.

Es war ein Zeitungsbote, der aus Reichswalde anrief. Er wollte drei nackte Männer gesehen haben, die in der Nähe des Wildgeheges an Bäume gefesselt waren.

»Eigentlich sagte der, drei nackte Ausländer«, berichtete Flintrop.

Schuster verschluckte sich vor Lachen und hickste. »Was für eine Nacht!«

Schumacher hatte urplötzlich seinen Humor verloren. »Da verarscht uns doch jemand.« Grimmig warf er einen Blick auf seine Armbanduhr. »Los, komm schon, bringen wir es schnell hinter uns. Ich bin nach dem Dienst zum Frühstück eingeladen.«

»Hört, hört«, gluckste Schuster. »Jemand lädt dich morgens um sechs zum Frühstück ein. Das kann sich eigentlich nur um Liebe handeln. Was gibt's denn Feines? Gekochte Landeier?«

Die ganze Fahrt über versuchte er, Schumacher aus der Reserve zu locken, aber der schwieg beharrlich.

»Ein feiner Freund bist du«, beschwerte Schuster sich schließlich vorwurfsvoll.

»Ach ja? Und du?« Schumacher platzte die Hutschnur. »Du willst dich doch bloß über mich lustig machen. Das würde ich nicht gerade einen Freund nennen. Hör endlich damit auf und sag mir lieber, wo ich abbiegen muss.«

Es wurde langsam hell und sie konnten schon von weitem den Zeitungsboten mit seinem Mofa am Sportplatz stehen sehen. Es war ein alter Mann, sicher über siebzig, der wohl mit dem Zeitungsaustragen seine Rente aufbesserte. Er nickte einen knappen Gruß und wies mit dem Finger zum Wald auf der anderen Straßenseite.

Die drei Männer waren leicht auszumachen; ihre weißen Körper hoben sich deutlich von den nassen, schwarzen Baumstämmen ab, an denen sie standen.

Die beiden Polizisten überquerten die Straße und gingen langsam hinüber zu den großen Buchen, die ein paar Meter vom Waldrand entfernt standen.

Als sie näher kamen, sahen sie, dass es sich nicht um Männer handelte, sondern um Jugendliche, höchstens achtzehn Jahre alt. Ihre Beine waren mit Stricken an die Baumstämme gebunden, die Handgelenke über dem Kopf gefesselt und ebenfalls am Baum fixiert. Neben ihren Füßen lagen Kleiderbündel. Ihre Körper glänzten vor Nässe, zweien klebten die Haare am Schädel, der Dritte war kahlrasiert. Dass ihnen kalt war, konnte man nicht übersehen.

»Прикатили! Менты поганые!!!«, schmetterte ihnen der am rechten Baum entgegen.

»Ja, mir auch drei«, knurrte Schuster.

»Du, ich glaube, das war Russisch!« Schumacher flüsterte.

»Was du nicht sagst! Hast du ein Messer bei dir?«

Schumacher zog sein Schweizer Offiziersmesser aus der Hosentasche.

»Guten Morgen, die Herren. Was ist denn mit Ihnen passiert?«

»Лучше заткнись. Мы все равно не понимаем по немецки«, bellte der mittlere.

»Ты думаешь я тупой«, schnauzte der rechte zurück.

Der Kahlköpfige am linken Baum guckte auf seine Füße und mahlte mit den Zähnen.

Schumacher schnitt einen Jungen nach dem anderen ab und sammelte die Stricke ein. Möglicherweise brauchte man die als Beweismaterial.

Die drei begannen hastig, sich anzuziehen, was bei den nassen Körpern und den durchweichten Kleidern gar nicht so einfach war. Ihre Springerstiefel ließen sie stehen. Man konnte riechen, warum. Jemand hatte hineingepinkelt.

Schuster wartete, bis sie ihre Hosen zugeknöpft hatten. »So, und jetzt erzählen Sie mal«, meinte er dann.

»Wir nix sprechen Deutsch!« Der rechte schien der Boss zu sein.

»Das ist nicht so schlimm.« Schumacher lächelte aufmunternd. »Wir nehmen Sie mit zur Wache und dort bekommen Sie einen Dolmetscher. Das ist kein Problem.«

»Теперь ты можешь говорить! Мы не хотим и не будем никаких заявлений писать. Мы хотим уехать«, zischte der mittlere dem Kahlkopf zu.

Der sah die Polizisten endlich an. »Wir nix machen Anzeige. War Scherz von Freunde.«

»Ist das Ihr Ernst? Schöne Freunde müssen das sein! Wie lange haben Sie hier schon gestanden?«

»Nix verstehen.«

»Ach, auf einmal? Interessant!«

»Nix verstehen.«

»Freundchen!« Schuster trat dicht an den Jungen heran. »Hör auf, uns zu verarschen, verstanden!«

»Nix verstehen.«

»Jetzt reicht's mir aber!«, rief Schuster. »Los, haut schon ab. Macht, dass ihr Land gewinnt, aber dalli! Und nehmt eure bepissten Schuhe mit.«

Diese Sprache verstanden sie. In null Komma nichts hatten sie ihre Jacken und ihre Stiefel zusammengerafft und waren losgerannt. Die beiden Polizisten standen da und schauten ihnen nach.

»Hier ist was los!«, meinte Schuster kopfschüttelnd. »Von wegen beschauliche Provinz. Drei nackte Russen am Marterpfahl! Gibt es denn nur Bekloppte hier? Ich will nicht mehr, ehrlich, ich habe die Schnauze voll. Ich lasse mich wieder in eine Großstadt versetzen. Da sind die Leute wenigstens normal.« Und es hörte sich fast so an, als meinte er es ernst.

Der Zeitungsmann hatte auf sie gewartet und grinste ihnen entgegen. »Was waren das denn für welche?«

»Drei Russen, die mit ihren Freunden Cowboy und Indianer gespielt haben«, Schumacher grinste zurück. »Jedenfalls wollten sie uns das weismachen.« Er entdeckte das Festzelt auf dem großen Platz. »Habt ihr gerade Schützenfest hier?«

»Nein, gestern war mal wieder so ein Scheunenfest für die Jugend. Furchtbar, sage ich Ihnen! Die halbe Nacht kriegt kein Mensch hier im Dorf ein Auge zu.«

»Ach so«, meinte Schuster. »Dann war's vielleicht wirklich ein Scherz, den so ein paar Kids diese Nacht in ihrem dullen Kopp ausgeheckt haben. Wie auch immer, vielen Dank für Ihren Anruf. Adieu!«

Als sie ins Auto einsteigen wollten, reckte Schumacher plötzlich die Nase in die Luft und schnupperte. »Mm, hier riecht es richtig nach Sommer.«

Schuster starrte ihn an. »Bist du krank?«

»Wieso? Riechst du das denn nicht? Ist doch herrlich. So was hab ich in Düsseldorf nie erlebt.«

»Wie heißt sie?«

»Ilona«, antwortete Schumacher und zögerte. »Also gut! Ilona Gembler heißt sie und sie ist Diplomlandwirtin. Sie hat ihren eigenen Hof in Keppeln.«

»Ein Bauerntrampel, ich werd verrückt!«

»Ich schmier dir gleich eine, du Lackaffe!«

6

Um Punkt acht Uhr ließ Hauptmeister Look Vater Giltjes aus der Zelle holen und setzte sich mit ihm hin. »Na, Giltjes, wie gefällt Ihnen unser neuer PG? Ist doch ein Fortschritt gegenüber dem alten Gemäuer. Da war es Ihnen doch immer zu kalt.«

»Ach, ist doch egal«, meinte Giltjes nur.

Er sah schlecht aus mit den dunklen Bartstoppeln im fahlen Gesicht, seine Hände zitterten und er roch auch nicht besonders gut.

»Wie dem auch sei, es liegt eine Anzeige gegen Sie vor wegen Sachbeschädigung. Könnte teuer werden.«

»Ich kann mich an nichts erinnern.«

»Gute Antwort. Man sieht, Sie haben Erfahrung.«

»Ich kann mich wirklich an nichts erinnern.«

Look grinste. »Ich lese es Ihnen gerne vor. Macht mir nichts aus.«

»Ach«, meinte Giltjes nur wieder, als Look geendet hatte. So kleinmütig kannte man ihn gar nicht.

»Ist das alles, was Sie dazu sagen?«

Giltjes sah ihn aus trüben Augen an. »Mein Kleiner ist weg.«

»Was denn für ein Kleiner?«

»Na, mein Junge, der Björn.«

Look konnte sich das Lachen nicht verkneifen. »Kleiner ist gut! Der ist doch jetzt schon eine größere Nummer, als Sie es je sein werden.«

»Er ist aber weg und ich will eine Vermisstenanzeige aufgeben.«

Look rang um Geduld. »Nun mal langsam. Wann haben Sie ihn denn zum letzten Mal gesehen?«

»Ich glaube, Freitag.«

»Was heißt das, Sie glauben?«

»Ich war letzte Woche nicht so gut drauf ...«

»Ist schon klar, Montag hat's ja auch Stütze gegeben.«

»Es war Freitag! Freitag, als er aus der Schule gekommen ist. Nehmen Sie jetzt die Anzeige auf?«

»Giltjes, wann waren Sie das letzte Mal zu Hause?«

»Was haben wir denn heute? Montag?«

»Richtig geraten!«

»Dann war ich gestern Morgen zu Hause und da war Björn nicht mehr da. Der ist weg, glauben Sie mir. Dem ist was passiert.«

»Dem? Nie!«

»Verflucht noch mal!« Giltjes sprang auf. »Ihr sollt ihn suchen, hab ich gesagt. Also, nimm endlich die Scheißanzeige auf.«

»Ist ja in Ordnung, regen Sie sich ab.« Look schob seinen Stuhl zurück und legte ihm die Hand auf die Schulter, damit er sich wieder setzte. »Ich möchte ja nur, dass Sie vorher noch einmal zu Hause nachgucken. Und hören Sie sich in der Schule um. Dort könnte er schließlich auch sein. Und an Ihrer Stelle würde ich Kaufmann fragen. Die beiden glucken doch immer zusammen. Und zum Schluss rufen Sie noch Ihre Exfrau an. Vielleicht hatte der Kleine ja Sehnsucht nach seiner Mama. Wenn Sie das alles erledigt haben, rufen Sie mich an. Dann leite ich die Anzeige weiter. Und ein kleiner Tipp am Rande: Gehen Sie erst mal duschen, bevor Sie jemandem unter die Nase kommen.«

Van Appeldorn hatte ein scheußliches Wochenende hinter sich, nicht zu vergleichen mit dem letzten. Dabei war der Anfang gar nicht so schlecht gewesen. Er hatte es am Freitag doch endlich noch geschafft, im Dessousladen einzukaufen, und Marion hatte viel versprechend reagiert. Aber dann wollte sie ihn vorher unbedingt zu einem Pflichtbesuch bei seiner Schwiegermutter überreden und danach war ihm nun wirklich nicht zumute gewesen. Von da an hatte Marion mal wieder unter »schrecklichen Kopfschmerzen« gelitten. Anna war die übliche Pest gewesen. Sie hatte sich wie immer nicht an die Abmachungen gehalten, die sie erst vor vierzehn Tagen zum hundertfünfundzwanzigsten Mal durchgekaut hatten. Sie hatte weder ihr Zimmer aufgeräumt noch den Müll rausgebracht. Aber mit dem dann ausgesprochenen Hausarrest hatte sich van Appeldorn eigentlich nur ins eigene Fleisch geschnitten. Am Sonntagabend war er durch das unablässige Techno-Gerumse aus ihrem Zimmer und von Marions Genörgel, er sei sowieso immer viel zu streng mit den Mädchen, so mürbe gekocht, dass er Anna schließlich doch noch zu diesem Scheunenfest hatte gehen lassen und dann noch nicht einmal kontrolliert hatte, ob sie pünktlich nach Hause gekommen war.

Er kam gleichzeitig mit Ackermann am Präsidium an und dessen fröhliches Geschnatter ging ihm dermaßen gegen den Strich, dass er ihm erst einmal deftig übers Maul fuhr. Ackermann blieb stehen und sah ihn an, ging dann aber schweigend weiter. Erst als sie im Flur waren, meinte er plötzlich ungewohnt ernst: »Vielleicht is' et besser, wenn wir uns eine Weile aus 'em Weg gehen un' ich in meine Abteilung abtauch'. Is' doch sowieso nix zu tun. Bloß die dämliche Anzeige, die Weller leider nich' zurückgezogen hat, oder seh ich dat falsch?«

Look hatte sie kommen sehen und wedelte mit einem Stück Papier. »Beklagt sich hier jemand über zu wenig Arbeit? Da kann ich Abhilfe schaffen. Hier, eine Vermisstenanzeige. Ist was für euch.«

Er erzählte von Giltjes und alles, was er über Björn und Andreas Kaufmann wusste, und das war nicht wenig.

Ackermann schüttelte bekümmert den Kopf. »Hört sich an wie 'n schlechter Krimi aus 'em Fernsehen. Aber okay, ich kann dat wohl machen.«

»Lass stecken, Ackermann.« Van Appeldorn nahm ihm die Anzeige aus der Hand. »Du kümmerst dich um Weller und die Kinder. Kannst du sowieso viel besser als ich.«

»Danke, Norbert. Hoffentlich hab ich meinen Rotstift dabei.«

Van Appeldorn stutzte.

»Na«, erklärte Ackermann. »Komplimente für mich aus deinem Mund, dat muss ich doch wohl im Kalender anstreichen, oder?«

Damit ließ er van Appeldorn stehen, ging hinauf ins Büro und machte sich eine Liste der Leute, mit denen er heute noch reden wollte. Als Erstes konnte er sich ja noch mal das Gebüsch angucken, in dem sie Gregor aufgemischt hatten, aber da war letztens schon nichts zu entdecken gewesen. Auf jeden Fall musste er bei den umliegenden Häusern klingeln und fragen, ob die Leute was beobachtet hatten. Und dann würde er mit den Eltern von diesen armen Würmern sprechen, die Gregor unter Druck gesetzt hatte, und mit deren älteren Geschwistern. Also, erst mal zu Frau Rouenhoff, Namen und Adressen besorgen.

Van Appeldorn war zuerst zu Giltjes gefahren, der auf dem Mittelweg wohnte. Das Mietshaus war wesentlich besser in Schuss, als er erwartet hatte, aber die Wohnung war ein Saustall. Man konnte nur ahnen, dass sie irgendwann einmal aufgeräumt und ordentlich und wahrscheinlich sogar gemütlich gewesen war.

Der alte Giltjes erzählte nichts Neues. Er war völlig von der Rolle, aber wenigstens war er nüchtern. Die Sache musste ihn wirklich mitnehmen. »Ich weiß nichts von Björns Freunden. Björn bringt nie welche mit.«

Van Appeldorn trommelte mit den Fingerspitzen auf der Tischplatte herum. »Wissen Sie wenigstens, wie Björns Klassenlehrer heißt?« In der Schule würde er sicher mehr über den Jungen herausfinden als hier.

»Ja sicher! Mensch, wie hieß der doch noch mal?« Es dauerte Ewigkeiten, aber dann fiel es Giltjes doch noch ein. »Jansen!«

Der Lehrer wusste ungewöhnlich gut über seine Schüler Bescheid. »Björn ist immer ein eher schüchternes Kind gewesen, fast schon ängstlich. Er war nie auffällig, immer ein leiser, aber sehr wacher Schüler, an allem interessiert. Den Knacks hat er gekriegt, als seine Mutter die Familie verlassen hat. Das muss vor einem Jahr gewesen sein. Zu dem Zeitpunkt hat er sich Andy Kaufmann angeschlossen, was ihm sicher nicht gut getan hat. Andy ist Björns einziger Freund und er hat auch keine andere Wahl, denn Andy bewacht ihn eifersüchtig wie einen Besitz. Beide Jungen waren heute nicht in der Schule. Das kommt allerdings ziemlich häufig vor.«

»Dann werde ich wohl am besten zu Kaufmanns fahren. Vielleicht sind sie ja bei denen.«

Jansens Mienenspiel war schwer zu deuten. »Kaufmanns sind die einzige Familie, bei der ich bisher nur einen Hausbesuch gemacht habe. Küppersstraße ...«

Er nannte ihm die Hausnummer.

Als van Appeldorn gerade in die Seitenstraße abbiegen wollte, entdeckte er zwei Jungen in Fußballtrikots von Siegfried Materborn, die sich am Kiosk herumdrückten – die Eilers-Zwillinge. Er bremste und hielt am Straßenrand.

Die beiden wurden sofort aufmerksam, guckten zuerst misstrauisch, aber dann erkannten sie ihn und kamen angerannt. »Norbert! Was machst du denn hier?«

»Das wollte ich euch gerade fragen. Warum seid ihr nicht in der Schule?«

»Heute ist keine – Lehrerausflug.«

»Wer's glaubt, wird selig. Dass ihr mir morgen pünktlich am Platz seid!«

»Sind wir doch immer, Trainer. Fährst du zu uns?«

»Nein, ich will zu euren Nachbarn.«

Im Rückspiegel sah er, dass sie ihm nachliefen und musste grinsen – neugierige Bande!

Aber sein Lächeln schwand, als er in die Küppersstraße einbog. Kahle, graubeige Mietskasernen mit zertrampelten Rasenflächen und bröckeligen Betonplatten davor. Hier und da der rührende Versuch, ein Zuhause zu schaffen, geputzte Fenster mit Wolkengardinen und Fensterbildern, Blumenkästen. Da wohnten Leute, die es nur übergangsweise hierher verschlagen hatte. Leute wie Familie Eilers. Er hatte die Zwillinge ein paar Mal nach dem Training nach Hause gebracht, wenn es regnete. Die beiden hatten kein Fahrrad.

Das Haus, in dem Kaufmanns in der Erdgeschosswohnung lebten, gehörte zu der trostlosen Sorte. Die Drahtglasscheibe in der Haustür war gesprungen und völlig verdreckt, am Schloss war mehr als einmal herumgehebelt worden.

Er stieß die Tür mit dem Ellbogen auf. Die Wände im Hausflur waren bekritzelt und beschmiert, der graue Linoleumboden so schmutzig, dass man kleben blieb. Es stank nach Rauch, Fäkalien, angebrannten Kartoffeln und süßem Parfüm.

Die Klingel funktionierte nicht. Also bollerte er gegen die verschrammte Wohnungstür. Es dauerte, aber er hörte, dass sich drinnen etwas bewegte. Dann öffnete ihm eine Frau in einem angeschmuddelten blauen Morgenmantel, der über den nackten Brüsten weit auseinander klaffte.

»Frau Kaufmann?«, fragte er. Konnte sie das sein? Björns Lehrer hatte gesagt, die Mutter sei noch jung, gerade mal dreißig.

»Ja«, antwortete sie lauernd. Mit den fettigen, langen Haaren, den verquollenen Augen und der teigigen Haut sah sie gut fünfzehn Jahre älter aus. Der knallrot angemalte Mund machte den verkommenen Eindruck perfekt.

»Van Appeldorn, Kripo Kleve. Ich muss mit Ihnen sprechen.«

Sie zuckte nur kurz die Achseln und raffte den Morgenrock über dem Busen zusammen.

Auf der Tapete im winzigen Flur prangten auf olivgrünem Grund goldene Ranken und dicke Blumenbuketts. Ein aufgeklebtes Puzzle hing an der Wand, eine Alpenlandschaft mit einer weißen Zwiebelturmkirche. Daneben auf braunem Holz ein Sinnspruch: *Immer, wenn du denkst, es geht nicht mehr, kommt von irgendwo ein Lichtlein her.*

Frau Kaufmann trat zur Seite und schloss schnell die Tür zum Schlafzimmer, aber van Appeldorn hatte schon einen Blick hineingeworfen. Zwei zusammengeschobene Jugendbetten vom Sperrmüll, zwischen geblümten Frotteelaken lag ein nackter Mann und schnarchte mit offenem Mund.

Die Frau schien zu zögern, aber dann stieß sie doch die zweite Tür auf. »Kommen Sie rein, Herr Kommissar.«

Van Appeldorn blieb angewidert stehen. Das Wohnzimmer hatte dieselbe Tapete, nur in Braun. Die wackelige, abgeschabte Couchgarnitur war von Flecken übersät, sodass man ihre ursprüngliche Farbe nur ahnen konnte, Stapel von Papier und anderem Müll bedeckten den Kunststoffboden, auf dem schmierigen Tisch stand eine Batterie von leeren und halb vollen Schnapsflaschen, dazwischen Untertassen, die von Kippen und Asche überquollen. Eine Bierflasche war umgekippt, in der stinkenden Lache schwammen zerknüllte Zigarettenpäckchen.

Auf dem Sofa schlief ein weiterer Mann. Er trug einen dicken, alten Wintermantel und zwischen den braunfleckigen Fingern seiner rechten Hand steckte eine erloschene selbst gedrehte Zigarette. Der Mann zwinkerte und sprang hoch, als hätte ihn was gestochen. »Ich hab nichts geklaut, Herr Kommissar«, schrie er, packte sich die *Aldi*-Tüte, die ihm als Kopfkissen gedient hatte, schubste van Appeldorn zur Seite und rannte hinaus.

»War das Ihr Mann?«, wollte van Appeldorn wissen.

»Nee.« Frau Kaufmann lächelte und enthüllte pelzige Zähne. »Ich hab keinen Mann. Brauch ich nicht. Wollen Sie 'n Kaffee?« Dabei nahm sie die Hand vom Morgenrock und ließ den Ausschnitt wieder klaffen.

Van Appeldorn lachte hart. »Ganz bestimmt nicht! Machen Sie lieber das Fenster auf. Hier stinkt es schlimmer als im Puff.«

Sie gehorchte, aber sie ließ sich Zeit.

Im Nebenzimmer röhrte ein Fernseher. »Noch ein Lover?« Van Appeldorn wies mit dem Kinn zur Tür.

Sie kicherte neckisch. »Nee, bloß meine Kinder.«

»Ist Andreas zu Hause?«

»Andy? Weiß nicht. Glaub nicht.«

»Darf ich mal nachschauen?«

»Von mir aus.«

Einen Augenblick war er unvorsichtig und fasste die verkleisterte Türklinke mit der bloßen Hand an.

Das Zimmer war klein, die beiden Gitterbettchen und die zwei alten Klappsofas passten gerade so hinein. Der Fußboden war mit einer gleichmäßigen Schicht Plastikspielzeug und Kirmes-Plüschtieren bedeckt, dazwischen festgetretene Schokokussreste und andere Dinge, die van Appeldorn gar nicht identifizieren wollte.

Der Fernsehapparat stand in einer Ecke auf dem Boden. Davor saßen zwei Kleinkinder, stopften mit beiden Händen Süßigkeiten in sich hinein und starrten auf die Mattscheibe. Sie trugen alte rote Strumpfhosen und eingelaufene Hemdchen von undefinierbarer Farbe. Gewaschen worden waren sie schon länger nicht mehr, in den flusigen Haaren klebte angetrockneter Rotz. Es stank nach vollen Windeln.

»Andy ist nicht da«, stellte die Mutter fest. »Also, was ist denn jetzt? Was wollen Sie?«

»Wie viele Kinder haben Sie eigentlich?«

»Vier, warum? Sieht man mir nicht an, was?«

»Und wo steckt das vierte?«

»Jacqueline? Woher soll ich das wissen? Könnte sein, bei ihrem Vater. Der markiert ja neuerdings den feinen Herrn, setzt dem Balg Flausen in den Kopf. Von wegen, sie wäre was Besseres, Abitur und solchen Mist. Aber zum Fressen und Schlafen schickt er sie dann wieder zu mir, das Arschloch.«

Van Appeldorn schloss die Kinderzimmertür, fand ein Papiertaschentuch in seiner Hosentasche und wischte sich die Hände ab. »Setzen Sie sich!« Dann hob er eine Zeitung vom Boden auf, breitete sie auf dem Sessel aus und ließ sich vorsichtig auf der Kante nieder.

Frau Kaufmann konnte oder wollte ihm weder sagen, wo ihr Sohn steckte, noch wann sie ihn zuletzt gesehen hatte. Das konnte gestern oder vorgestern gewesen sein oder auch letzte Woche Mittwoch.

»Andy kann tun und lassen, was er will. Schließlich ist er alt genug«, hatte sie desinteressiert gemeint. Von Björn Giltjes hatte sie angeblich noch nie was gehört. »Der Andy bringt keine Freunde mit nach Hause. Das hab ich auch nicht so gerne.« Van Appeldorn glaubte ihr aufs Wort. »Aber sonst«, fügte sie wichtig hinzu, »wir sind Freunde, der Andy und ich. Nicht so wie Mutter und Sohn, wenn Sie verstehen, was ich meine. Von Strafen und so halte ich nicht viel. Ich sage immer, mit Liebe kommt man viel weiter.«

Van Appeldorn war nicht besonders zart besaitet, aber an dieser Stelle hätte er kotzen können.

Ackermanns Tag war auch nicht gerade erfolgreich verlaufen. Frau Rouenhoff hatte tatsächlich, wie er es sich schon gedacht hatte, mit den Eltern aller betroffenen Kinder gesprochen, nur leider gar nicht in seinem Sinn. Sie hatte die Leute gebeten, von einer Anzeige gegen Gregor Weller abzusehen, weil sie wollte, dass der Junge noch eine Chance bekam. »Außerdem bin ich sicher, dass die Strafe, die ihm sein Vater angedeihen lässt, schon schlimm genug ausfällt«, hatte die Lehrerin gemeint.

Die meisten Eltern begegneten Ackermann mit Ablehnung. Er gab sich redlich Mühe, nicht zu zeigen, was er von ihnen hielt, aber vermutlich spürten sie es trotzdem. Einige der Kinder hatten ältere Geschwister, aber auch die verhielten sich abweisend.

Am Tatort hatte er natürlich nichts Neues gefunden und die Anwohner waren zur Tatzeit entweder nicht zu

Hause gewesen oder hatten sich um ihre eigenen Angelegenheiten gekümmert. »Wenn Sie neben einer Schule wohnten«, hatte ihm eine Frau erklärt, »dann würden Sie auch nicht wegen jedem Blagengeschrei zum Fenster rennen.«

Gegen halb fünf hatte Ackermann die Nase gestrichen voll und wollte nur noch nach Hause. Er hatte nicht einmal mehr Lust, zum Präsidium zu fahren. Kurzerhand verschob er den Bericht auf morgen, fuhr zum Blumenladen an der Minoritenstraße und kaufte einen Strauß Freilandrosen. Da würde sich die Mutti drüber freuen. Die hatte ihm für heute Abend nicht nur holländischen Kartoffelsalat versprochen, sondern auch Pfannkuchen mit Ingwer gefüllt. Und das war ein Grund zum Feiern.

Später ging es ihm dann auch wieder gut. Er hatte lecker gegessen und die Mutti hatte sich richtig über die Rosen gefreut. Wer wollte da noch moppern?

Er trocknete das Besteck ab und legte es in die Schublade. Es war ein bisschen ungünstig ausgekommen mit der Essenszeit, weil er früher dran gewesen war als sonst und Mutti mit den beiden Kleinen doch *Marienhof* gucken musste. Machte ja auch nichts, hatte er eben gespült.

Nadine fand *Marienhof* »ätzend« und »für Minderbemittelte«. Sie saß bei ihm in der Wohnküche am Tisch und paukte Matheformeln.

Er trocknete sich die Hände ab, hängte das Küchenhandtuch auf und setzte sich zu ihr.

»Soll ich dich abhören?«

»Bloß nicht! Nach fünf Minuten fängst du nur wieder damit an, dass euer Matheunterricht damals viel besser war. Dreh mir mal lieber eine.«

»Wie? Ich denk, du rauchs' nur Aktive.«

Sie strich sich den Pony aus der Stirn und guckte süß. »Zigaretten sind im Moment nicht drin. Ich bin total pleite.«

»Pleite, so so. Wir haben doch erst den Siebten.«

»Na ja, ich habe mir zwei CDs kaufen müssen ...«

Ackermann lachte. »Dat is' nu' Pech. Un' hör auf, mit den Wimpern zu klimpern. Da fall' ich überhaupt nich' drauf rein. Ich hab schließlich vier Frauen. Dat stählt, sach ich dir.«

»Weiß ich doch. Trotzdem, nur zwanzig Mark, ja? Du kriegst es auch zurück.«

»Ha, ha, wenn ich dat all zurückgekricht hätt, wat ihr mir schon versprochen habt, wär ich Millionär. Aber ma' kucken. Wat anderes: Wieso soll ich dir eine drehen? Dat kannste doch selber. Hier!« Er schob ihr sein Tabakpäckchen mit den Blättchen rüber.

»Klar kann ich das, aber du kannst es besser.«

»Komm, dann zeig ich et dir noch ma', pass auf ...«

»Papa, du nervst! Deinen einhändigen Dreh kriege ich sowieso nicht hin. Also gib's endlich auf.«

Er seufzte, nahm ein Blättchen, fusselte sich eine Portion Tabak zusammen und rollte. »Eins hab ich mir in mein' Leben immer gewünscht«, meinte er theatralisch.

»Ja, ich weiß, einen Sohn, der deine Traditionen fortsetzt.«

Dann lachten sie beide.

»Weißte, wat heute Thema eins inne Firma war?«

Er erzählte ihr die Geschichte von den drei nackten Russen.

»Du wars' doch auch da gestern. Has' du wat davon mitgekricht?«

Nadine konnte sich gar nicht beruhigen. »Ich lach mich kaputt. Wie ich denen das gönne! Ich muss gleich die anderen anrufen und das erzählen. Davon haben wir nichts mitgekriegt. Gestern war es echt cool, endlich mal friedlich. Normalerweise hast du immer irgendwelche Prügeleien auf den Feten. Oft genug hecken diese Typen das schon Tage vorher aus, wann und mit wem die Zoff anfangen wollen. Nur wir wissen das nie.«

»Wer is' denn wir?«

»Meine Freunde und ich. Die von der Penne eben. Der Stunk läuft meist zwischen denen von der Hauptschule ab.«

»Is' dat echt so getrennt?«

»Klar! Die wollen mit uns nichts zu tun haben. Für die sind wir die Gymies. Und ich bin auch nicht gerade scharf auf diese Asis. In letzter Zeit hat's echt keinen Spaß mehr gemacht. Mit den Kurden war es schon brutal genug, weil die immer Messer bei sich haben. Aber seit die Russen hier sind! Die sind total gefährlich. Die kennen überhaupt nichts. Die treten auch noch zu, wenn jemand längst am Boden liegt. Und zwar richtig, ins Gesicht und in den Bauch. Das sind keine Menschen, das sind Tiere!«

»Nadine!« Ackermann wusste gar nicht, was er sagen sollte.

»Ja, ja, ja«, meinte seine Tochter. »Das ist alles schön und gut, von wegen, wir diskriminieren keine Ausländer. Du hast die ja auch noch nie erlebt. Sogar die Kurden kriegen Schiss, wenn Russen auftauchen. Du hast doch keinen Schimmer, was heute abgeht. Das ist nicht mehr so wie bei dir damals: geile Partys mit Knutschen und Kiffen und wir sind alle eine große Familie, nur weil wir alle Jugendliche sind. Die große Familie gibt's nicht mehr. Jeder fuckt jeden ab und über Haschisch können die meisten nur lachen. Ist denen viel zu soft. Wenn du mit einem von der Hauptschule sprichst, dann versteht er dich entweder nicht oder aber er wird unheimlich aggressiv, weil du anders redest als er und er sich dadurch verarscht fühlt.«

Sie schilderte ein paar Szenen, die sich am Rande der letzten Scheunenfeten abgespielt hatten und die Ackermann sich bisher eigentlich eher in der New Yorker Bronx vorgestellt hatte. »Aber wie gesagt, das meiste kenne ich nur vom Hörensagen. Wenn irgendwo was abgeht, verziehe ich mich immer.«

»Wenn de ma' gescheit bis', Kind.« Ackermann daute immer noch an den Geschichten herum. »Aber gestern war et wenigstens friedlich, has' du gesacht?«

»Na ja, klar tauchten wieder ein paar Russen auf und fingen an, Randale zu machen, rempelten jeden an ...«

»Hatte einer von denen 'ne Glatze?«

»Kann sein, weiß ich nicht. Jedenfalls hatten die bestimmte Leute im Visier. Da gibt es so einen Trupp von der Hauptschule, der Obermacker heißt Kevin. Ein ganz widerlicher Typ. Aber als es gerade so richtig losging, waren auf einmal Security-Leute da und haben sofort für Ruhe gesorgt.«

»Was für Leute? Meinst du Saalordner?«

»Oder so. Es ist jedenfalls gut, dass sich endlich mal jemand drum kümmert. Hoffentlich bleibt das so. Dann kann man vielleicht mal wieder in Ruhe auf Feten gehen und seinen Spaß haben.«

»Sach ma', wer is' ei'ntlich der Veranstalter von diesen Partys?«

»Keine Ahnung.«

7

Björn Giltjes wimmerte leise vor sich hin. Er zupfte und zerrte, aber der Strumpf ließ sich nicht ausziehen; er war fest verklebt mit den aufgebrochenen Blasen an der Ferse und an den Zehen. Schließlich kniff der Junge die Augen zusammen, holte tief Luft und zog mit einem festen Ruck. Dabei entfuhr ihm ein kurzer Aufschrei. Erschrocken schlug er die Hand vor den Mund und blinzelte durch die Ritzen zwischen den Dielenbrettern. Nein, sein Onkel hatte ihn nicht gehört, die Melkmaschine machte Lärm genug.

Mit zusammengebissenen Zähnen tastete Björn an den Blasen herum. Die Krusten hatte er abgerissen, Blut tropfte auf den Strohballen, auf dem er saß. Kein Wunder, dass seine Füße aussahen wie Hackfleisch – er war den ganzen Weg von Kleve nach Emmerich gelaufen. Wie weit das wohl war? Fünfzig Kilometer bestimmt. Stundenlang hatte er über die Felder stapfen müssen, weit genug weg von der Straße, damit sie ihn nicht entdeckten. Mindestens hundertmal war er in den Dreck gefallen, weil er nicht sehen konnte, wo er hintrat. Seine Klamotten sahen übel aus, aber Lutz hatte gesagt, er könnte ihm nichts anderes zum Anziehen bringen, seine Mutter würde sofort merken, wenn etwas fehlte. Wenigstens eine Decke hatte er ihm besorgt. Hier auf dem Heuboden über der Tenne und dem Kuhstall war es einigermaßen warm, schon durch das Vieh, aber er hatte trotzdem den ganzen ersten Tag gefroren wie verrückt. Das war wohl normal, wenn man die halbe Nacht draußen durch den Regen gerannt war. Und dann hatte er noch Ewigkeiten in den nassen Kleidern hinter der Hecke gelegen, bis sein Vetter sich endlich mal draußen hatte blikken lassen.

Hoffentlich war Onkel Bernd bald fertig mit dem Melken, lange konnte er nicht mehr aufhalten. Lutz hatte versprochen, vor der Schule hochzukommen und ihm einen Pinkeleimer zu bringen; die alte Raviolibüchse lief schon über. Für das andere musste er sich nachts in den Stall runterschleichen und sich in die Rinne hocken und hinterher alles mit Kuhscheiße verquirlen, damit keiner was sah, hatte Lutz gesagt.

Sein Magen knurrte. Ob sein Vetter wohl heute was anderes rausschmuggeln konnte als trockenes Brot und eine Scheibe Käse?

Björn nahm einen Schluck Wasser aus der alten Milchkanne und zog die Decke um die Schultern. Hier war er sicher. Kein Mensch wusste, dass er einen Onkel in Emmerich hatte. Oder hatte er irgendwem davon erzählt? Höchstens Andy ... Andy! Der hatte es doch tatsächlich auch noch geschafft abzuhauen. Lutz hatte ihm die Zeitung gezeigt, wo die Fotos von ihm und Andy drin waren und wo stand, dass sie vermisst würden. Aber klar, Andy war schnell und verdammt stark. Wo der sich wohl versteckte?

Nein, hier würden sie ihn nicht finden, bestimmt nicht.

Heute fand das Scheunenfest in der Bedburg-Hauer Reithalle statt. Nadine hatte überhaupt nichts dagegen, ihren Vater mitzunehmen, schließlich kam sie so an eine kostenlose Fahrgelegenheit.

»So lange ich nicht deinen Babysitter spielen muss ...«

Auf der Schmelenheide staute sich der Verkehr. Obwohl es schon nach Mitternacht war, kamen immer noch ganze Horden von Jugendlichen an. Manche hatten sich zu sechst oder siebt in einen Kleinwagen gequetscht, viele waren mit Fahrrädern oder Mofas da, aber die meisten wurden offensichtlich von Mutti oder Vati gebracht.

Komisch, dachte Ackermann, zu meiner Zeit mussten wir um zwölf schon wieder zu Hause sein – spätestens.

»Wat meins' du, Kind? Ich stell den Wagen besser hier anner Straße ab, wa? Der Parkplatz oben is' bestimmt rappelvoll.«

Es goss mal wieder in Strömen und der Waldweg, der zur Reithalle hinaufführte, war aufgeweicht und rutschig. Die Mädchen mit den Brikettschuhen hatten ihre liebe Mühe, nicht auf die Nase zu fallen.

Ackermann kicherte. »Warum tun die sich so wat an? Dat sieht doch aus, als hätten die alle Klumpfüße.«

Nadine zuckte nur die Achseln und hakte sich bei ihm ein.

»Du könns mir übrigens 'n Gefallen tun, Süße. Sperr ma' deine Lauscher auf, ob de wat rauskriegs' über die nackten Russen.«

»Wie hoch ist denn die Belohnung?«

Am Eingang stand derselbe Rausschmeißer, den er

auch schon in Mehr getroffen hatte, ein zweiter lungerte bei den Toiletten herum. Saalordner konnte Ackermann nirgendwo entdecken.

»Schwirr ab!« Er gab Nadine einen Klaps auf den Po. »Da vorne stehen Frauke un' Susanne.« Aber seine Tochter hatte ihre Freundinnen längst selbst gesehen. Sie warf ihm einen Luftkuss zu und drängelte sich durch die Menge, die hier vorn am Eingang bei den Getränkeständen besonders dicht war.

Rauchschwaden hingen in der feuchten Luft, der tiefe Sandboden war aufgewühlt. Nur an der Stirnseite hatte man Paletten ausgelegt – die Tanzfläche. Das Licht war nicht gerade gemütlich zu nennen. Früher war das anders gewesen. Zumindest hatte man rote Glühbirnen in die Lampen geschraubt und die Wände ein bisschen dekoriert. Aber damals hatte es solche Massenfeten auch noch nicht gegeben, die irgendeiner veranstaltete, der bloß seinen Reibach machen wollte. Hier waren mindestens fünfhundert Leute. Da konnte doch keine Stimmung aufkommen. Jedenfalls keine gemeinsame.

Der Diskjockey legte eine Scheibe von so einem Schlagerfuzzi auf und im Nu füllte sich der Tanzboden. Ackermann musste grinsen. Genau wie zu seiner Zeit tanzten die jüngeren Mädchen mit ihren Freundinnen, weil die Jungs sich nicht trauten.

Er fand einen Platz an der Wand, rollte sich eine Zigarette und sah sich um. Vieles hatte sich nicht geändert: Die Mädchen gluckten mit den Mädchen zusammen, kicherten, flüsterten, umarmten sich; die Jungen standen ein Stück weiter, Bierglas in der Hand, klopften Sprüche und sich gegenseitig auf die Schultern. Natürlich gab es auch knutschende Pärchen. Bei Nadine und ihren Freundinnen standen ein paar Jungs herum, die alle diese komischen Buffhosen trugen, die so tief hingen, dass man die Unterhosen sehen konnte und manchmal auch ein Stück vom Popo. Auch eine Aussage! Ackermann hatte mal in einem Lexikon ein Foto von einem Südseeinsulaner gesehen, der Elefantiasis am Hodensack gehabt hatte – der Mann hätte sich über so eine Buxe bestimmt gefreut.

Er lachte meckernd, laut genug, dass sich die Jungen, die ein paar Meter entfernt standen, zu ihm umdrehten und Witze rissen. Einer zeigte auf den Piepser, den Ackermann am Hosenbund trug und flüsterte seinem Nebenmann etwas ins Ohr. Die Jungs hatten alle die gleiche Frisur, wie mindestens hundert andere in der Halle auch, musste schwer in Mode sein: ein paar glatte Haare mit Poposcheitel oben auf dem Schädel, festgekleistert mit Pomade, der ganze Rest war abrasiert. Sah irgendwie nazimäßig aus. Was die Farben der Kleidung anging, schien man heutzutage nicht viel Auswahl zu haben, alles schwarz, grau, dunkelblau, manchmal ein bisschen was Weißes. Und er hatte sich schick machen wollen und extra sein rotes Hawaii-Hemd angezogen, das die Mutti in Nijmegen gekauft hatte. Jetzt kam er sich vor wie ein Feuermelder.

Ach, guck mal an, da hinten war ja auch Norberts Kleine. Er winkte: »Hu hu, Anna!« Aber sie hatte ihn wohl nicht erkannt. Na bitte, der Norbert war also doch nicht so streng, wie er immer tat; ließ das Kind auch mal nachts ausgehen. Meine Fresse, die hatte die dicksten Bremsklötze unter den Schuhen, die er je gesehen hatte! Und das bei einem so zierlichen Persönchen. Wieder musste Ackermann lachen. Zu seiner Zeit hatte man schließlich auch nicht gemerkt, wie bescheuert man ausgesehen hatte in diesen Schlaghosen, die einem auf der Hüfte klebten und so spack saßen, dass sie einem alles abdrückten. Und selbst die fetteste Wampe hatte sich in so einem engen Rippenpulli präsentiert. Wenn man heute die Fotos sah ...

Damals wäre das hier ein olivgrünes Meer gewesen. Schließlich hatte jeder einen Bundeswehrparka gehabt und einen Strickschal, der mindestens 2,5 m lang sein musste. Man hatte sich gar nicht getraut, was anderes anzuziehen.

Hee, das war ja wohl eine affenscharfe Scheibe! Credence Clearwater, seine geliebten CCR, Mensch! Jetzt hielt ihn nichts mehr.

»Oh Gott«, rief Nadine. »Mein Vater tanzt!«

»Ja und?«, meinte Frauke. »Lass ihn doch.« Sie stellte sich auf die Zehenspitzen, um die Tanzfläche besser sehen zu können, und dann wusste sie, warum ihre Freundin sich so gequält anhörte.

Ackermann stand mitten auf dem Parkett, das rechte Bein gestreckt, das linke leicht gebeugt, beide Arme angewinkelt und bewegte nur die linke Hand im Rhythmus der Musik ungefähr drei Zentimeter auf und ab. Die Augen hatte er geschlossen, und wenn es mit ihm durchging, schnippte er einmal mit den Fingern und stöhnte: »Oh yeah!«

Ein professioneller Breakdancer hätte nicht mehr Aufmerksamkeit erregen können. Um ihn herum hatten sich die Tänzer zurückgezogen und staunten ihn an, aber davon merkte Ackermann nichts, denn auch das nächste Stück riss ihn mit: *Born to be wild*.

Erste Schweißperlen sammelten sich auf seiner Stirn. »Oh yeah, yeah, yeah!«

Plötzlich schlug er die Augen auf – irgendwo war Unruhe entstanden. Er spürte es mehr, als dass er es hörte.

Gar nicht weit von ihm, gleich bei den Boxen gab es eine Rangelei. Mit einem Satz war Ackermann von der Tanzfläche gesprungen und hatte sich ins Getümmel gestürzt, aber als er sich endlich durchgedrängelt hatte, war offenbar schon alles vorbei. Einer der Jungen mit dem HJ-Haarschnitt lag im Sand und krümmte sich. Er blutete aus der Nase und fluchte laut. Ein zweiter versuchte, ihn an den Armen hochzuziehen. Die Leute, die drum herum standen, guckten nur.

»Boah ej, wo ist der Wichser?« Der Verletzte war hochgekommen, schwankte noch, blieb aber auf den Beinen. »Ich mach den alle! Ich mach den kaputt!« Dann spuckte er einen Schwall Blut aus und befingerte seine Zähne.

»Alles in Ordnung?« Ackermann legte ihm den Arm um die Schulter.

Der Junge wich zurück. »Ej, Hammer! Wer ist der denn? Was saugt der mich denn an?«

Die Umstehenden raunten Zustimmung.

»Nu' mach dir ma' nich' ins Hemd. Ich wollt bloß helfen.« Ackermann lächelte beruhigend, zückte sein Portemonnaie und drückte dem anderen Jungen einen Zwanzigmarkschein in die Hand. »Da, geh ma' 'ne Runde Bier holen, dat dein Freund hier wieder auf de Beine kommt. Über sechzehn seid er doch wohl?«

Der Jugendliche stutzte. »'türlich«, nickte er dann, griff sich den Geldschein und verschwand schnell. Die Zuschauer verloren das Interesse.

»Hier!« Ackermann hielt dem Verletzten sein Taschentuch hin. Der zögerte erst, nahm es dann aber doch und wischte sich das Blut von Nase und Mund.

»Am Kinn is' auch no' wat.« Ackermann nahm ihm das Tuch weg. »Spuck ma' drauf.« Dann wischte er behutsam die Blutspuren ab.

»Jetz' erzähl ma'. Wat is' eigentlich passiert?«

Der Junge geriet sofort wieder in Rage. »Dieser dumme Hurensohn! Weißte, was weiß ich. Saugte mich auf einmal an, meinte, ich hätte mit dem seiner Perle rumgeleckt. Dämlicher Spasti! Auf einmal gibt der mir eine. Kein Plan, warum.«

»Der Hammer überhaupt!« Sein Freund war mit drei großen Bechern Bier zurückgekommen. »Die dumme Fotze macht doch mit jedem rum, wenn die dicht ist.«

Ackermann nahm ihm einen Becher ab und trank ihn in einem Zug aus. Die beiden guckten ihn an. »Ihre Kohle«, meinte der Freund, »hier.«

»Lass stecken. Kannste gleich noch 'ne Runde für holen. Hab ich dat richtich? Ihr kennt dat Arsch, dat dich vertrimmt hat?«

»'türlich. Das ist voll der Spasti. Wenn ich den irgendwann mal krieg', den mach ich kaputt.«

»Komm, trink ers' ma'. Dann kommste wieder runter. Also, ich an deiner Stelle würd' den Typ sofort anzeigen, wegen Körperverletzung. Ich mein, wenn de den schonn kennst. Und Zeugen haste auch.«

Der Junge riss zuerst ungläubig die Augen auf, dann verzog er abfällig den Mund und tippte sich an die Stirn.

»Boah, ich schwör, ej!«, rief sein Freund. »Tu mal normal. Wie bist du denn drauf? Ich bin doch nicht bescheuert! Anzeigen! Hammer, ej! Dann kommt der mit vierzig Mann und fickt mich voll im Arsch.«

»Blödsinn! Die Bullen sorgen schon dafür, dat euch nix passiert. Die kassieren den Kerl ers' ma' ein, un' dann kriegt der gehörig einen auf den Sack.«

»Er mal abgehen, schnallste voll nicht ab! Einkassieren! Nach einer Stunde rennt der sowieso wieder rum. Bastard!«

»Versteh ich dat richtich? Ihr haltet lieber die Schnauze un' verpisst euch, als dat ihr den Typen anscheißt? Dat is aber verdammt feige, Jungs.«

»Hängen geblieben, oder was? Und wenn der einen auf den Sack kriegt, ist dem doch scheißegal. Paar Sozialstunden. Die Bullen! Klar, die stehen auf uns. Die tun alles für uns.«

Ackermann schüttelte den Kopf. »Der Kerl läuft also weiter rum un' macht, wat er will. Der un' seine Freunde. Un' ihr guckt zu un' macht nix?«

Die beiden grinsten schief. »Klar.«

»So 'ne gequirlte Kacke hab ich schonn lang' nich' mehr gehört«, regte Ackermann sich auf.

»Lass gut sein, Papa.« Nadine fasste ihn von hinten am Ellbogen. »Komm, wir hauen ab.«

Aber Ackermann war auf einmal schrecklich wütend. »Abhauen? Dat scheint ja bei euch in Mode zu sein!« Er drehte sich wieder zu den Jungen um, aber die hatten sich auf den Weg zum Bierstand gemacht. »Kennst du die?«

»Ja, die sind selbst nicht ganz ohne. Von denen hält man sich besser fern.«

»Wat is' denn so falsch an denen? Dat sind normale Jungs, die noch nich' trocken hinter de Ohren sind, un' denen anscheinend keiner beigebracht hat, wat Sache is'.« Gereizt schüttelte er ihre Hand ab. »Fern halten? Ah, jetz' versteh ich. Dat sind wohl Hauptschüler oder Asis, wie du dat nenns'.«

Mann, wann war die Welt denn nur so umgekippt? Er war damals zur Penne gegangen, aber ein paar seiner besten Freunde waren auf der Volksschule geblieben. Keiner hatte daran auch nur einen Gedanken verschwendet. Sie hatten immer zusammen gespielt und das Dorf unsicher gemacht.

»Ach ja«, schnaubte er, »un' der Kerl, der dem Jung' eine getafelt hat, dat war ja bestimmt 'n Russe oder 'n Kurde, wa?«

Nadine senkte den Blick. »Nein, das war ein Deutscher ...«

Ackermann atmete zischend aus und wurde wieder leiser. »Hab ich mir gedacht. Weißte, ich kann dat nich' haben. Ich musst mich da schon letztens kriminal drüber ärgern, wie du dat gesacht has'. Für euch heißt dat vielleich' nix mehr, aber mir wird ganz schlecht davon. Bestimmt gibbet 'n paar schräge Vögel unter den Ausländern, genau wie bei den Deutschen. Un' bestimmt gibbet Drecksäcke bei denen vonne Hauptschule, aber auch bei denen vonne Penne. Dat glaub mir.«

»Ach, Papa ...«

»Nix, ach Papa!«

»Doch! Du hast doch nicht die geringste Ahnung, wie es heute wirklich aussieht.«

»So? Hab ich nich'? Na, dann klär mich doch ma' auf, werte Dame.«

Aber in diesem Augenblick meldete sich sein Piepser.

8

Als Ackermann am Einsatzort in der Bresserbergstraße ankam, war es zwei Uhr in der Frühe und nur in einem einzigen Haus brannte Licht. Van Appeldorns Auto und ein Streifenwagen parkten auf dem Gehsteig.

Die Eheleute Rogmanns seien heute Nacht aus dem Urlaub zurückgekommen und hätten in ihrem Haus einen toten Einbrecher gefunden, hatte der Diensthabende gesagt. Komische Geschichte. Ob den Mann bei der Ausübung seiner Tätigkeit vor lauter Aufregung der Schlag getroffen hatte, dachte Ackermann. Aber im Grunde war ihm nicht nach Scherzen zumute. Er hatte mit Toten nur sehr selten zu tun gehabt, und darüber war er auch ganz froh.

Noble Gegend, hier wohnten nur die bestens Betuchten. Auch Rogmanns schienen keine Not zu leiden. Das Wohnmobil, das vor der Garage stand, kostete gut und gern neunzigtausend Mark. Das Haus war noch ziemlich neu, ein Flachdachbungalow aus grauem Beton mit purpurfarbenen Fensterrahmen und einer ebenso lackierten Haustür. Ackermanns Geschmack war es nicht, viel zu modern und zu kalt.

Er wollte gerade auf den Klingelknopf drücken, als die Tür geöffnet wurde und Norbert van Appeldorn mit zwei Streifenbeamten herauskam. »Wat is' los?«, flüsterte Ackermann. »Wat guckt ihr denn alle so komisch?«

»Die Kollegen kennen den Toten«, antwortete van Appeldorn. »Es ist Andreas Kaufmann.«

»Der Junge?« Ackermann starrte ihn entsetzt an. »Wat is' denn passiert?«

»Sieh es dir selbst an.« Van Appeldorn nickte den Kollegen zu. »Ruft van Gemmern. Er soll sich beeilen, wir warten. Und sagt auch Bonhoeffer Bescheid.« Dann drückte er die Haustür auf und ließ Ackermann vorbei. Der kam nur drei Schritte weit, dann wurde er von einem Dalmatiner angesprungen, der ihm freudig durchs Gesicht leckte.

»Verdammt noch mal«, rief van Appeldorn. »Ich hatte Ihnen doch gesagt, Sie sollen die Hunde wegsperren. Die haben schon genug Spuren verwischt.«

Ein etwa sechzigjähriger Mann kam um die Ecke und zog den Hund am Halsband zurück. »Die Kleinen haben wir ja schon ins Bad gesperrt.«

»Alle! Auch die beiden großen«, befahl van Appeldorn. »Wir werden uns auch beeilen«, meinte er dann einlenkend.

Im Esszimmer rechts saß Frau Rogmanns am Tisch und stierte vor sich hin.

»Guten Abend«, grüßte Ackermann unbeholfen, aber sie antwortete nicht, sah ihn nur verstört an.

Van Appeldorn schob ihn weiter ins Wohnzimmer. Hier sah es wüst aus, herausgezogene Schubladen, durchwühlte Schränke, Papiere und Bücher überall auf dem Boden verteilt, auf dem Tisch waren ein Videorecorder, eine Stereoanlage und eine Kamera aufeinander gestapelt. Am schlimmsten sah es rund um die Sitzgruppe aus. Das Dachfenster darüber stand sperrangelweit offen und es musste tagelang hereingeregnet haben. Das weiße Sofa war völlig durchweicht und mit schlammigen Schuhspuren übersät, auf dem hellrosa Teppichboden hatten sich Pfützen gebildet, der Belag schlug Wellen.

An der rechten Seite führte eine offene Treppe in den Keller hinunter.

»Er ist da unten«, sagte van Appeldorn, aber Ackermann hatte den Jungen schon entdeckt. Er lag ungefähr einen halben Meter von der untersten Stufe entfernt auf dem Rücken. Der Kopf war zur Seite gekippt. Die Kellertür hinter ihm stand weit offen.

»Müssen wir da runter?«, fragte Ackermann kleinlaut.

»Wir gehen außen rum, sonst machen wir noch mehr kaputt. Rogmanns sind schon hier runtergelaufen und die Hunde haben überall rumgetrampelt.«

»Dat seh ich«, meinte Ackermann und zeigte angeekelt auf den verschmierten Hundehaufen auf der zweiten Treppenstufe.

»Rogmanns sind da nicht reingetreten«, meinte van Appeldorn. »Das hab ich schon überprüft. Der Dreck ist angetrocknet, muss also schon länger hier liegen.«

»Vielleicht is' der Jung' ja da drauf ausgerutscht un' die Treppe runtergefallen«, überlegte Ackermann. »Un' dabei hat er sich dat Genick gebrochen.«

»Möglich. Komm jetzt!«

Ackermann ging nicht mit in den Keller. Er blieb in der offenen Tür stehen und hielt seinen Blick fest auf die Beine des Toten geheftet. Spillerige Kinderbeinkes, dachte er und schluckte. Der Junge war ja auch erst vierzehn gewesen.

Oben klingelte jemand an der Haustür. Van Appeldorn stieg vorsichtig über den Toten hinweg und trat näher an die Treppe heran. »Herr Rogmanns!«, rief er. »Wenn das der Arzt ist oder der Kollege vom Erkennungsdienst, schicken Sie sie bitte hinten herum.«

Klaus van Gemmern erledigte die gesamte technische Arbeit für die Polizei schon seit über einem Jahr ganz allein und war eigentlich ständig übermüdet, aber er beklagte sich selten. Er war Junggeselle und außer seiner Arbeit interessierte ihn nur seine umfangreiche Sammlung alter Hendrix- und Zappa-Platten. Vor ein paar Monaten hatte die Meinhard ihm eine junge Kollegin zur Seite gestellt, die aber schon nach drei Wochen das Handtuch geworfen hatte. Van Gemmern verlangte von einem Mitarbeiter das Gleiche wie von sich selbst: unbedingten Einsatz, schnelle, fehlerlose Arbeit und ein großes Maß an Kombinationsgabe.

Man musste ihn aus dem Tiefschlaf geklingelt haben, denn er war noch blasser und wortkarger als gewöhnlich. Nach einem knappen Gruß stellte er seinen Koffer ab und ging langsam um den Toten herum, dann hockte er sich neben ihn und betrachtete eingehend Gesicht und Hände.

»War schon ein Arzt da?«, wollte er wissen.

»Nein«, antwortete van Appeldorn. »Ich habe Bonhoeffer Bescheid geben lassen. Der besteht neuerdings drauf.«

»Gut so!« Van Gemmern holte seine Kamera aus dem Koffer und fing an zu fotografieren.

Arend Bonhoeffer, der Pathologe, war mit dem Taxi gekommen. »Wir hatten einen herrlichen Burgunder zum Abendessen und bei einer Flasche ist es nicht geblieben«, schwatzte er, als er vom Garten herunterkam, wurde dann aber sofort ernst. »Ein Kind.«

Ackermann ließ ihn vorbei und nickte. Ein »Guten Abend« wollte ihm nicht über die Lippen. Andy Kaufmann war genauso alt gewesen wie seine Jeanette.

Auch Bonhoeffer hockte sich erst einmal neben die Leiche und schaute nur. »Hilfst du mir beim Entkleiden, Klaus?« Die beiden Männer zogen Latexhandschuhe an. Ackermann kämpfte mit dem Würgen und ging nach draußen. »Ich kann dat nich', Norbert!«

»Dann bleib eben draußen. Oder geh hoch und sprich mit den Leuten.«

»Wat soll ich denn fragen?«

»Herrgott! Ob was fehlt. Was die Einbrecher haben mitgehen lassen, wie lange Rogmanns in Urlaub waren, ob jemand einen Schlüssel hatte ... Ach, vergiss es!« Van Appeldorn wurde ungeduldig. Keiner war gern bei einer Leichenschau dabei, aber es durfte einen doch nicht dermaßen aus den Pantinen hauen, dass man nicht mehr wusste, wo oben und unten war. »Ich erledige das nachher.«

Der Tote lag jetzt nackt auf dem Rücken.

»Grüne Verfärbung der Bauchhaut, beginnend im rechten Unterbauch«, sagte Bonhoeffer. »Erste Fäulnisreaktionen, teilweise Hautablösung mit Blasenbildung. Lebende Fliegenmaden in den Augenwinkeln. Was meinst du, Klaus?«

»Vier bis acht Tage.«

»Also, dazu ...«, begann van Appeldorn, aber Bonhoeffer ließ sich nicht stören. »Wollen mal sehen ... Die Totenflecken lassen sich nicht mehr wegdrücken, die Totenstarre ist außer an den Gelenken gelöst. Ich würde sagen, er ist seit drei, maximal vier Tagen tot.«

»Kriegen wir das noch genauer?«, fragte van Appeldorn. »So viel wusste ich schon. Der Junge war nämlich am Freitag noch in der Schule.«

Bonhoeffer drehte sich um. »Noch genauer? Dazu muss ich ihn erst einmal auf dem Tisch haben. Aber ich glaube kaum.« Dann wandte er sich wieder dem Leichnam zu und öffnete ihm den Mund. »Erbrochenes ...«

»Platzwunde am Hinterkopf«, sagte van Gemmern. »Und das hier ist auch auffällig.« Er zeigte auf einige dunkle Stellen am Brustkorb und an der Seite.

Bonhoeffer nickte nachdenklich und stand auf. »Der Bestatter kann jetzt kommen und ihn in die Pathologie bringen. Und ich rufe mir mal ein Taxi.«

»Kannst du ihn dir morgen schon vornehmen?«, wollte van Appeldorn wissen.

Bonhoeffer hatte die Handschuhe ausgezogen und sein Handy aus dem Regenmantel geholt. »Ja«, antwortete er. »Morgen früh gleich als Erstes. Im Augenblick habe ich nicht viel zu tun, Sommerloch.« Dann drehte er sich zur Wand und führte seine beiden Telefongespräche.

Van Gemmern war dabei, Plastiktüten über die Hände des Toten zu ziehen. Es war ihm deutlich anzumerken, dass er sich wünschte, endlich in Ruhe arbeiten zu können.

»Wir gehen jetzt zu den Rogmanns hoch, Klaus«, sagte van Appeldorn. »Oben am Anfang der Treppe liegt ein Hundehaufen, in den jemand reingetreten ist. Vielleicht ist der Junge ja darauf ausgerutscht. Schau's dir mal an.«

Van Gemmern antwortete nicht. Er nahm die Kleidung des Jungen, betrachtete sie und packte sie dann in einen Plastikbeutel.

Ackermann lehnte an einem Stapel Kaminholz, der an der Garagenwand aufgeschichtet war. »'n Abend, Doktor! Tut mir Leid, dat ich schlappgemacht hab.«

Bonhoeffer lachte leise. »Für Sie war es das erste Mal, nicht wahr? Ich kenne einige, denen auch nach Jahren noch ganz schön flau dabei wird.«

Sie gingen durch die Garage am Wohnmobil vorbei zur Straße. »Lasst euch nicht aufhalten«, meinte Bonhoeffer. »Vermutlich wollt ihr auch irgendwann mal wieder ins Bett. Das Taxi muss gleich da sein. Ach ja, und sagt dem Bestatter, er soll vorsichtig sein beim Einpacken.«

Herr Rogmanns öffnete ihnen die Haustür. »Es tut mir Leid, aber wird es noch sehr lange dauern? Ich habe eine zwölfstündige Autofahrt hinter mir, wir sind seit über dreißig Stunden auf den Beinen ...«

»Norbert!«, rief van Gemmern aus dem Wohnzimmer.

»Entschuldigung, Herr Rogmanns«, meinte van Appeldorn und warf Ackermann einen strengen Blick zu. »Mein Kollege wird sich schon mal mit Ihnen unterhalten. Ich komme gleich hinzu.«

Van Gemmern hatte sich inzwischen einen Überblick verschafft. »Wie schnell brauchst du die Ergebnisse?«

»Vorgestern«, antwortete van Appeldorn, »wie immer. Das kennst du doch.«

Der ED-Mann legte seine Kamera zurück in den Koffer und ließ die Schlösser zuschnappen. »Aber sicher doch.

Hör zu, dies sieht nach einer komplexen Geschichte aus und ohne anständiges Licht läuft hier gar nichts. Ich könnte natürlich alles ankarren lassen, aber das dauert. Außerdem arbeite ich grundsätzlich lieber bei Tageslicht, das weißt du. Also, Vorschlag: Ihr bringt die Leute bei Verwandten oder im Hotel unter, möglichst bis übermorgen, dann versiegelt ihr die Bude und stellt bis morgen früh eine Wache davor. Und wenn du schnelle Ergebnisse haben willst, brauche ich einen zweiten Mann.«

»Na wunderbar! Soll ich dir einen backen, oder was?«

»Sorge dafür, dass die Meinhard mir für morgen den Schumacher abstellt.«

»Den Schumacher?« Van Appeldorn war sicher, dass er sich verhört hatte. »Du meinst doch nicht diesen Schnulli aus Düsseldorf!«

Van Gemmern verzog für den Bruchteil einer Sekunde spöttisch den Mund. »Genau den Schumacher«, sagte er dann nur. »Ach ja, und noch was: Es sieht nicht so aus, als sei der Junge auf der Hundescheiße ausgerutscht. An seinen Schuhen habe ich nichts finden können. Zumindest nicht auf den ersten Blick.«

»Norbert, hör ma'«, Ackermann kam hinzu. »Die Leutchen sind völlig fertig. Die müssen bloß noch in 't Bett. Da is' nix mit Befragung.«

Van Gemmern nahm seinen Koffer, tippte sich an einen imaginären Mützenschirm und ging.

»Die Frau is' bloß noch am Weinen«, meinte Ackermann hilflos.

Aus dem Badezimmer drang mehrstimmiges Hundegeheul.

Van Appeldorn fuhr sich mit beiden Händen durchs Haar und seufzte müde. Dann folgte er Ackermann ins Esszimmer. »Herr Rogmanns«, begann er. »Haben Sie Verwandte oder Freunde, bei denen Sie unterkommen könnten?«

Der Mann schaute ihn verwirrt an.

»Sehen Sie, wir haben noch eine ganze Weile hier zu tun und Sie brauchen Ihren Schlaf. Wir werden Ihr Haus heute Nacht versiegeln müssen und die Spurensicherung muss morgen noch hier arbeiten. Es wäre also gut, wenn Sie für ein, zwei Tage zu Freunden ziehen würden.«

»Wir haben eine Tochter«, sagte Herr Rogmanns, »aber, mein Gott, es ist vier Uhr morgens.«

Vor dem Haus bremste ein Auto. Das waren vermutlich die Leichenbestatter.

»Wir können doch im Wohnmobil schlafen«, meinte Frau Rogmanns matt.

»Das halte ich für keine gute Idee«, wehrte van Appeldorn ab.

Es klingelte.

»Nur bis morgen früh. Bis wir unsere Tochter anrufen können.«

»In Gottes Namen. Ackermann, mach die Tür auf!«

Die Bestatter hatten den Sarg gleich mitgebracht. »Warten Sie hier«, rief van Appeldorn und wandte sich dann wieder an das Ehepaar. »Sie nehmen doch die Hunde mit? Brauchen Sie sonst noch etwas aus dem Haus?«

»Nein, wir haben doch noch gar nicht ausgepackt ...«

»Dann versuchen Sie jetzt zu schlafen. Und denken Sie daran: So lange unser Siegel an Ihrer Tür ist, dürfen Sie nicht hinein.«

Die beiden nickten und liefen zum Badezimmer.

»Stopp!«, rief van Appeldorn. »Ackermann, mach die Tür zum Wohnzimmer zu!«

Es dauerte ein paar Minuten, bis man gemeinsam das Gewusel aus fünf überdrehten Hunden, drei davon Welpen, sortiert, eingefangen und im Wohnmobil verfrachtet hatte.

Nur die beiden Männer vom Bestattungsunternehmen rührten keinen Finger.

»Na, wo liegt er denn jetzt?«, meinte der ältere, als endlich Ruhe eingekehrt war.

Ackermann zeigte auf den Sarg. »Ihr müsst mit dem Teil da wieder raus, durch de Garage un' hintenrum. Der Junge liegt im Keller. Un' wir rufen jetz' 'ne Wache, oder?«, fragte er dann van Appeldorn. »Hasse Sachen zum Versiegeln mit?«

»Ich regele das alles. Sag du den beiden Sargträgern Bescheid, Bonhoeffer will, dass sie vorsichtig sind.«

Ackermann stieß die Wohnzimmertür auf und lief zur Kellertreppe. Noch Jahre später wünschte er sich, er hätte es nicht getan.

»Verdammte Sauerei!«, motzte der Bestatter. »Hätte man uns doch sagen müssen, dass der schon hinüber ist.« Er hielt Andy Kaufmanns kompletten Skalp in der Hand.

Ackermann schaffte es so gerade eben noch bis zur Kloschüssel.

»Morgen geh ich zu Charly«, krächzte er eine Weile später. »Die soll mich sofort abziehen. Ich hab kein' Bock mehr auf Libero bei eurer Truppe. So wat muss ich nich' haben.«

Van Appeldorn hielt ihm ein Handtuch hin. »Jetzt komm mal wieder runter, Jupp. So was passiert uns auch nicht jeden Tag. Komm, jetzt lass uns den Laden hier dichtmachen. Die Wache ist schon da.«

Als sie aus dem Haus kamen, begrüßte sie ein Blitzlichtgewitter.

»Ah, die Geier sind auch schon da.« Van Appeldorn knuffte Ackermann in die Seite. »Halt dich gerade!«

Es waren erstaunlich viele Reporter für Klever Verhältnisse.

»Lass mich versiegeln«, raunte Ackermann. »Reden kann ich nämlich no' nich.«

»Kein Kommentar«, sagte van Appeldorn in bester Krimimanier. »Kein einziger Satz zu diesem Zeitpunkt. Wir treffen uns alle morgen zur Pressekonferenz um 17 Uhr.«

9

Fanny fing ganz leise an zu singen: »Männer sind Schweine«, und sofort summten alle anderen im Bus mit.

Es war aber auch ein echt geiles Konzert gewesen, super Stimmung, auch jetzt noch auf der Rückfahrt.

»Ich stand eigentlich nicht so auf *Ärzte*«, meinte Zarah, »aber ab heute ...«

»Nee, du stehst auf jemand anders«, flachste Woody, der hinter den beiden Mädchen saß. »Das hat ja wohl inzwischen jeder geschnallt.«

»Ach, halt doch die Klappe, du Blödmann!« Zarah kicherte. »Hast du Zeitung gelesen?«

Woody beugte sich über die Rücklehne und grinste zu ihr hinunter. »Hammer, wa? Die beiden haben so viel Schiss gekriegt, dass die abgehauen sind. Vermisst! Die bauen keinen Scheiß mehr, da wette ich drauf.«

Auch Fanny nickte zufrieden.

»Mein kleiner Bruder ist auch ganz happy«, sagte Zarah. »Dieser gemeine Abzocker muckst sich nicht mehr, ist auf einmal ganz brav geworden.«

»Solche Typen verstehen nur eine Sprache«, meinte Woody. »Wenn der sich noch mal aufspielt, sag mir Bescheid. Ich bin sofort wieder dabei.«

»Kinder«, rief Killer von der anderen Seite des Ganges, »ich glaube, so langsam kriegen wir die Sache in den Griff.«

»Heb nicht ab, Alter«, stieß Bobo ihn an. »Die Russen haben wir noch lange nicht im Sack.«

»Aber wir arbeiten daran«, lachte Killer.

Sigi, der vorn neben dem Busfahrer saß, hatte das Mikrofon genommen und sich hingestellt. »So, Leute, wir sind gleich zu Hause. War ein total dufter Abend, den wir bestimmt bald wiederholen. Am Freitag sehen wir uns wie gewohnt beim Training, aber ich hätte da noch eine kleine Überraschung. Nächster Freizeittreff: Lagerfeuer mit Grillen kommenden Samstag am Moyländer Baggerloch. Essen und Getränke habe ich schon bestellt, meine Klampfe ist auch schon gestimmt. Wenn ich mich anstrenge, kriege ich bestimmt ein paar Songs von den *Ärzten* hin.«

Die Truppe johlte.

»Bringt eure Isomatten und Schlafsäcke mit. Manuela hat versprochen, uns ein Sonntagsfrühstück zu servieren.«

»Geil«, flüsterte Zarah. »Ich leg mich neben Tom.«

»Boah, Alte, du raffst das nie! Nur Decknamen!«, fuhr Fanny sie an. »Hast du vergessen, was Sigi uns immer wieder einbläut? Die echten Namen darfst du nicht einmal denken. Du reißt uns noch alle rein.«

Zarah biss sich auf die Lippen. »Ich kann sowieso nicht da übernachten. Was soll ich denn meinen Alten erzählen?«

»Wir machen eine Klassenfahrt draus.« Fanny sah das ganz locker. »So einen blöden Brief, wo die Eltern unterschreiben müssen, werden wir doch wohl noch hinkriegen. Und wenn ich dich zu Hause abhole ...«

»Ich möchte mich auch mal kurz zu Wort melden.« Der Busfahrer hatte das Mikrofon übernommen. »Ihr wart eine sehr nette Gruppe. Keine Randale im Bus, kein Alkohol, kein Dreck. Und das nach einem Rockkonzert! Ich muss sagen: Hut ab. Solltet ihr noch mal einen Bus brauchen, ich fahre euch jederzeit gern. So, und jetzt kommt mal einer von euch nach vorne und macht die Kühlbox auf. Ich gebe eine Runde Cola aus.«

Ackermann porkelte sich mit einer aufgebogenen Büroklammer zwischen den Zähnen herum. Van Appeldorn saß mit dem Rücken zu ihm, die Füße auf dem Schreibtisch, und döste.

Im Augenblick konnten sie nichts anderes tun als warten. Van Gemmern war noch im Labor, um ein paar Dinge auszuwerten, aus der Pathologie hatten sie bisher auch nichts gehört. Knappe zwei Stunden bis zur Pressekonferenz und sie hatten kaum etwas zu erzählen.

»Norbert?«

»Mhm.«

»Dem Giltjes sein Sohn, der Björn, der war doch dem Andy sein Kumpel.«

»Mhm.«

»Könnt' doch sein, der war bei dem Bruch dabei, oder? Ich mein, is' doch ziemlich wahrscheinlich, oder?«

»Mhm.«

»Der eine is' tot un' der andere is' vermisst. Da is' doch wat faul dran. Vielleicht is' der Björn ja auch tot.«

»Ackermann«, stöhnte van Appeldorn, »warum soll der denn tot sein?«

»Ja, weiß ich au' nich'. Et is' einfach bloß komisch.«

»Mhm.«

Viel geschlafen hatten sie beide nicht. Schon um halb neun waren sie bei Frau Kaufmann gewesen. Die Streifenbeamten hatten ihr in der letzten Nacht mitgeteilt, dass Andreas tot war. Besonders Ackermann war das Szenario, das sie morgens in der Wohnung erwartet hatte, an die Nieren gegangen. Im Wohnzimmer hatten sich mindestens zwanzig Leute getummelt, Frauen, Männer, greinende Kinder, und alle hatten sie durcheinander geschnattert und lamentiert. Schnapsgläser waren herumgereicht worden. Mitten in dem ganzen Rummel Mutter Kaufmann, schluchzend, gebrochen. Ab und zu hatte sie einen Schrei ausgestoßen, »Andy!«, und sich das Haar gerauft. Andreas' Schwester war auch da gewesen, Jacqueline, der einzige Mensch in dem ganzen Zirkus, der echte Trauer gezeigt hatte. Sie war fünfzehn Jahre alt, ein hübsches, ernstes Mädchen, das so gar nicht ins Milieu passte. Sie war diejenige, die ihnen sagen konnte, dass Andy mit Sicherheit seit Freitagnachmittag nicht mehr zu Hause gewesen war.

Das Telefon klingelte und Ackermann schreckte derart zusammen, dass er sich die Büroklammer ins Zahnfleisch bohrte. Van Appeldorn nahm in aller Ruhe die Beine vom Tisch und dann den Hörer ab. »Ach, Arend, ja, wir haben schon gewartet. Nein, das ist uns natürlich noch lieber. Bis gleich.«

Er legte auf, lehnte sich wieder zurück und schloss die Augen. »Bonhoeffer ist sowieso in Kleve. Er bringt seinen Bericht selbst vorbei. In zehn Minuten«, nuschelte er.

Ackermann gab schmatzende Geräusche von sich. Er hatte sich tatsächlich ein Loch ins Zahnfleisch gestochen und es blutete.

Gegen zehn waren sie zu Rogmanns gefahren, um den Tatort bei Tageslicht in Augenschein zu nehmen, und hatten staunend Schumacher bei der Arbeit beobachtet. Der schien tatsächlich zu wissen, was er zu tun hatte. Van Gemmern hatte ihnen lediglich gesagt, dass es sich um fünf oder sechs Einbrecher gehandelt hatte, die alle übers Dach eingestiegen waren. Dann hatte er sie energisch darum gebeten, ihm nicht weiter im Weg zu sein.

Mit Rogmanns hatte Ackermann am Telefon gesprochen. Sie waren bei ihrer Tochter in Reichswalde und würden nach der Pressekonferenz ins Präsidium kommen.

Arend Bonhoeffer brachte eine Flasche Calvados mit. »Leider ist er nicht gekühlt. Ich habe ihn gerade erst gekauft.«

Van Appeldorn schmunzelte nur und ging hinaus, um ein paar Gläser zu organisieren.

»Wat is' dat?« Ackermann betrachtete neugierig die Flasche. »Appelschnaps?«

Bonhoeffer nickte. »Eine alte Tradition zwischen Toppe und mir. Helmut hat's auch nicht so mit der Leichenschau und da gibt es hinterher immer einen kleinen Schluck zum Verdauen.«

»Klasse! 'ne Tradition, an die ich mich gewöhnen könnt'. Echt nett von Ihnen, Doktor.«

Klaus van Gemmern kam mit einem Stapel Fotos und ein paar Zetteln. Er wollte keinen Schnaps. »Viel Zeit habe ich nicht.«

»Gut«, meinte Bonhoeffer, »dann fange ich mal an. Zahlreiche Hämatome am ganzen Körper des Toten, die darauf schließen lassen, dass er die Treppe hinuntergestürzt ist. Weiterhin hat er eine Verletzung am Schädel, die von einem schmalen, harten Gegenstand oder einer Kante herrührt. Diese Verletzung ging einher mit einer Commotio cerebri ...«

»Mit einer wat?«, unterbrach Ackermann.

»Mit einer Gehirnerschütterung. Womit wir bei der eigentlichen Todesursache sind. Häufige Folge einer Gehirnerschütterung ist Erbrechen und an diesem Erbrochenen ist der Junge erstickt.«

»Darf ich mal kurz dazwischen?«, fragte van Gemmern. »Welche Blutgruppe hat der Tote?«

»B positiv«, antwortete Bonhoeffer.

Van Gemmern nickte zufrieden. »Ich habe Haare, Hautpartikel und Blut der Gruppe B positiv am Treppengeländer gefunden, etwa in Höhe der vierten Stufe von oben. Und nach meinen Fotos passt die Form des Handlaufs zur Schädelverletzung.«

»Der Junge ist also die Treppe heruntergefallen, mit dem Kopf auf den Handlauf geschlagen und hat sich dabei eine Commotio zugezogen«, fasste van Appeldorn zusammen.

»Sieht ganz danach aus, aber selbstverständlich muss ich die Blutproben noch exakter vergleichen lassen«, murmelte van Gemmern und machte sich eine Notiz.

»Dann war et einfach 'n blöder Unfall«, sagte Ackermann.

Bonhoeffer wiegte zweifelnd den Kopf. »Der Junge ist kurz vor seinem Tod misshandelt worden. Ich habe Spuren an Oberkörper und Bauch gefunden, die eindeutig von Tritten stammen, außerdem Abwehrverletzungen an den Unterarmen.«

Van Gemmern war als Einziger nicht überrascht. »Hast du noch mehr?«

»Nein, das war's«, antwortete Bonhoeffer. »Du bist dran.«

»Also gut, mindestens fünf Täter sind in das Haus eingedrungen. Es können auch mehr gewesen sein, aber von fünfen haben wir klare Schuhspuren auf dem Sofa und auf dem Fußboden, unter anderem auch von Kaufmanns Schuhen. Ins Haus gelangt sind sie alle auf dieselbe Weise. Sie haben sich zwischen der Garage und der Ligusterhecke durchgezwängt. Dabei hat sich ein Täter verletzt. Ich habe Blutspuren an der Wand gefunden, die nicht von Kaufmann stammen. Hinter dem Haus steht ein Birnbaum, über den sind sie aufs Dach gelangt und durch die Luke eingestiegen. Dort gibt es reichlich Fingerspuren. Die Täter haben unterschiedliche Fluchtwege gewählt. Mindestens einer ist durch den Keller in den Garten gelaufen und von dort über den Zaun Richtung Wald. Die größte Gruppe ist ganz normal durch die Haustür nach draußen gegangen. Wohlgemerkt gegangen, nicht gelaufen. Übrigens auch die Person, die in den Hundehaufen getreten ist. Es war also, wie ich schon vermutet hatte, nicht Kaufmann.«

Ackermann nahm die Brille ab, hielt sich die Fotos von den Schuhabdrücken dicht vor die Nase und betrachtete sie eingehend.

Van Gemmern achtete nicht darauf. »Dafür habe ich an Kaufmanns Hose den Abdruck der Schuhsohle mit dem Kot gefunden, etwa in Höhe der Kniekehle.«

Er machte eine Pause und rieb sich die Augen. »Das Blut am Treppengeländer habe ich schon erwähnt. Darüber hinaus fanden wir an den Metallkanten der Treppenstufen Textilfasern, die nicht zu Kaufmanns Kleidung passen. Es handelt sich um schwarze, imprägnierte Baumwolle und sie findet sich an jeder Stufe bis unten. Es sieht so aus, als sei jemand die Treppe heruntergerutscht.«

»Vielleich' der, der durch 'n Keller abgehauen is'«, meinte Ackermann. »Aber wieso überhaupt zwei Fluchtwege? Dat versteh ich nich' ...«

»Augenblick!« Bonhoeffer stand auf. »Bevor ihr jetzt mit euren Spekulationen anfangt, mache ich mich lieber auf den Weg.«

»Ich komme mit.« Auch van Gemmern hatte seinen Stuhl zurückgeschoben. »Ich brauche noch Fingerabdrücke und Haarproben vom Toten.«

»Sach ma', Norbert«, meinte Ackermann, als die beiden gegangen waren, »wieso haben die Einbrecher ei'ntlich nix mitgehen lassen?«

»Das wissen wir doch noch gar nicht«, gab van Appeldorn gereizt zurück. Er versuchte, sich ein Bild zu machen, aber nichts passte so recht zusammen.

»Doch, doch«, fuhr Ackermann unbeirrt fort. »Dat die wat mitgehen lassen wollten, dat wissen wir. Sons' hätten die den Rummel nich' zusammengepackt un' auf 'm Tisch gestapelt. Die müssen gestört worden sein.«

»Aber dann spazieren die doch nicht einfach vorne zur Haustür raus!«

»Au' wieder wahr. Warte ma', jetz' hab ich et! Die haben untereinander Krach gekriegt, die haben sich um irgendwat gekloppt.«

»Könnte sein«, bestätigte van Appeldorn. »Kaufmann zieht den Kürzeren und will durch den Keller abhauen ...«

»... und dabei fällt er die Treppe runter un' holt sich 'ne Gehirnerschütterung«, ergänzte Ackermann. »Aber wat is' mit dem andern, der auch durch 'n Keller raus is'?«

»Ich weiß es nicht.«

»Un' warum hat der Rest der Truppe dat ganze Zeuch stehen lassen un' is' gegangen?«

»Ich sage doch, ich weiß es nicht.«

»Un' wenn Björn Giltjes dabei war, wat ich persönlich ja glaub, wieso is' der vermisst, sons' aber keiner? Wat is' mit die anderen?«

»Verflucht, Ackermann! Halt mal fünf Minuten die Klappe, ja. Ich muss mir überlegen, was ich gleich auf der Pressekonferenz sagen soll.«

Ackermann war tatsächlich eine Minute lang still. »Norbert«, kam es dann vorsichtig. »Ich glaub, jetz' hab ich et wirklich: Die kriegen Krach untereinander, kloppen sich, dabei fällt Kaufmann die Treppe runter un' bleibt besinnungslos unten liegen. Davon kriegen die andern Angst un' hauen ab.«

»Und was ist mit dem Fußabdruck auf Kaufmanns Hose?«

»Du meins', die haben den runtergetreten?«

»Wie gesagt, ich weiß es nicht. Nur eins ist sicher: Wenn die anderen sich um Kaufmann gekümmert hätten, anstatt sich aus dem Staub zu machen, dann wäre der Junge nicht gestorben.«

10

Die Chefin stand schon auf dem Flur. »Wo bleiben Sie denn? Da drinnen ist der Teufel los.«

Van Appeldorn schob den Jackenärmel hoch und sah auf die Armbanduhr. »Drei vor fünf«, meinte er gelassen. »Wir sind pünktlich.«

Charlotte Meinhard ging nicht darauf ein. »Ich sage ein paar einführende Sätze und dann gebe ich an Sie weiter. Zwei Privatsender sind da. Lassen Sie sich von denen nicht verrückt machen.«

»Seh ich so aus?« Van Appeldorn schnaubte.

Sie drängten sich durch bis zu ihrem Tisch und setzten sich. Die Chefin zog ihr Mikrofon näher heran, aber zu einer Begrüßung kam es nicht mehr. Der Herr, der neben der Kamera eines privaten Fernsehsenders stand, preschte sofort vor: »Ist Andy Kaufmann aus Drogen- oder Stricherkreisen bekannt?«

Ackermann fiel die Kinnlade runter. »Woher kennen die dem seinen Namen?«, wisperte er.

»Hatte der Junge enge Kontakte zu dem Ehepaar?«, rief der Reporter. »War das Kind nackt?«

»Frage eins«, sagte die Meinhard kalt, »nein, Frage zwei, nein, Frage drei, nein. Und nun für die Kollegen von der seriösen Presse unsere bisherigen Ergebnisse. Bitte, Herr van Appeldorn!«

»Jaa«, meinte der gedehnt. »Es tut mir Leid, wenn ich einige von Ihnen enttäuschen muss, aber es handelt sich um einen schlichten Einbruch einer Gruppe von Tätern, von denen mindestens einer minderjährig war.« Dann schilderte er nüchtern die Fakten.

»Es könnte also ein Unfall gewesen sein?«, fragte eine Journalistin.

»Die Möglichkeit besteht allerdings.«

»Mord schließen Sie demnach aus?«

»Wir schließen zu diesem Zeitpunkt überhaupt nichts aus. Ein Mord erscheint allerdings unwahrscheinlich, wenn Sie an die Todesursache denken«, antwortete van Appeldorn und dann bat er die Presse, ein paar Fragen zu veröffentlichen. Hatte irgendeiner Andreas Kaufmann nach Freitagmittag lebend gesehen? Die gleiche Frage galt für Björn Giltjes, der möglicherweise am Einbruch beteiligt gewesen war und seitdem vermisst wurde.

Der Reporter von der *Niederrhein Post* meldete sich zu Wort. »Andreas Kaufmann war für Sie doch kein Unbekannter.«

»Stimmt, er hat bereits mehrere kleinere Delikte begangen.«

»Vor einigen Tagen erst hat er einen Automaten geknackt. Richtig?«

»Richtig.«

»Und Sie haben einen anonymen Hinweis bekommen.«

»Auch richtig.«

»Es ist doch schon seit Monaten so, dass die Polizei anonyme Tipps erhält über geplante Einbrüche und dergleichen. Wir haben mehrfach darüber berichtet. Haben Sie auch einen Hinweis auf den Einbruch am Bresserberg bekommen?«

»Nein.«

»Stimmt«, murmelte Ackermann, »dat is' komisch. Warum eigentlich nich'?«

Herr und Frau Rogmanns warteten geduldig vor dem Büro. Sie schienen sich ein wenig erholt zu haben. Ackermann schob Stühle zurecht und bat sie, sich hinzusetzen. Van Appeldorn schielte zur Calvadosflasche hinüber. Ein Schnaps würde ihm nach diesem Pressezirkus gut tun, aber er nahm sich zusammen.

»Waren Sie schon in Ihrem Haus?«

»Ja«, antwortete Herr Rogmanns. »Und es fehlt absolut nichts. Wir haben sehr gründlich nachgeschaut.«

»Haben Sie der Versicherung schonn Bescheid gesacht?«, fragte Ackermann mitfühlend und handelte sich Norberts bösen Blick ein.

»Oh ja, der Vertreter kommt noch heute Abend zu uns.«

»Wissen Sie denn inzwischen, wer das tote Kind ist?«, fragte die Frau weinerlich.

»Andreas Kaufmann«, meinte van Appeldorn. »Für uns kein unbeschriebenes Blatt.«

Frau Rogmanns erbleichte, ihr Mann schnappte nach Luft. »Andy Kaufmann?«, riefen beide wie aus einem Mund.

»Sie kennen den Jungen?« Van Appeldorn wunderte sich.

»Heilige Maria, Mutter Gottes«, schrie die Frau und ihr Mann nahm schnell ihre Hand.

»Seine Schwester«, stammelte er. »Wir kennen seine Schwester. Die hat manchmal von ihm erzählt. Die Jacqui, die ist oft bei uns, führt die Hunde aus und hilft auch im Garten.«

»Und die wusste natürlich, dass Sie in Urlaub sind«, stellte van Appeldorn fest.

»Natürlich.«

»Ha«, rief Ackermann. »Dann is' ja wohl klar, woher die Jungs den Tipp hatten. Kacke, dat Mädken war irgendwie so nett.«

Anna van Appeldorn ließ sich neben ihrem Vater aufs Sofa fallen und legte genauso wie er die Füße auf den Tisch. »Seit wann guckst du denn diesen Sender? Ich denke, du findest den unter aller Sau.«

»Seit heute«, knurrte van Appeldorn und öffnete seine Bierflasche.

»Gibst du mir einen Schluck ab?« Sie streckte die Hand aus.

Er guckte skeptisch, reichte ihr aber dann die Flasche hinüber. »Und seit wann trinkst du Bier?«

»Seit heute.« Sie kicherte, nahm einen kleinen Schluck und schüttelte sich.

»Du willst doch was von mir oder sehe ich das falsch?«

»Nöö, eigentlich nichts Besonderes ... Guck mal«, rief sie dann und zeigte auf den Fernsehschirm.

Dort sah man ein ihnen wohl bekanntes Gotteshaus.

»Die Menschen in der kleinen Siedlung an der Christus König Kirche im beschaulichen Kleve«, begann der Sprecher, »sind fassungslos und haben Angst ...«

Ein geschickter Schwenk auf einen Abschnitt der Küppersstraße, in dem es einigermaßen ordentlich aussah, dann Mutter Kaufmanns verquollenes Gesicht in Großaufnahme. Anna war völlig verblüfft.

»Wer weiß, was diese Menschen meinem unschuldigen Kind angetan haben? Wie soll ich weiterleben ohne Andy? Wie?!«

Anna krallte ihre Hand in van Appeldorns Arm. »Andy Kaufmann?«, rief sie. »Was ist mit Andy Kaufmann?«

»Jetzt sei doch mal still!« Van Appeldorn legte seine Hand auf ihre und schaute auf den Bildschirm. Ein Nachbar wurde befragt. War das nicht der Kerl, der morgens in Frau Kaufmanns Bett geschnarcht hatte?

»In diesem Saustaat sind Kinder nicht mehr sicher. Man kann sein Fleisch und Blut ja noch nicht mal vor die Türe lassen, ohne dass sich so ein Perverser an die ranmacht und sich an die vergreift. Und die Polizei guckt weg und lässt die auch noch wieder laufen. Die Polizei und die Politiker. So sieht das doch aus! Wenn ich so ein Schwein zwischen die Finger krieg ...« Dann wieder ein Schwenk auf die gebeutelte Mutter, »... mein Kind verloren ... lieber selber tot sein ...«

Anna stöhnte und endlich sah van Appeldorn sie an. »Was ist denn los mit dir?« Er packte sie an den Armen und zog sie zu sich heran. »Anna! Gott, ja, stimmt, du musst ihn ja kennen. Daran habe ich gar nicht gedacht.«

»Andy ist tot? Wieso ist Andy denn tot?«, schluchzte sie.

Van Appeldorn nahm sie in die Arme, aber sie wand sich und machte sich wieder frei. »Sag doch!«

Er suchte nach Worten. Warum hatte er bloß nicht nachgedacht? Natürlich kannte Anna den Jungen; er war an ihrer Schule gewesen. Kein Wunder, dass sie geschockt war. Schließlich erzählte er ihr so sparsam wie möglich von dem Einbruch.

Sie nickte.

»Du wusstest aber doch, dass Andreas nicht gerade ein Kind von Traurigkeit war.«

Wieder nickte sie. »Seine Schwester ist bei mir in der Klasse. Aber wieso ist er denn tot?«

»Er ist gestürzt und hatte eine Gehirnerschütterung. Dadurch hat er sich übergeben müssen und daran ist er erstickt.«

Anna schloss die Augen. »Wie schrecklich«, flüsterte sie.

»Ja«, nickte van Appeldorn und strich ihr übers Haar. »Wenn sich jemand um ihn gekümmert hätte, wäre das nicht passiert.«

Das Mädchen sprang plötzlich auf. »Ich muss Jacqui anrufen.«

Van Appeldorn zog sie aufs Sofa zurück. »Hältst du das für eine gute Idee?«

»Ich weiß nicht ... aber ich rufe Carmen an. Ich muss das doch erzählen.«

»Lass es sein, beruhige dich erst mal.«

Aber Anna wollte nicht. »Carmen ist meine beste Freundin. Bitte, Norbert, ich will mit einem reden!«

Er gab sich geschlagen. »Wenn's sein muss. Aber danach kommst du wieder her.«

Sie schüttelte den Kopf. »Warum denn?«

»Weil du komplett von der Rolle bist, Mädchen. Pass auf«, seine Gedanken überschlugen sich, »während du telefonierst, räume ich die Küche auf und decke den Tisch. Und dann rufe ich das Pizzataxi. Wenn Mama und Nora nach Hause kommen, machen wir es uns gemütlich.«

Sie starrte ihn entgeistert an. »Du bist bescheuert!«

Das Telefon rettete die Situation. Van Appeldorn schaltete den Fernseher aus und ging in den Flur, wo der Apparat stand. Es war Ackermann.

»Norbert ...« Das klang nach Entschuldigung. »Ich weiß, du has' gesacht, wir machen dat morgen, aber ich hatt einfach keine Ruh', weil dat Mädken war doch so nett. Ich war bei der Jacqueline.«

»Und?«

»Wenn du mich frachs', die hat nix damit zu tun. Die hat wohl zu Hause erzählt, dat die Rogmanns in Urlaub sind, musste se ja schonn, weil se nicht mehr jeden Tach hingegangen is', aber sons' nix. Un' ich glaub ihr.«

»In Ordnung«, sagte van Appeldorn.

Anna war im Badezimmer verschwunden, als das Telefon geklingelt hatte, und seitdem rauschte ununterbrochen das Wasser. Hoffentlich kam Marion bald.

»In Ordnung, Jupp, gut gemacht. Wir sehen uns morgen.« Er wartete die Antwort nicht ab, sondern legte schnell auf. »Anna, ich bin fertig! Du kannst jetzt telefonieren.«

11

Wenn die nicht bald losfahren, dann fang ich noch an zu heulen. Björn riss mit den Zähnen einen Fetzen von seinem Fingernagel ab. Es brannte und fing an zu bluten.

So langsam wurde er wahnsinnig hier oben. Kein Fernseher, keine *PlayStation,* nicht mal einen zum Quatschen. Bloß die Bücher, die Lutz ihm gebracht hatte und die kein Schwein verstehen konnte. Er hatte es nicht so mit dem Lesen. Als er noch klein war wohl. Da hatte Mama ihm vom Einkaufen manchmal *Donald Ducks* mitgebracht. Die waren klasse gewesen. Und zur Kommunion hatte er zwei Bücher gekriegt. Wo die wohl geblieben waren?

»Du kannst jetzt runterkommen«, rief Lutz.

Behände kletterte Björn die Leiter hinunter. »Sind die endlich weg?«

Tante Martha und Onkel Bernd wollten zu einer Cousine fahren, die heute Geburtstag hatte.

Lutz nickte.

»Mann, hab ich Kohldampf!« Björn folgte seinem Vetter in die Wohnküche.

»Es ist noch ein Rest Bratwurst da und Kartoffelpüree. Kann ich dir warm machen.«

Björn verzog angeekelt das Gesicht. »Boah, ne, ej! Willst du mich kotzen sehen, oder was? Jetzt dick, fett Pommes!«

»Ist nicht.«

»Dann fahren wir eben zur Pommesbude.«

»Ich dachte, du hast Angst, dass sie dich finden.«

»Ach!« Björn öffnete die Kühlschranktür. »Ich glaub nicht, dass die in Emmerich suchen. Mann, Scheiße, ej, nicht mal Cola habt ihr da. Komm, wir gehen in die City.«

»Hast du denn Geld?«

»Nö, aber deine Alten werden ja wohl irgendwo ihre Knete bunkern.«

Lutz schüttelte entschieden den Kopf. »Du hast sie ja nicht mehr alle. Ich beklaue doch nicht meine Eltern.«

»Musst du ja gar nicht. Ich bin schließlich auch noch da.«

»Außerdem stinkst du schlimmer als unser Eber. So lässt man dich nicht mal in eine blöde Pommesbude.«

Björn guckte betreten. »Ich könnte ja duschen. Geht doch, oder? Hast du wirklich nicht irgendwas anderes zum Anziehen für mich?«

»Ehrlich, du bist die Pest am Arsch.« Lutz seufzte ungeduldig. »Na gut, ich leihe dir meinen Jogginganzug. Aber den kriege ich hinterher wieder!«

Uuh, er hatte keine Ahnung gehabt, dass Duschen so geil sein konnte. Björn legte den Kopf in den Nacken und hielt das Gesicht in den warmen Wasserstrahl. Endlich kam er raus hier. Nein, sie würden ihn bestimmt nicht in Emmerich suchen. Wahrscheinlich suchten sie ihn überhaupt nicht. Er verkroch sich hier vor lauter Schiss und die hatten ihn längst vergessen. Andy lachte sich bestimmt schon kaputt über ihn.

Lutz bollerte gegen die Tür. »Mach voran! Ich will zurück sein, bevor meine Eltern wiederkommen.«

Björn trocknete sich notdürftig ab und wurschtelte sich in den Jogginganzug. Er würde aussehen wie der letzte Proll. Seine Unterhose knüllte er zusammen und stopfte sie in die Hosentasche. Die roch wie ein Scheißhaufen. Er würde sie unterwegs wegschmeißen, wenn Lutz nicht hinguckte.

In der Emmericher Innenstadt war wie immer nichts los.

»Lass uns zu der Kneipe am Güterbahnhof fahren und da ein bisschen abhängen«, schlug Björn vor.

»Was willst du denn dort? Da laufen doch nur kaputte Typen rum.«

»Quatsch. Ich war schon öfters da. Korrekte Typen.«

»Ja klar, Kleiner, die lassen gerade so ein Baby wie dich in eine Kneipe! Ich dachte, du hättest Hunger. Steig ab, wir gehen in die Pommesbude da vorne.«

Lutz nahm seinen Helm ab und kettete sein Mofa an einer Laterne fest.

Auf der anderen Straßenseite zog ein Trupp Jugendlicher vorbei.

»Ej, Giltjes! Alles fitti, oder wat?«, brüllte einer.

»'türlich, Alter«, rief Björn zurück.

Lutz sah den Leuten nach. »Wer war das denn?«

Björn zuckte die Achseln. »Keine Ahnung. Ich sage doch, ich kenne hier ein paar Typen.«

In der Pommesbude war es heiß, daran änderte auch der große Ventilator nichts, der an der Decke vor sich hinsummte. Zwei der drei Tische waren besetzt, an der Theke stand ein Pärchen und trank Cola. Der Mann hinter dem Tresen sah kaum auf, als die Jungen hereinkamen.

Sie gingen zu dem freien Tisch hinten neben der Klotür, der noch nicht abgeräumt war. Lutz schob Geschirr, Gläser, Zeitung und zerknüllte Servietten zur Seite und setzte sich. »Was nimmst du?«

»Ich hätte Bock auf ein Bier.«

Lutz lachte. »Sicher doch, der verkauft uns auch Bier, du Spinner! Denkst du etwa, du gehst für sechzehn durch?«

»Ach«, meinte Björn lässig. »Das interessiert den doch gar nicht. Gib mal Geld.«

Er ging zum Tresen und legte den Zwanzigmarkschein hin. »Zwei große Spezial und zwei Pils.«

Der Wirt holte die Flaschen aus dem Kühlschrank, öffnete sie und knallte sie auf die Theke. »Pommes kommen sofort.«

»Hier, dein Bier!«, grinste Björn und hielt seinem Vetter triumphierend die Flasche hin.

Im Fernseher auf dem Brett in der Ecke lief *MTV*, die Pommes waren heiß und knusprig, das Bier schmeckte auch. So langsam wurde ihm warm im Bauch.

Lutz leckte sich die Finger ab. »Hör mal, du weißt, ich bin kein Schwein und ich kann dich gut leiden, aber ... na ja, du kannst dich nicht ewig bei mir verstecken.«

»Mensch, Alter, warum denn nicht?«

»Mann, dein Bild steht in der Zeitung, du wirst von den Bullen gesucht, und wenn die dich schnappen, dann bin ich mit dran. Von meinen Eltern mal ganz abgesehen. Außerdem sage ich dir schon die ganze Zeit, dass du einfach bloß spinnst. Deine komischen Rächer, so etwas gibt es doch gar nicht!«

»Wohl!«

»Du hast echt 'ne Meise, Kleiner. Vermutlich waren das Typen, die mit euch zusammen absahnen wollten und weiter nichts.«

»Nein, aber ... ach, ich weiß auch nicht genau ... Wo soll ich denn hin, Lutz?«

»Nach Hause, du Ei.«

»Und wenn die doch hinter mir her sind? Wenn die doch ... Zu Hause packen die mich direkt.«

»Mach, was du willst. Hauptsache, du lässt dir bald was einfallen. Du bist jetzt schon fast eine Woche auf dem Speicher.«

»Vielleicht Mama«, meinte Björn.

Lutz verzog verächtlich die Mundwinkel. »Die wird wohl gerade auf dich warten. Mein Vater sagt, die geht jetzt auf den Strich.«

»Du Wichser!« Björn sprang auf. »Du dreckiger Lügner! Ich hau dich kaputt!«

Lutz drückte ihn wieder auf den Stuhl zurück. »Lass mal den Hauptschüler stecken, ja, Kleiner? Mich kannst du damit nicht anmachen.«

Björn zog einen Schmollmund, stocherte in dem Pommesrest herum, nahm die Bierflasche und ließ seinen Zeigefinger rein- und rausflutschen. Schließlich griff er nach der Zeitung. Er musste sie auseinander falten, um das Foto ganz zu sehen.

»Andy!«

Die Überschrift sprang ihm ins Gesicht. Er ließ die Zeitung fallen, stieß die Bierflasche um und rannte hinaus.

»Hee«, rief der Wirt, »hier geblieben, was ist das denn für eine Schweinerei, Bürschchen?«

Aber auch Lutz ließ sich nicht aufhalten.

Björn kauerte auf dem Bürgersteig und heulte Rotz und Wasser. »Die haben Andy umgebracht. Die haben ihn einfach totgemacht.«

»Ach komm ...« Lutz schaute sich ängstlich um.

»Hilf mir, Lutz, bitte, bitte, hilf mir doch.« Björn schniefte. »Ich spinne nicht. Die wollen mich auch alle machen. Jetzt siehst du's selber. Du musst mir helfen, Lutz.«

»Steh auf, Mensch! Lass uns abhauen. Schnell!«

»Seid ihr von allen guten Geistern verlassen? Erzählt mir einen von alles paletti und dufte gelaufen, und jetzt das! Was ist das für eine verdammte Schweinerei?« Sigi Beem brüllte wie ein Stier.

»Schatz!« Manuela griff nach seiner Hand. »Du hast versprochen, ruhig zu bleiben. So bringt das doch nichts.«

Sigi machte sich hastig von seiner Frau los, holte dann aber tief Luft und zählte stumm bis zehn. »Setzt euch alle auf den Boden«, sagte er schließlich.

Sofort formierte sich der Kreis.

»Ihr wisst ja wohl, warum ich euch zusammengetrommelt habe ...«

Zerknirschte Mienen, Nicken. Nur Bobo und Killer starrten Sigi ausdruckslos an. »Wieso ist der Junge tot? Was habt ihr mit ihm gemacht?«

»War ein Unfall«, knurrte Killer. »Kaufmann wollte abhauen und ist die Treppe runtergeknallt. Stand doch in der Zeitung.«

»In der Zeitung, mein Lieber, stand, dass der Junge verprügelt und getreten worden ist. Also!«

»Die haben doch einen an der Klatsche! Gefallen ist der«, rief Bobo. »Wir haben den gar nicht angepackt.«

Sigi Beems Gesicht blieb unbewegt. »Fanny, Zarah, ihr wart dabei. Was ist passiert?«

Zarah schaute kurz zu Killer hinüber. »Er ist gefallen«, sagte sie leise. »Es war ein Unfall.« Fanny schluckte ein paar Mal und schwieg.

Sigi Beem faltete die Hände und sah mit traurigen Augen in die Runde. »Was soll ich davon halten? Leute, ihr wisst genau, warum ich die Gruppe ins Leben gerufen habe. Es hat mich tierisch geärgert, dass der Scotty sich aus lauter Angst vor Senge nicht mehr auf die Straße und auf Feten getraut hat.« Er streifte seinen kleinen Bruder mit einem liebevollen Blick. »Und als ich dann mitgekriegt habe, dass es euch allen so geht wie Scotty, da wusste ich, ich muss etwas tun. Wenn die Bullen unfähig sind, sich einen Dreck für eure Probleme interessieren, nichts für euch tun, dann müsst ihr euch selber helfen. In dieser Stadt soll niemand mehr Angst haben. Das war meine Idee. Und bis heute habe ich geglaubt, es wäre auch eure.« Wieder sah er sie der Reihe nach an. »Keiner soll Angst haben, dafür sollt ihr sorgen, dafür habt ihr monatelang trainiert. Ihr seid eine Schutztruppe und kein Todeskommando.«

Es war mucksmäuschenstill.

Woody traute sich als Erster: »Ich finde das auch nicht gut. Wir wollen für Ordnung sorgen und für Gerechtigkeit. So ist das doch. Und nicht selber Mist bauen und einen alle machen. Das ist gegen unsere Regeln.«

»Du Wichser«, schnauzte Bobo. »Wir haben doch nix getan!«

Zarah meldete sich wie in der Schule. »Fällt jetzt Samstag aus?«

»Aber nein«, lächelte Manuela. »Es tut uns doch allen gut, wenn wir zusammen sind.«

»Das ist echt wahr«, meinte Fu. »Ich wollte das sowieso mal sagen. Ich bin total gut drauf jetzt mit der Gruppe. Früher habe ich bloß abgehangen, gekifft und gesoffen und nichts auf die Reihe gekriegt. Aber jetzt, die Gruppe, echt geil. Könnte sein, ich hab sogar eine Lehrstelle in Aussicht.«

»Bin ich hier im Kindergarten, oder was?«, motzte Bobo. »So ein Bockmist! Für Ordnung sorgen. Ich lach mich schlapp. Da ist immer noch der Krieg mit den Russen. Das sind zähe Schweine. Das ist noch lange nicht am End.«

»Von wegen Todesschwadron«, rief Killer. »Das kannst du von denen sagen, nicht von uns. Die wollen töten, Mann. Es wird langsam Zeit, dass wir endlich Waffen kriegen.«

»Keine Waffen«, sagte Sigi. »Regel Nummer eins.«

»Und was mach ich, wenn so ein dreckiger Kurde sein Messer zieht, hä?«

»Wenn du durchtrainiert bist, hat der sogar mit zwei Messern keine Schnitte gegen dich. Das müsstest du inzwischen gemerkt haben.«

Bobo lachte bitter auf. »Klar doch, und Kugeln prallen einfach an unseren Muskeln ab. Die haben doch alle Knarren.«

»Wer?«

»Die ganzen Ausländerschweine haben Waffen.« Killer sprang auf die Füße. »Die wollen Krieg! Und wenn die Krieg wollen, dann sollen die den auch haben.«

»Setz dich hin und hör sofort auf mit dem Blödsinn«, sagte Sigi streng. »Solche Töne will hier keiner hören.«

»Ja wirklich, du klingst wie der letzte Nazi«, schimpfte Manuela.

»Deutschland den Deutschen!«, brüllte Killer. »Mann, ihr seid vielleicht eine Truppe von Luschen!«

»Halt endlich die Fresse, Killer!« Fu sprang auf.

»Sonst was, ej? Willst du dir eine fangen? Komm, komm doch her, du Pisser!«

»Eine Truppe von Luschen?«, fuhr Sigi dazwischen. »Du kannst ja gehen, Killer. Da ist die Tür. Keiner hält dich auf.«

Killer lachte noch einmal hässlich.

»Doch nicht?«, meinte Sigi. »Dann sei still und setz dich wieder hin. Jetzt noch einmal zum Mitschreiben: Jeder hier in der Gruppe spielt nach denselben Regeln, nämlich nach meinen! Und eine davon heißt: Keine Waffen!«

Killer haute Scotty auf den Rücken. »Selber Nazi, dein Bruder, wa?« Dann drehte er sich zur anderen Seite und flüsterte: »Was meinst du, Bobo, wird Zeit, in den Sack zu hauen. Ich hab gehört, unsere Freunde vom *Vlaamsche Blok* in Holland suchen immer fitte Leute. Und die wissen wenigstens, was wirklich Sache ist.«

»Halt die Schnauze, Killer, und lass mich in Ruhe.«

12

Schon seit früh um acht bimmelte immer wieder das Telefon. Alle möglichen Zeitungsleser glaubten, Björn Giltjes oder Andreas Kaufmann oder auch beide zusammen gesehen zu haben. Die meisten Anrufe kamen aus dem Kreis, aber es waren auch einige aus Krefeld, Duisburg und Mönchengladbach dabei. Eine Frau wollte Björn am letzten Montag im Zug nach Amsterdam entdeckt haben. Eine andere bestand darauf, dass Andy Kaufmann am vergangenen Sonntag in ihrem Garten Äpfel geklaut hatte. Der Hinweis, dass der Junge zu dem Zeitpunkt bereits tot war, überzeugte sie nicht. »Da täuschen Sie sich aber! Ich hab doch Augen im Kopf.«

Gegen halb zehn hatte Ackermann schon einen beachtlichen Stapel an Notizen vor sich auf dem Schreibtisch liegen. Es würde lange dauern, den Tipps nachzugehen, selbst wenn sie sich auf die glaubwürdigsten Leute beschränkten. Der Stapel vor Norbert van Appeldorn war wesentlich kleiner. Schuld daran waren einige komplizierte Partien *Free Cell*, die dringend hatten gelöst werden müssen.

Als es klopfte, nahm van Appeldorn nur höchst widerwillig den Blick vom Bildschirm.

Van Gemmern hatte ein ›Herein‹ nicht abgewartet. »Das Blut an der Hauswand stammt von Björn Giltjes.«

»Wie hast du das denn so schnell rausgekriegt?« Van Appeldorn staunte. »Du hattest doch gar keine Vergleichsprobe.«

Van Gemmerns Gesichtsausdruck ähnelte fast einem verschmitzten Grinsen. »Nein, hatte ich nicht, dafür aber eine schmutzige Unterhose von dem Jungen.«

»Un' wo hatteste die her?« Ackermann legte den Hörer neben das Telefon.

»Von Giltjes' Vater. Der wäscht netterweise nur sehr unregelmäßig.«

»Gute Arbeit, Klaus, wirklich gut«, lobte van Appeldorn.

Van Gemmern zuckte die Achseln. »Wenn ich Hilfe habe, dann kann ich auch anständig arbeiten.«

»Ach ja, Schumacher, den hatte ich ganz vergessen. Und der soll eine Hilfe sein?«

»Eine große sogar. Er hat mal ein paar Kurse besucht, aber entscheidender ist, dass er Talent hat.«

»Da kannste ma' gucken.« Ackermann kicherte. »Un' ich hab den für 'ne Oberpflaume gehalten.«

»Alsdann«, grüßte van Gemmern und verschwand.

»Ja, un' jetz'?«

»Jetzt wissen wir endlich mit Sicherheit, dass Giltjes bei dem Bruch dabei war.«

»Dat mein ich doch nich'. Ich mein, wat folgert aus der Information? Wat tun wer denn nu'?«

»Giltjes suchen, und zwar zunächst einmal dort, wo er verschwunden ist.«

»Genau dat is' mir auch im Kopp rumgespukt. Dat Waldstück hinter Rogmanns Haus.« Ackermann zwirbelte eine Bartsträhne, steckte sie in den Mund und kaute darauf herum. »Könnte sein, der Jung is' auch vertrimmt worden, könnte sein, er war schwer verletzt, könnte sein, er liegt da tot im Wald rum ... Mensch, Norbert ...!«

»Nun krieg dich mal wieder ein. Verletzt war Giltjes auf alle Fälle. Das Blut an der Hauswand.«

»Un' wenn Björn gar nich' derjenige war, der hintenrum durch 'n Wald abgehauen is'?«

Van Appeldorn runzelte die Stirn. »Eigentlich egal. Wie müssen auf jeden Fall den Wald durchsuchen. Nachher kommen uns noch die Leichenfledderer vom Fernsehen zuvor und dann sehen wir ganz schön alt aus.«

»Dat is' mir ziemlich schnuppe, wenn ich ma' ehrlich bin.«

»Die Hundertschaft hat einiges an Vorlaufzeit, die Hundestaffel auch. Also, wenn das heute noch bei Tageslicht über die Bühne gehen soll, klemmst du dich besser gleich ans Telefon.«

»Nö, dat machst du jetz' ma'.«

Ackermann lächelte nett und fing an, sich eine Zigarette zu drehen. »Ich muss ma' ebkes über die andere Leitung wat mit die Mutti regeln.«

Van Appeldorn hatte seine Telefonate schnell erledigt und strengte sich dann an wegzuhören. Ackermanns Gegurre und Geturtel war unerträglich. Ihm lief ein unangenehmer Schauer über den Rücken.

»Jaa, du auch, Schätzeken. Dicker Schmatz! Mm, ja, noch einen. Tschö!«

»Na, alles geregelt mit der ... Mutti?«

»Logisch! Die is' mit Geld nich' zu bezahlen. Ich darf heut' ma' wieder op Jück mit meine Nadine. Schwof in Keeken auffe Scheunenfete.«

Van Appeldorn schüttelte den Kopf. »Dir ist wirklich überhaupt nichts peinlich. Kommst du dir da nicht lächerlich vor?«

»Nö, warum denn?«

»So ein alter Sack wie du ... wie wir. Dass Nadine dich überhaupt mitnimmt! Was willst du da eigentlich?«

»Schwofen, sag ich doch.« Ackermann griente breit. »Nee, Quatsch, ich will mir dat bloß alles ma' so angucken. Die Nadine hat lauter komisches Zeug erzählt von organisierte Schlägereien un' so. Aber ich glaub, dat is' auch nich' anders als bei uns früher. Paar Hirnis, die den dicken Maxe machen, sons' nix. Bis auf die nackten Russen neulich, aber da war ich nich' dabei. Dat war der Abend, wo die Mutti unbedingt zum Chinesen wollt. Da machste nix. Deine Anna hab ich übrigens auch schon öfters beim Schwofen getroffen. Hat sich gemacht, die Kleine.«

»Anna? Das ist unmöglich!«

»Äh ...«

»Der habe ich das ausdrücklich verboten. Ich weiß schließlich, wer sich auf diesen Veranstaltungen so rumtreibt und was da weggesoffen wird. Na, die soll mich kennen lernen!«

»Vielleicht war et ja gar nich' Anna. Ich hab mich bestimmt verguckt. Is' ja immer ziemlich schummrig da. Un' ich hab dat Mädken auch bloß von ganz weit weg gesehen. Nee, dat kann Anna nich' gewesen sein, wenn ich genau überleg ...«

Ausgerechnet die Chefin rettete Ackermann aus der Bredouille.

»Meine Herren ...«, begann sie.

»Peitsche«, wisperte Ackermann.

»... ich habe hier eine Dienstaufsichtsbeschwerde gegen Sie beide.«

Ackermann und van Appeldorn sahen sich an. »Weller«, stellte van Appeldorn fest. »Der hat das tatsächlich gebracht!«

»Ach, Sie haben also schon damit gerechnet?«, meinte die Chefin. »Und wieso bin ich dann nicht informiert worden? Berichten Sie!«

Van Appeldorn hatte kaum drei Sätze gesagt, als sie ihn schon unterbrach: »Auch wenn Gregor Weller selbst kein Kind von Traurigkeit ist, bedeutet das noch lange nicht ...«

»Jetzt reicht's mir aber!«, brauste van Appeldorn auf. »Halten Sie uns für Anfänger? Es gibt nichts mehr zu ermitteln in dieser Sache.«

»Nu' is' gut«, sagte Ackermann mit Öl in der Stimme. »Setzen Sie sich doch, Frau Meinhard. Ich erzähl Ihnen mal, was der alte Weller für eine Type is'.«

Und das tat er dann auch. Die Chefin entspannte sich zusehends, und als Ackermann endete, lachte sie laut auf und zwinkerte verschwörerisch. »Solche Menschen schätzen wir besonders, nicht wahr?«

»Zuckerbrot«, flüsterte van Appeldorn.

Wenn Charlotte Meinhard ihn verstanden hatte, ließ sie sich nichts anmerken.

»Ich glaube, wir sollten den Herrn mit seinen eigenen Mitteln schlagen. Ihm ist nämlich leider ein formaler Fehler unterlaufen, als er die Beschwerde an mich geschickt hat. Die gehört zunächst einmal zum Oberkreisdirektor. Also ...« Sie lächelte schelmisch. »Zurück an den

OKD, der schickt sie an die Abteilung Personalwesen bei der VL, die schicken sie dann an mich und ich muss sie weiterleiten an Ihren Vorgesetzten.«

»Un' Toppe is' nich' da«, stellte Ackermann befriedigt fest.

»Bis der Brief hier ankommt, ist Herr Toppe vermutlich längst wieder im Dienst. Er wird Sie beide dann zur Sache befragen und eine Stellungnahme an den OKD schicken. Und dann sehen wir weiter.«

»Ha!« Ackermann prustete los. »Ich hätt nie gedacht, dat Sie so gemein sein können. Sie freuen sich ja richtig!«

»Tja.« Charlotte Meinhard stand auf. »Ich hätte da noch eine Beschwerde und die ist von mir persönlich.« Sie unterbrach sich und schaute Ackermann auffordernd an.

»Hä?«

»Sie haben Ihren Einsatz verpasst, Herr Ackermann.«

»Hä?«

»Peitsche! Wieso sprechen Sie sich nicht mit mir ab, wenn Sie eine Großaktion anordnen, wie die Durchsuchung eines Waldes mit einer Hundertschaft?«

»Ich hätte Sie schon noch informiert«, gab van Appeldorn gelassen zurück.

»Reizend! Damit Sie es wissen, ich wünsche, dass Sie solche Dinge in Zukunft vorher mit mir besprechen. Ach, und noch etwas: Sie hinken mit Ihren Berichten hinterher. Einen schönen Tag noch!«

»Puh«, stöhnte Ackermann, als die Tür sich hinter der Chefin geschlossen hatte, »die ihre besten Freunde müssen Schizo und Phrenie heißen. Dat die selbs' nich' bekloppt wird bei dem ewigen Hin und Her. Wie die wohl im Bett is' ... Ich mein, Feuer hat se ja für zwei ...«

Van Appeldorn starrte ihn sprachlos an.

»Wat is'? Tu doch nich' so scheinheilig. Als ob du nich' auch schon öfters auf die ihren schönen Busen gespinxt hättes'! Schlecht heucheln kannste gut.«

Als die Kripoleute und die beiden Streifenwagen ankamen, waren schon drei Fernsehteams in Position gegangen – alle drei berüchtigt für reißerische Berichterstattung und fragwürdige Moral.

»Man müsste endlich dafür sorgen, dat nich' jedes Arschloch unsern Funk abhören kann«, schimpfte Ackermann.

Van Appeldorn stieg aus, stieß barsch die Mikrofone beiseite, die ihm hingehalten wurden und lief zum Einsatzleiter der Hundertschaft.

Rogmanns Haustür ging auf, sofort rannten zwei Männer mit Handkameras und etliche andere mit Rekordern und Mikros los. Herr Rogmanns wedelte wild mit den Armen. »Hilfe!«

Ackermann winkte zurück. »Komme!« Dann tippte er gegen die Scheibe des Streifenwagens. »Flintrop, du fauler Sack, raus da! Lass uns mal für Ordnung sorgen.«

Jetzt rückten die Reporter ein wenig von der Haustür zurück. Die Kameras surrten. Herr Rogmanns hatte angefangen, um sich zu schlagen.

»Sie müssen uns Polizeischutz geben«, schnaufte er kurzatmig, als Ackermann bei ihm ankam. »Meine Frau hält das nicht mehr aus, sie kann nicht mehr.«

Ackermann schob ihn ins Haus zurück.

»Tun Sie doch was, helfen Sie uns!« Rogmanns kriegte kaum noch Luft. »Die denken, wir sind Kindermörder. Die lassen uns keine Sekunde in Ruhe. Die ganze Zeit den Finger auf der Schelle und im Garten schleichen sie rum und filmen uns durchs Fenster.«

»Dat sind echte Drecksäcke, ich weiß et, aber Polizeischutz nützt nix. Am besten, Sie machen sich vom Acker, bis hier alles vorbei is'. Heut' Abend haben die sich wieder verzogen, bestimmt. Können Sie nich' noch ma' nach Ihre Tochter hin?«

»Wir kommen doch gar nicht raus hier, ohne dass die über uns herfallen.«

»Dat lassen Sie ma' meine Sorge sein. Ich deichsele dat schon, keine Angst. Is' dat Ihr Wagen, der da draußen auffe Straße steht? Prima! Machen Sie sich fertig, un' dann geben Sie mir ein Zeichen. Ich warte inne Haustür.«

Flintrop palaverte mit den Reportern herum. Er grinste breit, als Ackermann ihm etwas ins Ohr flüsterte, formte mit Daumen und Zeigefinger ein ›O‹ und ging zum Streifenwagen zurück.

Ackermann breitete die Arme schützend vor dem Ehepaar Rogmanns aus, als er mit ihnen aus dem Haus kam. »Sie lassen die Leutchen jetz' durch, sons' knallt et!«, bellte er.

Die Reporter traten zögernd beiseite, einige schalteten schnell: Ein Kameramann sprintete los, sprang in einen VW-Bus, der auf dem Bürgersteig stand, zwei andere setzten ihm nach, dann gerieten alle in Bewegung, liefen zu ihren Autos, Motoren wurden gestartet.

Ackermann verfrachtete Rogmanns in ihrem Wagen. »Sie fahren jetz' in aller Ruhe los, okay? Den Rest erledigen wir.« Damit nickte er Flintrop zu und dann geschah alles gleichzeitig: Rogmanns rollten los, am Streifenwagen vorbei, der sich sofort quer stellte und die Straße blockierte. Der Bus mit dem Kameramann konnte im letzten Augenblick bremsen. Die Kollegen auf der linken Seite von Rogmanns Haus verhinderten das Ausbrechen in die andere Richtung. Kein schlechter Fang: ein VW-Bus, fünf Kleinwagen und jede Menge zeternder Reporter.

»Allgemeine Verkehrskontrolle«, sagte Flintrop. »Ihre Papiere, bitte.«

Dem aufgebrachten Kameramann legte er die Hand auf die Schulter. »Hauchen Sie mich mal an!«

Norbert van Appeldorn schloss die Haustür auf und hängte seine Jacke an die Garderobe. Er rümpfte die Nase, es roch nach Fertigsauce.

»Zieh die Schuhe aus! Ich habe gerade gewischt!«, rief Marion aus der Küche. »Wieso kommst du überhaupt so früh?«

Er stapfte auf Socken durch den Flur. Marion, Anna und Nora saßen am Küchentisch und aßen. Schon wieder Nudelpampe!

»Meinst du etwa, ich habe Zeit und Lust, ein feudales Mahl zu kochen, wenn ich den ganzen Tag im Laden gestanden habe?«, fauchte Marion. »Von den anderen nichtigen Tätigkeiten mal ganz abgesehen!«

»Ich hab mich doch gar nicht beschwert.«

»Das ist auch nicht nötig. Dein Gesicht reicht vollkommen«, knurrte sie.

Er küsste sie flüchtig aufs Haar. »Neuer Pullover? Schick!«

»Wie bitte?« Sie schaute ihn verdutzt an und runzelte die Stirn.

Nora grinste ihm frech ins Gesicht. »Wir finden Nudeln lecker.«

Er nickte nur und holte sich einen Teller aus dem Schrank. Die Besteckschublade war leer. In der Spülmaschine fand er einen Löffel und eine Gabel, spülte sie unter dem Wasserkran ab und setzte sich auf seinen Platz.

Anna hatte beide Ellbogen aufgestützt und schaufelte schweigend die Spaghetti in sich hinein.

»Na, Große, geht es dir heute schon besser?«, fragte er.

Sie zuckte kaum merklich die Achseln und hob nicht einmal den Blick vom Teller.

»Warst du in der Schule?«

»'türlich.«

Van Appeldorn biss die Zähne zusammen und nahm sich Nudeln und Sauce. »Und? War es sehr schlimm? Wegen Andreas Kaufmann, meine ich.«

Die Nudeln waren lauwarm und die Sauce schmeckte nach Konservierungsstoff, aber er hatte Hunger.

Marion stand auf und fing an, den Tisch abzuräumen. »Hör mal, wart ihr das heute mit dem Tamtam oben auf dem Bresserberg? Die ganze Stadt hat davon gesprochen.«

»Ja.« Er griff nach der Dose mit dem getrockneten Parmesan, aber Nora war schneller. Sie schwenkte sie hoch über ihrem Kopf hin und her. »Was kriege ich, wenn ich sie dir gebe?«

Mit einem energischen Dreh wand Marion ihr die Dose aus der Hand. »Schluss jetzt! Los, ab an die Hausaufgaben!«

Nora setzte übergangslos ihr Knatschgesicht auf, aber ihre Mutter knuffte sie in den Rücken. »Du hast lange genug rumgetrödelt, Fräulein. Also, ab durch die Mitte, und zwar ein bisschen plötzlich!«

Nora trollte sich, aber nicht ohne vorher noch einmal allen die Zunge rauszustrecken. Van Appeldorn achtete nicht darauf. »Björn Giltjes war bei dem Einbruch dabei«, meinte er. »Nach ihm haben wir gesucht, deshalb haben wir den Wald durchkämmt.«

Endlich sah Anna ihn mal an. »Und?«

»Nichts, keine Spur. Aber bei euch in der Schule wird doch bestimmt darüber geredet. Sperr doch mal die Ohren auf. Vielleicht hat ja jemand eine Idee, wo Björn stecken könnte.«

Anna schaute zur Tür, schrie dann auf und stürzte in den Flur. »Zieh sofort meinen Pulli aus, du dumme Sau!« Ein Klatschen, dann kreischte Nora. Marion lief und ging dazwischen. Anna heulte: »Immer nimmt das Biest meine Klamotten! Was hast du in meinem Zimmer verloren? Und meinen Lippenstift hast du auch drauf!«

»Führ dich nicht auf wie eine Verrückte«, schimpfte Marion. »Und du kleines Luder bringst sofort die Sachen zurück!«

Anna wischte sich wütend die Tränen ab, setzte sich wieder an den Küchentisch und aß langsam weiter.

»Na, wieder beruhigt?«, fragte van Appeldorn. »Also, wie ist es? Hörst du dich für mich um?«

Sie zog geringschätzig die Mundwinkel herab. »Du tickst doch nicht sauber. Was hab ich denn damit zu tun? Frag du die Leute mal schön selbst, du kriegst schließlich Knete dafür.«

»Wie bitte?« Van Appeldorn hörte selbst, wie drohend seine Stimme klang, aber er konnte es nicht mehr zurücknehmen. »Du machst es dir ganz schön leicht. Du bist schließlich auch Bürger in diesem Staat. Ihr seid nicht nur Nutznießer, meine Liebe, ihr habt auch Verantwortung! Es ist deine verdammte Pflicht, es uns zu sagen, wenn jemand Mist macht, damit wir handeln können.«

»Und was hilft das? Was passiert denn dann? Was passiert mit Björn?«

»Der hat Mist gebaut und dafür muss er geradestehen.«

Sie lächelte überheblich. »Ansichtssache!«

»Ansichtssache?« Jetzt brüllte er. »Eins kann ich dir garantieren: Wenn eine von euch so einen Scheiß baut und ich das mitkriege, dann zeige ich euch eigenhändig an.«

Marion ließ das Spültuch ins Becken fallen und fuhr herum. »Das ist doch nicht zu fassen! Aber dir traue ich das zu, ohne weiteres. Und du beklagst dich, dass deine Kinder kein Vertrauen zu dir haben.«

Van Appeldorn schob den Teller so heftig von sich, dass die Sauce über den Tisch und gegen die Wand spritzte. »Leckt mich doch alle!« Damit stürmte er in den Flur.

»Vergiss deinen Schlüssel nicht«, schrie Marion ihm nach. »Ich steh nicht mehr auf, wenn du wieder mitten in der Nacht nach Hause kommst!«

Ackermann tanzte. Er war glücklich. Kein Björn Giltjes im Wald, der Junge lebte vielleicht noch.

Und jetzt auch noch diese Musik, die Kinks, die alten Haudegen. *You really got me* ... Er ließ sich mitreißen, nahm sogar die zweite Hand hoch, bewegte sie auf und ab, schob das Kinn vor und zurück. »Yeah ... yeah!«

Die Jugendlichen um ihn herum klatschten den Takt mit. »Ackermann ... Ackermann ... Ackermann«, skandierten sie.

Die Musik endete und Ackermann öffnete die Augen, Schweiß rann ihm den Rücken hinunter. Links an der Tanzfläche stand Nadine, zeigte ihm einen Vogel, lachte aber dabei. Er hüpfte hinunter, nahm ihr den Colabecher aus der Hand und trank ihn leer. »Woher kennen die mich denn alle ?«, fragte er leise.

»Meine Güte, wir kennen uns doch alle untereinander, mehr oder weniger. Dass du mein Vater bist, hat sich schon beim ersten Mal herumgesprochen. Man kann ja auch nicht behaupten, dass du dich besonders unauffällig benimmst. Los!« Nadine streckte die Hand aus.

»Wat denn?«

»Die Cola hatte ich von meinem Geld bezahlt. Also, raus mit der Knete!«

»Warte ma', sofort.« Ackermann hatte Anna van Appeldorn entdeckt. »Anna, hör mal, ich muss dir wat sagen.«

Sie schien nicht gerade begeistert zu sein, aber sie blieb stehen, bis Ackermann bei ihr war.

»Du, ich glaub, ich hab Mist gebaut ...«

»Wieso?«, meinte sie gelangweilt, sah ihn gar nicht an.

»Ich hab mich bei Norbert verplappert. Ich hab ihm gesagt, ich hätt dich auffer Scheunenfete gesehen. Tut mir echt Leid«, meinte er und guckte zerknirscht.

Eine Sekunde lang schien sie wirklich erschrocken zu sein, aber dann zuckte sie mit den Schultern und drehte sich weg.

»Ich mein ja bloß«, rief Ackermann ihr nach. »An deiner Stelle wär ich in nächster Zeit vorsichtig. Nich', dat der hier aufkreuzt un' dich erwischt.«

Ein Ellbogen wurde ihm in den Rücken gerammt, er taumelte nach vorn und landete auf den Knien. Die Leute spritzen auseinander, jemand brüllte, Mädchen schrien. Ackermann rappelte sich hoch und drehte sich um. Eine Riesenschlägerei war im Gange, zehn, zwölf Jungen droschen aufeinander ein, traten zu. Ackermann machte zwei Gruppen aus, HJ-Frisur auf der einen Seite, Ausländer auf der anderen. Der Kampf war gnadenlos, blutig. Ein Schrank von einem Kerl hatte gerade jemanden zu Boden geschickt und trat mit den Stiefeln nach dessen Kopf. Ackermann stürzte nach vorn, bekam den Hünen am Kragen zu fassen und zog ihn zurück. Der drehte sich zweimal, sodass Ackermann durch die Luft gewirbelt wurde. Nadine war plötzlich bei ihm, klammerte sich an ihm fest. »Papa, nicht! Das ist Kevin!«

»Lass mich los! Der macht den Kleinen alle. Hier! Verstärkung!«

Damit drückte er ihr seinen Funk in die Hand und stürzte wieder vor. Eine Chance hatte er nicht, aber er schaffte es wenigstens, den zierlichen, dunklen Jungen aus dem Getümmel zu ziehen. Er blutete aus mehreren Kopfwunden.

»Wo is' denn jetz' der verfluchte Sicherheitsdienst?«, brüllte Ackermann seine Tochter an, die zitternd neben ihm hockte. »Hast du die Jungs gerufen?«

»Ja ...« Aber da hörte er sie schon kommen.

»Die Bullen!« Leute rannten los.

Ackermann half dem Jungen auf die Beine. »Sprichst du Deutsch?«

»Ja.«

»Du muss' in 't Krankenhaus. Dat muss genäht werden.«

»Nein.«

»Bis' du Türke?«

»Kurde!« Der Junge taumelte.

Ackermann hielt ihn fest. »Is' dir schwindelig?«

»Nein.«

»Wie is' dat denn gekommen, dat mit de Klopperei?«

Müde bewegte der Junge den Kopf. »Kurden klatschen ...« Dann lachte er rau und wollte gehen.

»Hee, bleib hier! Du muss den doch anzeigen. Der hätte dich fast kaputtgemacht. Meine Kollegen sind schon da.«

Wieder ein raues Lachen. »Nein.« Dann war er weg.

»Is' der bescheuert?« Ackermanns Stimme kippte vor lauter Empörung. Er konnte es nicht fassen.

»Ich habe dir doch gesagt, dass sich keiner mit Kevin und seiner Truppe anlegt«, sagte Nadine. »Die haben ihn übrigens geschnappt. Er hat sogar Handschellen gekriegt.«

Im Präsidium ging es hoch her.

»Na los, pack mich doch an, du dreckiger Bulle, mach doch!« Kevin stand breitbeinig vor Flintrop, die Hände auf dem Rücken gefesselt.

Drei weitere Jungen saßen in Handschellen auf den Stühlen an der Wand, johlten und trommelten Beifall mit ihren Stiefeln.

Flintrop wich nicht einen Millimeter.

»So einen kleinen, miesen Wichser wie dich mach ich doch mit Links platt.« Kevin rückte noch näher. Seine Fans johlten und trommelten lauter. »Kleines Arschloch, wat stinkt hier eigentlich so? Hast du geschissen?«

»Kevin«, sagte Flintrop ruhig. »Wir kennen uns doch wahrhaftig lange genug. Du solltest langsam wissen, dass du bei mir damit nicht landen kannst.« Dann brüllte er unvermittelt los. »Und jetzt setz dich auf deinen Arsch!«

Look war mit einem Satz dabei und gemeinsam drückten sie ihn auf einen Stuhl.

Die anderen wurden schlagartig still. Kevin rotzte auf den Fußboden und verlegte sich auf eine andere Tour. »Ich weiß gar nicht, was ihr von uns wollt. Wir haben doch gar nichts gemacht.«

»Komm mir nicht mit der schlappen Nummer. Diesmal gibt es genug Zeugen.«

»Ach ja? Wo denn?«

Die anderen spielten Echo. »Ja, wo denn?« »Ich seh keine.« »Wo stecken die denn bloß?«

»Hier stecken die.« Ackermann öffnete die Tür zur Glaskabine und trat ein.

»Ackermann?« Flintrop war völlig aus dem Konzept gebracht.

»Ich bin Augenzeuge. Ich erstatte Anzeige gegen die alle hier wegen Körperverletzung«, sagte Ackermann ganz langsam und deutlich. »Un' gegen Kevin wegen schwere Körperverletzung. Der hätt nämlich einen totgetreten, wenn ich nich' dazwischengegangen wär.«

Kevin fing an zu lachen. »Boah, jetzt hab ich aber Angst, ej! Was ist das denn für ein Komiker?«

Eine Stunde später war es wieder ruhig im Präsidium; die Streife brachte Kevin und seine Freunde nach Hause.

»Viel wird dabei nicht rauskommen, Jupp«, meinte Look. »Wenn wir den kurdischen Jungen hätten und ein Attest vom Arzt, dann sähe die Sache anders aus. Wenn auch nicht viel.«

»Dat is' doch Scheiße«, regte Ackermann sich auf. »Der Kerl is' nich' zu unterschätzen. Der kennt nix.«

»Wem sagst du das? Aber an den traut sich keiner ran. Weiß der Geier, wie der das macht. Letzte Woche saß hier ein Mädchen und hat Kevin angezeigt wegen Vergewaltigung. Er hätte sie auf einer Fete aufs Klo gezerrt und sich dort über sie hergemacht. Und ihre Freundin wollte sie uns auch anbringen. Die wäre ein paar Wochen vorher auch von Kevin und drei anderen aus seiner Truppe vergewaltigt worden. Und was passiert dann? Auf dem Weg zur Ärztin hat die Kleine eine Mücke gemacht, und am Tag drauf kommt sie mit ihrer Mutter hier an und zieht die Anzeige zurück. Sie könne sich an nichts mehr erinnern, weil sie viel zu besoffen gewesen sei.«

»Selber schuld«, mischte sich Flintrop ein. »Mich wundert es überhaupt nicht, dass hier jeder macht, was er will. Das liegt doch nur an unseren laschen Gesetzen. Ich sage euch, Kevin muss erst einen umbringen, bis die Richter wach werden. Und dann schreien wieder alle: Wie konnte das passieren? Oh weh, oh weh! Und vermutlich käme der dann auch noch in so ein Wohnheim und kriegte seinen eigenen Sozialarbeiter, der ihn von morgens bis abends verhätschelt. Oder vielleicht schicken sie ihn zur Belohnung auf einen Abenteuerurlaub nach Südamerika. Wenn ich was zu sagen hätte, das sähe anders aus, aber ganz anders, das könnt ihr mir glauben. Zwanzig Jahre Zwangsarbeit im Steinbruch und jeden Tag auspeitschen, das wäre noch viel zu harmlos für all diese Typen!«

»Red doch nicht so 'n Mist!«

»Was hast du eigentlich, Jupp? Bist du etwa auch von der weichen Welle? Wieso hast du dann die Anzeige gemacht? Verstehe ich nicht. Da hättest du doch eigentlich mit dem lieben, armen Kevin reden müssen, den die böse, böse Gesellschaft so vom rechten Weg abgebracht hat. Und morgen hättest du ihm vielleicht auch noch eine ABM besorgt. Du weißt auch nicht, was du willst, du Spinner.«

Als Ackermann um drei Uhr endlich ins Bett kam, fühlte er sich bleischwer, aber er fand keinen rechten Schlaf. Hundert Bilder wirbelten durch seinen Kopf: der tote Junge, der Skalp in den Händen des Leichenbestatters, schwarze Stiefel, die nach Björns Kopf traten, Kevins Stiefel.

Er schwitzte, wälzte sich herum. Als er Nadine heimkommen hörte, wurde er ruhiger, aber dann musste er an Jeanette denken, die jetzt auch schon anfing auf Partys zu gehen; dabei spielte sie noch immer mit ihren Barbiepuppen, wenn sie dachte, keiner wäre zu Hause. Dreizehn Jahre ... Sie mussten den Jungen finden!

Seine Frau umfasste ihn energisch, drückte ihn an sich und blies ihm ihren warmen Schlafatem in den Nacken. Er kriegte kaum Luft.

Was hatte er sich auf dieses freie Wochenende gefreut! Und darüber, dass Norbert mal zur Abwechslung die ganze Rennerei am Hals hatte und allen Tipps aus der Bevölkerung nachgehen musste. Aber jetzt wäre er am liebsten aus dem Bett gesprungen und hätte sich selbst auf den Weg gemacht. Vorsichtig löste er sich aus der Umarmung und setzte sich auf. Es wurde schon hell.

Da war irgendwas, irgendein kleiner Gedankenfetzen, der ihm dauernd dazwischenfunkte, aber er kriegte ihn nicht zu fassen. Dabei war es was Wichtiges. Wenn Toppe da wäre ... wenn der anfing, laut nachzudenken, dann fielen einem solche Dinge wieder ein. Norbert war sicher kein schlechter Ermittler, aber lautes Nachdenken gehörte nicht zu seinen Vorlieben. Im Gegenteil, dem musste man die Würmer einzeln aus der Nase ziehen.

Als die Vögel zu zwitschern anfingen, gab Ackermann auf, ging in die Küche, briet sich ein paar Spiegeleier und machte sich dann daran, den Karnickelstall auszumisten. Heute Abend würde er auf ein Bier mit den Jungs gehen, oder auch auf zwei.

13

Auf der Wache hatten sie Wetten abgeschlossen, wann wohl der Anruf aus Hasselt kommen würde. Dass sie gerufen wurden, stand außer Frage. Bei jedem größeren Ereignis, ob Schützenfest, Karneval oder, wie heute, die jährliche Kirmes, gab es in dem Dorf Randale, meistens saftige Schlägereien.

Der Ruf kam um 23.17 Uhr.

Flintrop strich zufrieden dreißig Mark ein. Er hatte auf halb zwölf getippt und lag damit am nächsten dran. Die anderen hatten den Radaubrüdern Zeit bis nach Mitternacht gegeben.

Schuster stieg in den Einsatzwagen und setzte sich neben Look. Den kannte er von der ganzen Truppe noch am besten. Er fühlte sich ein bisschen komisch ohne Schumacher. Seitdem sie nach Kleve gekommen waren, hatten sie immer gemeinsam Dienst gemacht, waren zusammen die Quotenausländer gewesen. Und jetzt hatte man ihm auch noch die Einsatzleitung aufs Auge gedrückt, ausgerechnet bei einer Schlägerei. Er hatte sich schon immer vor Blut geekelt, und wenn er Verletzte sah, Leute, die Schmerzen hatten, wurde ihm sehr mulmig. Aber das wusste nicht einmal Schumacher.

Er schob seine Mütze in den Nacken und stieß Look in die Seite. »Was sucht eine Blondine in 'ner Ketchupflasche?«

Look lachte. »Heinz! Kannte ich schon, aber kennst du den? Was ist der Unterschied zwischen einem Neger und einem Autoreifen?«

»Hm?«

»Der Reifen fängt nicht an, Gospels zu singen, wenn man ihm Ketten anlegt. Gut, oder? Und woher weiß man, dass Polen im Land sind?«

»Na?«

»Die Zigeuner schließen Hausratversicherungen ab.«

Aus dem Festzelt an der Dorfkirche klang Rumtata-Musik und Gelächter. Das hörte sich nicht dramatisch an. Schuster betrat den Saal mit forschem Schritt. Keine Spur von Randale.

»Will uns hier einer verarschen oder wie hab ich das?«, schimpfte Look.

Die Männer an der Theke hatten gut getankt, auch die Frauen wirkten nicht unbedingt taufrisch, selbst der Junge an der Ecke stand nicht mehr ganz sicher auf den Beinen, dabei war der höchstens sechzehn.

Schuster beugte sich zum Wirt hinüber. »Haben Sie uns angerufen?«

Der Mann schaute kurz hoch und zapfte dann weiter. »Ja, aber die Sache hat sich inzwischen erledigt«, meinte er. »Tut mir Leid, dass ihr extra rauskommen musstet. Es sah ernst aus, war eine ganze Truppe.« Dabei füllte er ein Bierglas nach dem nächsten und stellte sie den Kellnerinnen auf ihre Tabletts.

»Und dann sind die Bodyguards gekommen und haben aufgeräumt. Voll korrekt!«, nuschelte der Junge an der Ecke. Seine Oberlippe war aufgeplatzt und offenbar hatte er Nasenbluten gehabt.

»Bodyguards?«, wunderte sich Schuster und blickte den Wirt an, aber der machte gerade ein Tablett Doppelkorn fertig. Dafür meldete sich der Rotgesichtige neben dem Jungen zu Wort: »Profis! Echte Profis, Security, wenn Sie mich fragen. In zehn Sekunden war die Chose gegessen.«

»Hatten Sie Security-Leute angefordert?« Schuster fasste nach der Schnapsflasche, damit der Wirt ihm endlich zuhörte.

»Ich nicht, aber vielleicht die Offiziellen. Ich bin nur für den Ausschank zuständig. Für alles andere müsst ihr den Bürgermeister fragen.«

Im Saal war es leiser geworden, als die Polizisten hereingekommen waren, aber inzwischen herrschte wieder Rambazamba und man konnte sein eigenes Wort nicht verstehen.

Die Frau neben Schuster legte ihm unvermittelt die Arme um den Hals. Sie trug eine grüne Glitschbluse und er roch ihren süßen Achselschweiß und etliche billige Liköre. »Junge Kerls waren das. Knackig! Was in der Hose, genau wie du. Nicht solche Sackärsche wie der Rest hier.«

Schuster machte sich frei. »Verdammt noch mal, Schluss jetzt! Wir müssen ein Protokoll aufnehmen. Also, was war los?«

»Ruhe!«, brüllte Look.

Der Wirt sah kurz auf.

»Ich kann eine Aussage machen!« Der Mann ging auf die Achtzig zu, aber er schien noch einigermaßen klar zu sein. »Stender, mein Name.«

»Ich komme sofort zu euch«, rief der Wirt. »Ich muss nur eben ein neues Fass anschließen.«

»Ich glaub, ich flippe aus«, stöhnte Schuster.

»Das haben wir gleich«, erwiderte Look, pflückte zwei glitschgrüne Arme von seinen Schultern und wandte sich dem Alten zu. »Also, Stender, denn mal los! Wir hören.«

»Das waren die Russkis, die Russen waren das. Kamen hier an und wollten Ärger machen. So kennt man ihn ja, den Russen.«

»Wer sonst?«, mischte sich der Rotgesichtige ein. »Voriges Jahr war es dasselbe. Die sind bloß hier, weil sie Zoff machen wollen. Guckt euch das an: Sogar mein Junge hat was abgekriegt.«

Sein Sohn fuhr sich mit dem Mittelfinger über die Oberlippe. »Ist doch nix!«

»Jedenfalls waren es die Russkis, die hier auftrumpfen wollten, Herr Wachtmeister.« Der Alte nahm Look fest in den Arm. »Unsere schöne Feier wollten die kaputthauen. Alles, was unsereins sich aufgebaut hat.«

»Lass stecken.« Look schüttelte ihn ab. »Dafür hattet ihr bis jetzt keine Russen nötig. Für Stimmung in der Bude habt ihr all die Jahre auch wunderbar selbst gesorgt.«

»Also«, versuchte Schuster es noch einmal, »was ist denn jetzt genau passiert?«

»Russenpack!« Der Rotgesichtige sah aus, als würde er gleich platzen. »Einer von denen wollte letztes Jahr mal meiner Frau an die Wäsche. Da war aber was los! Alles

Kriminelle. Oder meinst du, die schicken uns ihre Elite rüber? Wenn ich einen von den Knastis zwischen die Finger kriege ...«

»An die Wand stellen, das ganze Gesindel«, stimmte der Alte ein. »Wenn ich zu sagen hätte – alle abschieben, oder noch besser: Rübe ab!«

Endlich hatte der Wirt sein Fass angeschlossen. »Soweit ich das beobachten konnte, war da eine Gruppe, die offensichtlich auf Streit aus war. Können Russen gewesen sein, Deutsch sprachen die jedenfalls nicht untereinander. Pöbelten hier an der Theke herum. Und dann ging von nichts auf gleich die Post ab. Da hab ich euch angerufen, klar.«

»Und dann?«

»Tja, ich hatte den Hörer noch nicht ganz aufgelegt, da waren die Ordner da und hatten in null Komma nichts die Sache im Griff. Zwei rechts, zwei links, ka-zumm, und dann hatten sie die Typen schon im Schwitzkasten und raus mit denen.«

»Saalordner?«, fragte Look.

»Wie gesagt, da müsst ihr den Veranstalter fragen. Jedenfalls hatten die alle schwarze Klamotten an und Mützen auf dem Kopf. Sah aus wie eine Uniform. Aber das ging so schnell. In zwei, drei Sekunden war alles vorbei.«

»Also gut, wir werden das überprüfen.« Schuster schlug seinen Block auf. »Machen wir es kurz. Ich bräuchte dann Ihre Namen. Sie waren ja alle Zeugen. Wollen Sie Anzeige erstatten?«, fragte er den Vater des Jungen mit der geplatzten Oberlippe, aber dann nahm er den Tumult am Zelteingang wahr.

»Wo ist der Einsatzleiter?«

»Schuster«, rief einer der Kollegen.

Als Schuster nach draußen kam, hatte er sofort den Torkelnden am Hals.

»Ich wollt bloß ma' ebkes pissen hinter de Kirche. Un' da find ich dat!«

»Dat« war ein fest verschnürtes, zappelndes Bündel. Jemand hatte drei Menschen mit dem Rücken zueinander um Bauch, Füße und Hälse so zusammengezurrt, dass sie sich kaum bewegen konnten. Die drei waren übel zugerichtet, aber wenigstens hatten sie diesmal Hosen an.

»Helft mal mit.« Schuster fing an, die Schnüre aufzuknüpfen. Die Kollegen fassten mit an. Keiner hatte ein Messer dabei.

»Ist doch immer wieder nett, alte Freunde zu treffen«, murmelte Schuster.

»Sind das die?«, flüsterte Look.

Schuster nickte. Endlich hatten sie die drei freigetrisselt. »Diesmal haben wir Zeugen. Wir machen eine Gegenüberstellung.«

»War Scherz von Freunde«, sagte einer aus dem Bündel.

»Klar, was sonst? Und nix sprechen Deutsch«, antwortete Schuster grimmig, ohne den Jungen anzusehen. »Hat jemand was anderes erwartet?«

Er ließ sie quer durch den Saal zum Tresen führen. Falls die Herren von der Kapelle etwas bemerkten, zeigten sie es nicht. Sie spielten unbeirrt weiter.

Das Bild an der Theke war noch immer dasselbe.

»Waren dies die Leute, die die Schlägerei angefangen haben?«

»Knackhintern!« Grünflitsch fingerte wild. Look wurde unfreundlich.

»Ja, also ...«, lallte Stender. »So genau weiß ich das auch nicht. Ich meine, man will ja keinen reinreißen ... Und so ganz nüchtern bin ich auch nicht mehr ...«

»Was ist mit Ihnen?« Schuster drehte sich zu dem Rotgesichtigen um, der plötzlich blassrosa geworden war. »Ihr Sohn hat doch was abgekriegt, haben Sie gesagt.«

»Jaa, so genau hab ich das auch nicht gesehen, oder? Ich mein, bei dem Rauch hier und dem Krach. Sven ...?«

»Die waren das nicht, Papa, bestimmt nicht, oder?«

»Sing doch mit, Scotty«, ermunterte Sigi Beem seinen kleinen Bruder. »Du hast so eine schöne Stimme.«

»Hee«, brüllte Woody, »der den da voll am anschwulen! Ich schmeiß mich weg.«

»Ja.« Fanny lachte. »Singt doch noch mal *Geschwisterliebe*. Das passt voll.«

Sigi und Scotty lachten mit.

Die Stimmung heute Abend war unheimlich gut. Nur Zarah schmollte, weil Bobo zusammen mit Killer, Fu und Arnold bei einem Einsatz war. Fanny rempelte sie von der Seite an. »Komm, Alte, mach kein Theater. Der taucht bestimmt noch auf.«

»Und wenn der wieder nichts schnallt?«, maulte Zarah.

»Du musst dich einfach mehr ranschmeißen.« Fanny ließ sich auf den Rücken fallen, verschränkte die Hände hinter dem Kopf und schaute hinauf ins Blätterdach, das im flackernden Schein des Lagerfeuers rot und orange leuchtete. Heute Nacht wollte sie an gar nichts denken, einfach nur gut drauf sein.

Sie hatten so ein Glück gehabt mit dem Wetter. Seit zwei Tagen hatte es schon nicht mehr geregnet und auch jetzt war keine Wolke am Himmel. Vorhin, als sie mal kurz in die Büsche gegangen war, hatte sie ein paar Sterne gesehen. Kalt war es auch nicht. Die meisten waren sogar noch im Wasser gewesen und eine Runde geschwommen. Das hatte sie sich lieber geschenkt; wenn ihre Haare nass wurden, pappte das Gel immer so zusammen und sie sah aus wie ein gerupftes Huhn.

Eigentlich war der Waldboden überall ziemlich matschig, aber Sigi hatte eine Stelle gefunden, wo keine Pfützen waren, und rund um das Feuer hatte er dicke Planen ausgelegt, damit ihre Schlafsäcke nicht schmutzig wurden und sie keinen nassen Hintern kriegten. Fanny schloss die Augen und stellte sich vor, sie läge am Strand, irgendwo auf einer Insel.

Plötzlich klang lautes Indianergeheul weiter unten aus dem Wald und sie schreckte hoch. Das Einsatzkommando war zurück. Sie hatten alle noch ihre Uniform an; die hohen Kragen der schwarzen Overalls bis über die Nase gezogen. Fanny schauderte, als die vier in den Lichtkreis stapften. Fu nahm die Wollmütze ab, knotete das Haarnetz auf und glättete seine Mähne mit den Fingern.

»Bombig gelaufen, alles nach Plan«, berichtete er.

Sigi, der im Schneidersitz dicht beim Feuer saß, hob den Daumen. »Klasse, Leute. Auf euch ist Verlass.«

»War tierisch knapp.« Fu musste grinsen. »Die Bullen waren schon am Start, kein Thema, wir hinten ab über die Felder. Und wir haben dir was mitgebracht.« Damit ließ er Sigi einen Schlagring in den Schoß fallen. »Haben wir den Spastis gezockt.«

Auch die anderen lieferten ihre Beute ab: eine Pistole, zwei Messer, eine kurze Eisenstange.

»Sehr gut, Leute!« Sigi sah Killer in die Augen.

»Regel Nummer eins, Meister, ich hab's gerafft«, meinte der. »Du siehst, ich halte mich dran.«

Manuela hob mit spitzen Fingern ein Butterflymesser hoch. »Und was machen wir mit dem Zeug?«

Sigi überlegte. »Ich denke, ich versenke das alles im Kanal, morgen Nacht. So, aber jetzt, zur Feier des Tages ... Ihr wisst, ich bin normalerweise gegen Alkohol, aber manchmal muss man eine Ausnahme machen. Schatz, kümmerst du dich darum?«

Manuela war schon aufsprungen. Sie lächelte verschwörerisch in die Runde und verschwand in der Dunkelheit.

Fanny stand auf, schlenderte langsam um das Feuer herum, bis sie bei Bobo angekommen war. »Ihr seid Traumboys, echt. Frag mal Zarah. Die kann dir da was Genaues zu sagen.« Neben Sigi setzte sie sich hin, schlang die Arme um die angezogenen Beine, stützte das Kinn auf die Knie und schaute in die Flammen.

Da tauchte Manuela wieder auf, einen großen Korb in den Händen. Flaschenhälse lugten heraus und eine Stange Pappbecher. »Sekt für alle!«

Sigi machte sich einen Spaß daraus, die Korken bis ins Blätterdach knallen zu lassen. Alle klatschten Beifall wie verrückt.

»Hier!« Er reichte Fanny einen Becher hinüber.

»Nee, für mich nicht«, winkte sie ab. »Ich trinke nie Alkohol.«

»Braves Mädchen!« Sigi behielt den Becher für sich.

Woody hatte sich die Gitarre genommen und schrammte schräge Töne. Alles schnatterte durcheinander.

»So, Leute«, rief Sigi unvermittelt. »Kommt mal für einen Moment alle zusammen. Wir müssen die Aufgaben für die nächste Woche verteilen. Im Postfach kommt jeden Tag mehr an. So langsam spricht sich das rum. Eine ganze Menge Menschen verlassen sich auf uns.«

Zwei Stunden später war es still im Lager. Fanny hatte sich einen Platz ein wenig abseits von den anderen gesucht. Jetzt lag sie hier, ihr war kalt und sie konnte nicht schlafen. Zarah machte irgendwo im Wald mit Bobo rum. Was fand die bloß an dem Loser?

Killer schlief auch nicht. Sie sah ihn dort sitzen, gegen einen Baum gelehnt, und er spielte mit irgendwas herum. Das Feuer war inzwischen heruntergebrannt und spendete kaum noch Licht. Sie stützte sich auf den Ellbogen. Das war eine Pistole! Killer hatte eine Pistole! Blitzschnell legte Fanny sich wieder hin. Ihre Kehle schnürte sich so zu, dass sie einen Moment lang glaubte, sie müsste ersticken.

14

»Na, Jupp, schwere Nacht gehabt?«

Der Kollege im Streifenwagen kurbelte die Scheibe herunter und wartete, bis Ackermann sein Auto abgeschlossen hatte.

»Erinner mich bloß nich'! Dat ganze Wochenende war irgendwie hart und man wird schließlich nich' jünger.«

»Ja, ja, es ist nicht leicht aufzuhören, wenn die Bierchen so gut schmecken.«

»Wem sachste dat?« Ackermann lachte. »Nur 'n Schand', dat der liebe Gott den Montagmorgen erfunden hat. Un' selbs'? Alles im Lot?«

»Es muss, es muss. Tja, dann wollen wir mal los. Man sieht sich.«

»Habt ihr 'n Einsatz?«

»Ja, Diebstahl in einem Plattenladen, mehrere Täter.«

»Un' da stehste hier rum un' quatschst?«

»Ist doch erst in einer Stunde.«

Ackermann guckte verdutzt, aber dann ging ihm ein Licht auf. »Ihr habt wieder 'n Tipp gekriegt. Na denn, viel Spaß! Sach, tu die Grüße.«

Van Appeldorn saß im Büro und las Zeitung. »Auch schon da?«

»Wieso? Is' doch noch nich' mal neun.«

»Lass stecken! Schwere Nacht gehabt, oder?«

Ackermann verzog leidvoll das Gesicht. »Seh ich echt so schlimm aus?«

»Frische Luft und Bewegung sollen Wunder wirken, habe ich mir sagen lassen«, meinte van Appeldorn und drückte Ackermann einen Stapel Zettel in die Hand. Das ganze Wochenende hatte er die Leute abgeklappert, die Björn Giltjes gesehen haben wollten – erfolglos bisher. Aber es waren noch reichlich Adressen übrig.

Ackermann hatte nichts dagegen, sich auf den Weg zu machen, er kam gern unter Leute. Aber vorher wollte er unbedingt noch sein Kevin-Abenteuer loswerden.

»Kurden klatschen«, brummte van Appeldorn. »Sind wir hier jetzt auch schon so weit? Die drei nackten Russen sind übrigens auch wieder aufgetaucht.« Und dann erzählte er die Geschichte, die heute Morgen die Runde im Präsidium machte.

»Security?« Ackermann dachte einen Moment nach. »Die Nadine hat da neulich auch so wat gequatscht. Ich würd dat ja zu gern ma' abchecken.«

»Das hat doch mit unserem Fall nichts zu tun«, wehrte van Appeldorn ab. »Wir haben genug am Hals. Also, du machst dich jetzt auf die Socken. Ich fahre zuerst noch mal zu Giltjes' Mutter und dann will ich mit Giltjes' Lehrer sprechen und mit seinen Klassenkameraden. Möglicherweise hat einer von denen mitgekriegt, dass Giltjes abhauen wollte und wohin.«

»Mach dat!« Ackermann hatte nur mit halbem Ohr zugehört. Er sortierte seine Zettel und legte eine Route fest. Den Bürgermeister von Bedburg-Hau kannte er, der war früher Kollege gewesen. Da würde ein Anruf genügen. Und dann konnte man weitersehen. Musste Norbert ja nichts von wissen.

Er trödelte herum – ging erst einmal in Ruhe aufs Klo, holte sich Kaffee, rauchte noch eine – bis van Appeldorn endlich weg war.

Natürlich erinnerte sich der Bürgermeister. »Jupp? Das ist ja schön! Na, was macht die Kunst?«

Nein, er hatte keinen Sicherheitsdienst bestellt, noch nie. Wozu auch? Und wer der Veranstalter vom Scheunenfest in der Reithalle gewesen war, konnte er schnell nachfragen. War immer dasselbe Unternehmen. »*Sound-Check*, Jupp. Sitzt in Kessel. Der Chef heißt Pogatsch. Kann auch nicht von hier sein.«

Kessel war gut. Ackermann musste sowieso zwei

Tipps in Goch nachgehen, da konnte er auf dem Weg kurz mal bei der Firma reinschauen.

Er hatte mit allem Möglichen gerechnet, mit einem heruntergekommenen Gehöft, halbseidenen Kerlen oder auch übrig gebliebenen Hippies, aber bestimmt nicht mit einem Neubau, der locker seine Million gekostet haben musste, und dem flotten Typen in Schlips und Kragen. Pogatsch war Anfang dreißig und so hochnäsig, dass er kaum noch Bodenkontakt hatte.

»Wir sind das führende Unternehmen der Branche in Nordrhein-Westfalen«, protzte er mit diesem schwülstigen Wiener Akzent, den Ackermann nicht ausstehen konnte.

»Heißt dat, Sie sind bei uns der einzige Veranstalter, oder wat?«

»Ja, wir haben diese Form der Veranstaltung quasi erfunden. Alles, was am Niederrhein Scheunenfest heißt, wird von uns organisiert, und selbstverständlich arbeiten wir mit den besten Security-Firmen zusammen, allerdings nur an ... wie soll ich es nennen ... Brennpunkten.«

»Un' wat sind dat für Brennpunkte?«

»Nun, sicherlich nicht der untere Niederrhein. Hier ist ja sozusagen die Welt noch in Ordnung.«

»Heißt dat im Klartext, bei uns inne Gegend engagieren Sie keinen Sicherheitstrupp? Nie?«

»Richtig, da verlassen wir uns voll und ganz auf Sie und Ihre äußerst kompetenten Kollegen. Und damit fahren wir sehr gut.«

»Is' dat nich' schön?« Ackermann rückte seine Brille zurecht. »Aber mich brauchen Se nich' einschleimen, ich verteil keine Orden. Trotzdem, danke für die Auskunft.«

Er war froh, als er wieder draußen an der frischen Luft war. In dem Büro roch es wie in einem französischen Puff. Nicht, dass er jemals in einem französischen Puff gewesen wäre, aber egal. Auf jeden Fall gab es keine

Saalordner, auf der Kirmes nicht und nicht auf Scheunenfeten. Was waren das dann für Leute, die da auftauchten und für Ordnung sorgten? Ob das immer dieselben waren? Schwarze Klamotten ... jetzt fiel es ihm wieder ein. Gregor Weller hatte doch auch was von schwarzen Klamotten erzählt und von Motorradmützen.

Er schnallte sich an und guckte auf seinen Zettel: Kirchstraße, Familie Gollup. Noch so welche, die bestimmt nicht von hier waren.

Van Appeldorn war seit dreieinhalb Stunden in der Schule und fühlte sich wie gerädert. Es war ihm unerklärlich, wie jemand diesen Lärm, dieses Durcheinander, die Albernheiten und den Zoff Tag für Tag durchstehen konnte. Er machte innerlich drei Kreuze, dass er kein Pauker geworden war. Etliche Lehrer, die ihm heute über den Weg gelaufen waren, hätten auch besser daran getan, sich die Sache noch einmal zu überlegen, aber es gab doch einige, die ihren Beruf zu mögen schienen, entspannt und fröhlich wirkten. Einer von ihnen war Jansen. Er hatte die ganze Bande absolut im Griff, schien über jedes Kind Bescheid zu wissen und meisterte jede Situation. Die Schüler mochten ihn, begegneten ihm mit Respekt, dabei war der Mann nicht einmal 1,70 groß und ging dicke auf die sechzig zu.

»Jetzt fällt mir wirklich niemand mehr ein, zu dem Björn Kontakt hat. Konnte Ihnen denn gar keiner weiterhelfen?«

»Nein, leider nicht. Der Junge scheint nicht sehr mitteilsam zu sein.«

Jansen nickte. »So langsam mache ich mir richtig Sorgen. Besonders nach der tragischen Geschichte mit Andreas. Wenn Björn dabei war, hat er vermutlich einen Schock.« Er sah auf seine Armbanduhr. »Ich habe jetzt eine Freistunde. Wollen wir ins Lehrerzimmer gehen? Da ist es ein bisschen ruhiger.«

Der Raum war leer. Jansen goss zwei Gläser Mineralwasser ein. »Haben Sie mit Björns Mutter gesprochen?«

»Natürlich, eben erst wieder.«

»Na ja, vermutlich abwegig, aber ich dachte gerade: Wenn der Junge einen Schock hatte, könnte ich mir vorstellen, dass er sich bei seiner Mutter verkrochen hat. Er hängt sehr an ihr. Aber die würde ihn ja wohl kaum vor der Polizei verstecken.«

Van Appeldorn grinste. »Bei ihr wäre ich mir da gar nicht so sicher, aber ihr neuer Lebensabschnittsgefährte würde das bestimmt nicht mitmachen. Sagen Sie mal, Sie haben sehr viele ausländische Kinder hier. Gibt das nicht jede Menge Ärger?«

»Viele? Na, dann gehen Sie mal in Meiderich oder Hamborn in die Schulen! Was meinen Sie mit Ärger? Ausländerfeindlichkeit? Nein, das ist nicht unser größtes Problem. Das Grundübel liegt woanders. Hier geht es eher nach dem Prinzip: jeder gegen jeden.«

»Aber warum ist das so?« Van Appeldorn wollte es wirklich wissen.

Jansen seufzte tief. »Wo soll man anfangen? Bei der Stigmatisierung der Hauptschüler heute, bei ihrer Chancenlosigkeit in der Berufswelt? Bei der Verrohung der Kinder durch Gewalt im Fernsehen und in Filmen? Für mich persönlich ist ein Hauptgrund der zunehmende Mangel an gewachsenen, selbstverständlichen sozialen Strukturen. Es gibt immer weniger intakte Familien. In Björns Klasse sind achtundzwanzig Schüler, nur vier davon leben mit ihren beiden Eltern zusammen. Und es ist doch heute gang und gäbe, schon die Dreijährigen stundenlang vor den Fernseher zu setzen oder sie mutterseelenallein irgendwelche Computerspiele spielen zu lassen. In Ein-Elter-Familien ist das manchmal auch kaum anders möglich. Wenn sie dann alt genug sind, werden sie auf die Straße rausgeschickt, damit sie zu Hause nicht stören. Aber dann sind sie meist schon gar nicht mehr in der Lage, mit anderen zu spielen. Lauter Einzelwesen, vereinsamt, mit emotionalen, sprachlichen, sozialen Störungen. Und wenn sie an die Schule kommen, werden sie ganz schnell zu Einzelkämpfern.«

»So kommen die mir gar nicht vor«, wandte van Appeldorn ein. »Ich habe heute eigentlich nur Gruppen zusammenglucken sehen.«

»Optische Täuschung. Es gibt kaum feste Gruppen, und wenn, dann läuft die Identifikation meist nur über die Abgrenzung zu den ›anderen‹. Und der Zusammenhalt ist sehr fragil, die Gruppenzugehörigkeiten wechseln, jeder kann blitzschnell ausgegrenzt werden. Wissen Sie, ich verbringe meine Zeit nur zu einem geringen Teil mit der Vermittlung von Unterrichtsinhalten. Dazu komme ich kaum. Ich bin gezwungen, die simpelsten sozialen Verhaltensweisen einzuüben. Das fängt mit einem einfachen Gespräch an, geht über Auseinandersetzungen mit verbalen Mitteln bis hin zu moralischen Werten. Sehen Sie, es gibt nur noch sehr wenige, die freiwillig etwas für einen anderen tun, ohne zu fragen: Was springt für mich dabei raus? Kinder sind die Seismographen der Gesellschaft.«

»Das erlebe ich häufig anders«, meinte van Appeldorn. »Wir haben mit Jugendlichen zu tun, die seelenruhig daneben stehen, wenn ein Kumpel eine Straftat begeht, und die im Traum nicht darauf kämen, gegen ihn auszusagen, selbst wenn wir sie noch so festnageln. Nach dem Motto: Ich schwärze doch keinen Kumpel an!«

»Ich glaube nicht, dass so etwas unbedingt aus Solidarität geschieht, eher aus Angst.«

»Aus Angst?«, fragte van Appeldorn. »Ich habe viel mehr den Eindruck, aus Gleichgültigkeit. Die Jugendlichen fühlen sich für nichts mehr wirklich verantwortlich.«

»Nur die Jugendlichen? Nun ja, ein endloses Thema und ein Problem, das wir beide sicher heute nicht lösen werden.«

»Bestimmt nicht.« Van Appeldorn trank sein Glas aus und stand auf. »Ich verstehe nur eines nicht: Wenn Sie so schwarz sehen, wie halten Sie dann Ihren Beruf aus?«

»Das sind Kinder, keine fertigen Menschen. Wie kann ich die verantwortlich machen für das, was die Gesellschaft verbockt? Sicher gibt es ein paar Kinder, die schon verloren sind, aber die meisten von denen, die Sie hier sehen, strotzen vor Kraft und Energie und brennen darauf, die Welt aus den Angeln zu heben. Soll ich die hängen lassen? Ich mag Kinder. Sie haben ihre Probleme, aber deswegen sind sie keine Monster.«

»Ist das nicht Killers Karre dahinten?« Fanny kniff die Augen zusammen und blinzelte.

»Klar ist das Killer! Du könntest dir wirklich bald mal eine Brille zulegen.« Zarah winkte. »Bobo ist auch dabei. Wir sollen rüberkommen.«

»Wieso holen die uns von der Schule ab?« Fanny blieb misstrauisch stehen. »Wir sollen uns doch so wenig wie möglich zusammen sehen lassen.«

»Ist doch süß von denen.«

Killer machte ihnen von innen die hintere Tür auf. »Steigt schon ein, los! Muss ja nicht jeder mitkriegen.«

»Erst will ich wissen, was das soll«, meinte Fanny bockig.

»Geht um Giltjes.«

Fanny schmiss ihren Rucksack auf den Rücksitz und krabbelte hinterher. »Ist der wieder aufgetaucht?«

»Eben nicht.« Killer fuhr los.

»Wohin fahren wir?«, fragte Zarah besorgt. »Ich hab nicht viel Zeit, hab noch was vor.«

Nur Fanny wusste, dass Zarahs Alter einen Pünktlichkeitsfimmel hatte. Um Punkt zwei wurde gegessen, und wenn Zarah zu spät kam, setzte es schon mal was mit dem Gürtel. Je nachdem, welche Laune der Alte gerade hatte.

»Dauert nicht lange.« Killer lenkte den Wagen Richtung Gennep. Am Englischen Friedhof fuhr er auf den Parkplatz.

»Also, Bobo und ich, wir fragen uns die ganze Zeit, warum Giltjes nicht längst wieder aufgetaucht ist.«

»Weil er Schiss hat«, sagte Fanny ungeduldig.

»Und warum hat der Schiss?« Killer ließ nicht locker.

Fanny verdrehte die Augen. »Blöde Frage.«

»Ich sage euch, der hat uns erkannt!«

»Was?«, schrie Zarah. »Wir hatten doch die Mützen auf.«

Bobo machte eine wegwerfende Handbewegung. »Ich hab von Anfang an gesagt, ihr sollt bei der Sache nicht mitmachen. Giltjes kennt euch von der Schule. Natürlich hat der euch erkannt!«

»Was?«, schrie Zarah wieder.

»Deine Augen mit der schwarzen Pampe drum herum würde ich unter Hunderten erkennen.«

»Auf jeden Fall müssen wir Giltjes finden, bevor die Chucks das tun«, unterbrach Killer ihn. »Sonst sind wir im Arsch. Wir müssen wissen, wo der sich versteckt hat. Und ihr werdet das rausfinden. Glotz nicht so, Fanny! Ihr kennt dem seine Freunde an der Schule, ihr kennt die Schwester von Kaufmann, mit dem Giltjes immer rumgehangen hat. Quetscht die aus, quetscht überhaupt alle aus. Und ich meine das ernst. Macht das klar, sonst haben wir die Kacke am dampfen. Geschnallt?«

»Und wenn wir Björn finden?«, krächzte Fanny.

»Da mach dir mal keinen Kopf.« Killer schnaubte. »Den übernehme ich. Und wenn ich mit dem fertig bin, macht der keinen Laut mehr, das schwör ich.«

15

Warum tu ich mir das eigentlich immer noch jede Woche an? Seit sechzehn Jahren trainierte Norbert van Appeldorn Jugendmannschaften beim SV Siegfried Materborn. Jahraus, jahrein, bei Wind und Wetter, dabei spielte er selbst schon seit einer Weile nicht mehr Fußball. Meistens machte ihm das Training schon Spaß, aber es gab Tage, da waren die Kerle so quer drauf, dass man graue Haare kriegte. Immer dieselben, die die Stimmung in der Gruppe versauten. Zwei, drei Problemkinder verkraftete eine Mannschaft normalerweise. Aber wenn die ihren schlechten Tag hatten, wurde es schwierig.

Seine beiden Pappenheimer hatten heute die großmäulige Tour drauf, suchten Streit, mussten unbedingt ihre Kraft beweisen, und sofort war die gute Laune im Eimer gewesen. Alle waren angespannt, jeder sah sich gezwungen, irgendwie zu reagieren. Was hatte Jansen gesagt? Jeder gegen jeden, Einzelkämpfer ... In seiner Mannschaft waren in solchen Krisensituationen die Rollen klar verteilt: Es gab einige, die sich sofort an die Starken hängten und jede Randale mitmachten, ein paar tauchten ganz weg, lösten sich quasi in Luft auf, und dann waren da noch die notorischen Schlichter, die zwanghaft versuchten, durch einen Dreh alles zum Guten zu wenden. Hatte er sich wirklich mal Söhne gewünscht?

Die meisten Trainerkollegen ließen die Spieler, wenn sie nicht spurten, zehn oder zwanzig Runden um den Platz laufen. Van Appeldorn hielt nichts davon. An solchen Tagen musste man sich etwas Besonderes einfallen lassen, damit alle wieder Spaß an der Sache bekamen.

Jetzt lief es wieder einigermaßen rund. »Robin, räum die Hütchen weg«, rief er und klatschte in die Hände.

»Trainingsspiel, kommt! Die Mannschaftsaufstellung mache ich.«

Sein Versuch, die Eilers-Zwillinge zu trennen, endete damit, dass sich beide am Spielfeldrand niederließen und ihm den Rücken zuwandten. Ihr Problem!

Er pfiff das Spiel an. »Zweimal fünfzehn Minuten.« Schiedsrichtern konnte man zur Not auch vom Seitenaus. Er war in den letzten Tagen genug gerannt.

Die Zwillinge rückten langsam näher, fingen an, das Spiel zu kommentieren, laut genug, dass er jedes Wort verstehen musste.

»Du, Trainer«, kam es dann irgendwann. »Hast du Andy gesehen, wie er tot war?«

Das hatte ihm noch gefehlt! »Ja.«

»Wie sah er denn aus?«

Er dachte an Anna. »Der sah eigentlich so aus, als würde er schlafen ...«

Dann entdeckte er Maxim Weiß bei den Umkleidekabinen und winkte. Er hielt den Zwillingen die Pfeife hin. »Könnt ihr mal für mich übernehmen? Ich komme sofort wieder.« Die beiden sprangen bereitwillig auf. »Muss kurz was mit Maxim besprechen.«

Maxim Weiß war vor sechs Jahren mit seiner ganzen Familie aus Russland hergekommen. Am Anfang war die Großmutter die Einzige gewesen, die deutsch gesprochen hatte, ein altmodisches Deutsch wie aus dem letzten Jahrhundert. Maxim war Gynäkologe, hatte in Moskau einen guten Job gehabt, aber obwohl er inzwischen die Sprache gelernt hatte, fand er hier keine Arbeit als Arzt. Er malochte als Handlanger auf dem Bau. Außerdem hatte er eine Lizenz als Fußballtrainer, und Jugendmannschaften waren eigentlich unter seinem fachlichen Niveau.

»Tag, Norbert. Läuft es gut?«

»Geht so, die Jungs haben nicht gerade ihren besten Tag. Und bei dir? Hast du endlich eine Wohnung gefunden?«

»Keine, die ich bezahlen könnte. Aber bald vielleicht. Larissa hat nun Arbeit.«

»Als Lehrerin?«

»Nein, in einem Pommes-frites-Restaurant.«

»Schöner Mist! Soll ich mich noch mal wegen einer Wohnung umhören?«

»Ja, das ist nett. Aber sie muss nicht zu klein sein. Unser Mädchen ist zu alt, um mit ihren Brüdern in einem Zimmer zu schlafen. Du, ich habe da noch ein Problem.«

»Schieß los!«

»Im Wohnheim sind ein paar Jugendliche, die ein bisschen Hilfe brauchen von uns, wie ich das sehe. Sie machen dumme Sachen, weil sie zu viel Energie haben. Genau weiß ich nichts, aber ich merke. Von ihrem Alter müssen die in die A-Jugend, aber sie haben noch niemals Fußball gespielt. Ich denke trotzdem, dass sie kommen sollten.«

»Ich rede mal mit Kalle. Schlepp sie einfach an und dann werden wir schon sehen, ob sie Spaß dran haben, ob das klappt. Sprechen sie Deutsch?«

»Besser wie ich, wenn sie wollen. Komm doch mal wieder zum Essen mit deiner Frau.«

»Nur, wenn ich die Zutaten besorgen darf.«

»Ach, dazu reicht es schon.«

»Schauen wir mal. Na gut, wir sehen uns gleich beim Bier.«

»Heute nicht, Norbert. Kolja schreibt morgen ein Diktat. Wir müssen ein bisschen üben.«

Nachdenklich ging van Appeldorn über die Wiese zurück zum Fußballfeld. Er hatte noch nie mit seinen Töchtern für ein Diktat geübt. Marion kümmerte sich um diese Dinge, glaubte er jedenfalls. Da waren wieder die unangenehmen Gedanken, die ihm heute schon ein paar Mal durch den Kopf gegangen waren. Obwohl Anna schon seit vier Jahren auf der Schule in Materborn war, hatte er das Gebäude heute zum ersten Mal von innen gesehen und die Lehrer kennen gelernt. Er hatte keine Ahnung gehabt von den vielen ausländischen Kindern, von den Rangeleien, dem Chaos und erst recht nicht von dem, was Jansen erzählt hatte. Wie kam Anna damit zurecht? Wo war ihr Platz in dem ganzen Gefüge? Ihre Zeugnisse waren immer gut gewesen und sie hatte noch nie über Probleme gesprochen, jedenfalls nicht mit ihm. Eigentlich sprach sie sowieso kaum mit ihm. Und Nadine Ackermann nahm ihren Vater auf Feten mit! Was lief denn bei denen so anders? Nun ja, wahrscheinlich war das eine Typfrage. Wenn Nadine auf ihren Vater kam, war sie vermutlich simpel gestrickt. Anna war eben anders. Sie war immer schon verschlossen gewesen. Vielleicht sollte er doch mal mit Marion darüber sprechen. Je nachdem, wie die Stimmung heute Abend war ...

»Da ist sie!« Zarah machte einen geschmeidigen Satz nach vorn und erwischte Jacqueline an ihrem langen Haar. Jacqui schrie auf, aber Zarah presste ihr die linke Hand auf den Mund und zerrte sie nach hinten. Fanny hielt die Tür zum Gewächshaus auf, packte mit zu und gemeinsam warfen sie das Mädchen auf den schmutzigen Betonboden.

Die Gärtnerei gegenüber der Schule war um diese Zeit ein sicherer Ort. Der Laden war geschlossen und die Arbeiter hatten Mittagspause und pennten, oder was auch immer. Jeder in den oberen Klassen der Hauptschule wusste, dass man hier zwischen eins und zwei einen Quicky schieben oder sich in aller Ruhe einen Bong durchziehen konnte.

Jacqueline wehrte sich wie ein Tier, aber Zarah hatte ihre Haare fest in der Faust. Da rammte ihr Jacqui das Knie in den Unterleib, Zarah brüllte und hielt plötzlich ein blutiges Haarbüschel in der Hand.

»Scheiße! Hört sofort auf, ihr Spastis!«, schrie Fanny so atemlos, als hätte sie mitgekämpft.

Jacqui kam langsam hoch und tastete nach der blutigen Stelle über ihrem Ohr. Zarah wälzte sich am Boden und hielt sich wimmernd den Bauch, aber dann kreischte sie plötzlich auf und stürzte sich wieder auf die andere, kratzte ihr wild durchs Gesicht. »Du dreckige Hure!«

Fanny holte aus und trat Zarah in den Hintern. »Du sollst aufhören, hab ich gesagt.«

Zarah starrte sie an. »Bist du bescheuert, oder was?« Ihre Augen wurden ganz klein. »Das sag ich, schwör ich dir. Was glaubst du eigentlich, wer du bist?«

»Halt endlich deine dreckige Schnauze! Also, Jacqui, du hast genug Zeit gehabt. Leg los, wo steckt Giltjes?«

Das Mädchen fing an zu heulen.

Zarah sah Fanny an, ihr Mund zuckte. »Scheiße, Alte ...«

Fanny stand breitbeinig gegen den Bindetisch gelehnt und sah auf die beiden hinunter. »Also, was ist?«

»Ich hab alles versucht, echt«, schluchzte Jacqueline, »aber keiner weiß was.«

»Warst du bei dem Alten von Giltjes?«

»Ja, aber der war total breit. Der hat nicht gepeilt, was ich eigentlich wollte.«

Fanny seufzte, dann streckte sie ihre Hand aus und half Zarah auf die Füße. »Du kriegst eine letzte Frist, Jacqui, vierundzwanzig Stunden. Und glaub bloß nicht, du hast eine Chance gegen uns. Wir finden dich überall!«

»Ihr seid echt zum Kotzen«, heulte Jacqueline. »Das hätt ich nie gedacht. Mein Bruder ...«

»Fresse! Komm uns nicht auf die Tour. Du hast die Sau genauso wenig abgekonnt wie wir. Also, mach hin!«

Damit schob Fanny Zarah vor sich her nach draußen, schulterte ihren Rucksack und ging zu ihrem Fahrrad.

»Du musst das morgen alleine bringen«, sagte sie leise. »Ich kann morgen nicht.«

Zarah machte große Augen. »Was ist denn mit dir los? Du bist schon die ganze Zeit so komisch.«

Fanny stieg auf ihr Rad und fuhr los. Sie sah sich nicht mehr um.

»Hee!«

Zarah zuckte zusammen.

Es war nur Killer. »Du brauchst dich da nicht mehr reinzuhängen. Wir wissen, wo Giltjes steckt.«

»Echt? Wo?«

»Bei seinem Onkel auf dem Hof in Emmerich.«

»Woher wisst ihr das auf einmal?«

Killer schnippte mit den Fingern. »Man hat seine Kumpel.«

Der Pastor der Christus-König-Gemeinde hatte Andy Kaufmanns Beerdigung ganz früh morgens angesetzt, wohl um möglichst wenig Öffentlichkeit dabei zu haben, aber der Plan war gescheitert. Als Ackermann und van Appeldorn auf dem Friedhof ankamen, bot sich ihnen ein bekanntes Bild: Fernsehkameras, Reporter, sogar Beleuchter waren längst da.

»Sieht fast so aus, als würde hier ein Film gedreht. Jetzt wird mir klar, warum du dich so in Schale geschmissen hast«, meinte van Appeldorn boshaft und strich prüfend über das Revers an Ackermanns dunklem Jackett.

»Dat is' 'ne Beerdigung un' ich weiß schließlich, wat sich gehört«, antwortete Ackermann ungerührt und ließ seinen Blick über van Appeldorns Jeans und den roten Blouson streifen.

»Du bringst mich noch ins Grab, Ackermann! Wir sind doch nicht zum Vergnügen hier, sondern beruflich. Du bist ... ach, vergiss es!«

»Dat wollt ich sowieso fragen. Denkst du, der Björn taucht hier auf? Oder warum sind wir hier?«

»Ich weiß auch nicht so genau ...«

»Du, Norbert ...« Das war eine gute Gelegenheit, fand Ackermann. »Ich muss dir was erzählen wegen diese angeblichen Saalordner ...«

»Lass mich bloß damit in Ruhe!«

»Ich hab aber noch mal über Weller nachgedacht.«

Van Appeldorn runzelte die Stirn und versuchte zu verstehen. »Später«, meinte er schließlich. »Und jetzt halt endlich die Klappe. Wir sind auf einer Beerdigung und man weiß schließlich, was sich gehört.«

Mutter Kaufmann stand am offenen Grab und sah in ihrem eleganten schwarzen Kostüm und den neuen Pumps verzweifelt und sehr zerbrechlich aus. Ihr Haar war hochgesteckt, sie war sogar geschminkt, und in den manikürten Händen hielt sie eine langstielige, dunkelrote Rose.

»Ich glaube, ich habe Halluzinationen«, murmelte van Appeldorn. »Was ist denn mit der passiert?«

»War alles dat Fernsehen«, flüsterte Ackermann zurück. »Die haben ihr die Klamotten gekauft und 'ne Maskenbildnerin hatte die auch.«

»Woher hast du das denn schon wieder?«

»Wie dat so geht. Von meinem Cousin die Schwiegermutter, davon die Freundin, die is' Putzfrau im Kindergarten anne Küppersstraße. Die alte Kaufmann hat schon 'ne Talkshow gedreht, läuft innen paar Wochen. *Dat verzeihe ich mir nie: Mein Kind ist tot*, oder so wat. Un' für so 'n Frauenblatt kommt se mit 'ner großen Story raus: *Andy hatte keine Chance. Kinderschicksale in Deutschland*. Ich möcht nich' wissen, wat die dafür kassiert hat.«

Van Appeldorn schwieg grimmig und sah sich weiter um. Es waren an die zweihundert Leute auf dem Friedhof, aber eigentlich hatte er mit mehr gerechnet. Vermutlich hielt das Wetter doch einige davon ab, ihre Neugier spazieren zu führen. Unablässig ging ein feiner Nieselregen nieder, der langsam aber sicher die Kleider durchweichte. Van Appeldorn entdeckte den Rektor der Hauptschule, neben ihm Jansen und zwei weitere Lehrer. Eine große Gruppe Schüler drängte sich hinter ihnen zusammen. Sie sahen alle aus, als würden sie schrecklich frieren. Anna und ihre Freundin Carmen waren auch dabei.

Der Pastor führte das Mikrofon näher an den Mund. »Asche zu Asche«, dröhnte es scheppernd aus dem Lautsprecher. Frau Kaufmann erbebte und sofort waren zwei Damen an ihrer Seite und hielten sie davon ab, sich ins Grab zu stürzen. Damen! Wo war denn die ganze Mischpoke abgeblieben? Keine Spur von den Pennern und den trauernden, trinkfreudigen Nachbarn. Machten sich wohl nicht so gut in *Exklusiv am Puls des Lebens* oder wie die Sendung heißen mochte. Nur Jacqueline stand da und hielt sich an einem nagelneuen Zwillingsbuggy fest, in dem ihre Geschwister schliefen. Wahrscheinlich hatte man die sediert.

16

Die Kühe. Was hatten die auf einmal? Was war denn los?

Björn versuchte, die Augen zu öffnen, aber das war so schwer. Sein Kopf tat teuflisch weh und fühlte sich ganz komisch an. Heiß war ihm auch, wie verrückt. Warum musste er so zittern? Bestimmt hatte er Fieber oder war das so, wenn man verhungerte? Sein Mund klebte und er konnte kaum schlucken. Die Unterlippe platzte auf, als er mit der Zunge darüber fuhr. Es brannte, Tränen schossen ihm in die Augen. Irgendwo musste die Kanne sein, bestimmt war noch Wasser übrig. Er würde sie später suchen. Mühsam rollte er sich auf die Seite und zog die dünne Decke hoch bis übers Ohr. Seine Zähne schlugen aufeinander.

Die Kühe! Er riss die Augen auf. Stockdunkel. Eins von den Kälbern muhte klagend. Was war das? Da, wieder! Ein flickeriges Licht unter ihm auf der Tenne.

Sie hatten ihn gefunden! Er hielt die Luft an. Da waren Stimmen, ganz leise nur. Taschenlampen. Björn ballte die

Fäuste und wagte nicht, sich zu bewegen. Mama! Mama, hilf mir!

Der Lichtschein wanderte an der linken Wand entlang, über das Tennentor, den Durchgang zum Hühnerstall, rechts weiter, immer näher auf seine Leiter zu. Er zog die Knie bis ans Kinn und versteckte den Kopf unter der Decke. Eine Kuh brüllte, sofort fingen auch die anderen an.

Da hörte er ihn: »Los, nach oben, die Leiter hoch!« Dieselbe Stimme: »Wir kriegen dich, Giltjes, verlass dich drauf!«

Sie waren da! Sie würden ihn totmachen. Andy! Mama!

Und dann krachte es. Irgendetwas spritzte neben ihm hoch. Er riss sich die Decke vom Gesicht. Stroh wirbelte durch die Luft.

Im Stall unten gingen die Neonröhren an. Jemand brüllte. Das war sein Onkel. »Saubande!« Die Kühe zerrten an ihren Ketten. Wieder krachte es. Da schoss einer! Schritte. Jemand rannte, das Tor quietschte und schlug dann hart gegen die Wand.

»Stehen bleiben, verflucht, Hände hoch oder ich schieß euch über den Haufen!«

Björn stemmte sich hoch. Jetzt konnte er Onkel Bernd sehen, wie er zum offenen Tor rannte, zwei neue Patronen in die Schrotflinte schob. »Runter von meinem Gehöft!«

Dann schoss er wieder. Hinaus ins Dunkle. Stille.

Tante Martha war unten an der Leiter. »Was ist denn los?«, schrie sie ängstlich. »Ich rufe die Polizei.«

Onkel Bernd schloss das Tor und legte den Riegel vor. »Lass mal, die sehen wir nicht wieder. So schnell, wie die gerannt sind. Verdammtes Pack! Ich möchte bloß wissen, was die hier wollten.« Er knickte die Flinte über dem Unterarm, rückte mit einer Hand seine Schlafanzughose zurecht und schlurfte zurück.

Björn hörte ihn noch leise murmeln, dann ging das Licht aus.

Er wollte rufen, schreien. Das Blut dröhnte ihm in den Ohren. Er kriegte keinen Ton heraus. Alles war nass, seine Hose. Das Schluchzen presste ihm die Luft ab.

»Ich möchte Sie nur kurz über einige Dinge in Kenntnis setzen.«

Diesmal hatte die Chefin van Appeldorn und Ackermann zu sich in ihr geräumiges Büro im Verwaltungstrakt kommen lassen. Sie stand von ihrem Schreibtisch auf, bot ihnen Plätze auf der Sitzgruppe an und ließ sich selbst anmutig im Sessel nieder. Auch das bereits gerichtete Tablett mit Kaffee und Plätzchen sollte wohl zeigen, dass es sich um ein eher informelles Gespräch handelte.

»Bitte bedienen Sie sich«, meinte sie, schlug die Beine übereinander und strich ihren silbergrauen Rock glatt.

»Mit Kaffee können Se mich heute Morgen jagen«, sagte Ackermann, »aber so 'n Plätzken käm' gut.«

Charlotte Meinhard hielt ihm die Schale hin und nickte aufmunternd. »Nur zu!«

»Also«, begann sie dann, »mir liegt hier eine Beschwerde wegen Behinderung der Presse vor, und zwar unter anderem gegen Sie, Herr Ackermann.«

Ackermann verschluckte sich und prustete Kekskrümel über den blanken Glastisch. Hastig rückte van Appeldorn ein Stück zur Seite.

»Huch Gott, dat tut mir jetz' aber Leid«, haspelte Ackermann, als er wieder so einigermaßen Luft bekam, und suchte mit roten Ohren in seinen Jacken- und Hosentaschen herum. »Dat kann doch nich' wahr sein!« Endlich hatte er ein Taschentuch gefunden und konnte sich ausgiebig schnäuzen. »Wat hätten wir denn sons' machen sollen mit diese Bluthunde? Da kann man uns doch wohl keinen Strick draus drehen.«

Die Meinhard lächelte beschwichtigend. »Sie haben ganz ausgezeichnet reagiert.«

»Wat?« Ackermann sah van Appeldorn an, der spöttisch die Augenbrauen hochzog.

»Der Kollege Flintrop hat mir schon alles geschildert«, redete die Chefin weiter, »und meiner Meinung nach haben Sie schnell und umsichtig gehandelt.« Sie machte eine kleine Pause. »Es gibt Momente in unserem Beruf, da sind wir gezwungen, zu etwas, hm, sagen wir mal, unorthodoxen Mitteln zu greifen, und ich kann nur sagen, ich habe mich über Ihre Lösung köstlich amüsiert. Also, machen Sie sich keine Sorgen, dafür halte ich persönlich meinen Kopf hin. Wie gesagt, ich wollte Sie nur in Kenntnis setzen.«

Van Appeldorn grinste weiter vor sich hin, aber Ackermanns Ohren wurden vor lauter Stolz noch eine Spur dunkler. »Ich kapier sowieso nich', wat dat Pressevolk eigentlich will. Wat hat der Einbruch un' der tote Jung mit Kindermörder un' Missbrauch un' wat sons' noch Perverses zu tun? Wat spinnen die sich bloß zusammen? So wat kauft denen doch kein Mensch ab!«

Charlotte Meinhard stieß mit einem leichten Seufzer die Luft aus. »Leider doch, fürchte ich. Die Medien brauchen immer wieder neue Themen, die unter die Haut gehen. Zuerst war es Aids, dann BSE, jetzt sind es eben perverse Kindermörder, was auch immer das sein soll. Bestimmte Sender und Zeitungen gieren geradezu danach. Alles, was nur annähernd passen könnte, kommt in den großen Topf, dann wird einmal umgerührt und der Zuschauer oder Leser kann den Brei genüsslich schlürfen. Ein böses Spiel.«

Van Appeldorn sah sie nachdenklich an. »Ja, die machen das ganz geschickt«, meinte er dann. »Ich habe noch nirgendwo ausdrücklich gehört oder gelesen, dass Kaufmann tatsächlich einem Missbrauch zum Opfer gefallen ist, aber ...«

»... aber«, mischte sich Ackermann ein, »die lassen so 'n Asipenner auftreten, der ungefragt einen über Kinderschänder ablässt, ohne dat et wat mit der Sache zu tun hätte. Un' dann diese Fragen auffe Pressekonferenz! Wo sind wir denn eigentlich? Dat is' ja schon wie in Amiland, Mann.«

»Nun ja«, sagte Charlotte Meinhard, »Sie und ich werden daran wohl kaum etwas ändern, nicht wahr?«

»Mich macht dat trotzdem sauer«, murmelte Ackermann.

Die Chefin richtete sich auf. »Wie weit sind Sie denn inzwischen mit Ihren Ermittlungen?«

»Ackermann und ich mussten in den letzten Tagen in unterschiedliche Richtungen ermitteln«, antwortete van Appeldorn schnell. »Wir wollten uns gerade zusammensetzen, um unsere Ergebnisse abzugleichen. Das ist dringend erforderlich.«

Die Meinhard wickelte ihre Perlenkette um den Zeigefinger. »Ich verstehe. Dann macht eine gemeinsame Teamsitzung zu diesem Zeitpunkt wohl keinen Sinn?«

»Mit Sicherheit nicht.« Van Appeldorn stand auf. »War es das für heute?«

Die Chefin schmunzelte und erhob sich ebenfalls. »Beinahe! Sie werden lachen, aber Ihr Herr Weller hat nun auch eine Dienstaufsichtsbeschwerde gegen mich eingeleitet wegen Untätigkeit im Amt.«

Ackermann lachte laut auf. »Sie? Untätig? Ha! Un' wat wollen Se jetz' machen?«

»Vielleicht sollte ich den Herrn doch einmal über den Dienstweg in Kenntnis setzen ...«

»Tun Se dat bloß nich'! Lassen Se den doch weitertoben. Erst gegen Norbert un' mich, dann gegen Sie, als Nächstes is' der Oberkreisdirektor dran, un' zum Schluss landet der Kerl beim Bundeskanzler. Is' doch geil.«

Charlotte Meinhard lachte mit. »Mal schauen. Aber jetzt will ich Sie nicht weiter aufhalten.«

»Hat sich klasse angehört, Norbert, aber wat für Ergebnisse willst du eigentlich abgleichen?«, fragte Ackermann auf dem Weg zurück in ihr Büro.

Van Appeldorn blieb stehen. »Du hast mir doch gestern auf dem Friedhof die Ohren vollgeblasen, oder? Irgendwas mit Saalordnern und Gregor Weller.«

»Ja sicher, bloß ... egal. Du has' Recht, wir müssen mal langsam 'n Plan kriegen.«

Aber dazu kam es zunächst nicht, im Büro wartete Besuch auf sie.

»Wat machs' du denn hier? Ich denk, du bis' in Kur un' lässt dir die Sonne auffe Plautze scheinen.«

Walter Heinrichs lächelte ein bisschen linkisch. »Die Kur geht erst nächste Woche los. Nö, ich wollte nur mal hallo sagen.«

»Erzähl mir nicht, dass du jetzt schon Heimweh nach uns hast.« Van Appeldorn setzte sich, kippte den Stuhl gegen die Wand und legte die Füße hoch. »Könnte mir nicht passieren.«

»Wart's ab, wir sprechen uns wieder. Ich hab mir das auch leichter vorgestellt. Irgendwie schlafe ich in letzter Zeit so schlecht.«

»Sorgen?« Ackermann rückte mit seinem Stuhl näher heran.

»Nicht direkt«, druckste Heinrichs. »Ich mache mir nur Gedanken, ob wir finanziell über die Runden kommen, letztendlich.« Er sah sich suchend um. Van Appeldorn seufzte und warf ihm sein Zigarettenpäckchen rüber. Nichts hatte sich geändert: Nach seinem Herzinfarkt hatte Heinrichs das Rauchen aufgegeben und nur noch bei den Kollegen geschnorrt.

»Ich überlege, ob ich nicht doch mal Lowenstijn anrufe. Was meint ihr denn?«

»Privatermittlungen?« Van Appeldorn zog die Nase kraus. »Mein Ding wär das nicht. Wim und Walter ... klingt irgendwie nach Tim und Struppi, findest du nicht?«

»Ich will doch nicht fest einsteigen, nur ab und an mal aushelfen, zum Beispiel um unsere Urlaubskasse aufzubessern. Nun ja, mal sehen. Habt ihr das hier schon gelesen?« Er schlug die Illustrierte auf, die er vor sich auf dem Tisch liegen hatte.

Spitz, pass auf! Eine Kleinstadt hilft sich selbst.

»Ist doch typisch: Ausgerechnet wenn ich in Rente gehe, wird Kleve berühmt. Es ist aber auch wirklich eine komische Geschichte mit diesen Tipps.« Heinrichs machte es sich gemütlich. »Ach ja, unsereins kriegt ja nur noch aus der Zeitung mit, was bei euch so läuft. Kommt, jetzt erzählt doch mal was.«

Das hätte Ackermann liebend gern getan, aber van Appeldorn war diesmal schneller. Er begann mit dem Einbruch am Bresserberg.

Heinrichs rieb sich den Nacken. »Und das Diebesgut haben die stehen lassen? Seltsam. Wieso habt ihr eigentlich für diesen Bruch keinen Tipp gekriegt?«

»Das frage ich mich auch«, antwortete van Appeldorn. »Vor allem, weil wir bei dem letzten Ding, das Kaufmann und Giltjes zusammen gedreht haben, angerufen worden sind.«

»Und zwar vorher«, ergänzte Ackermann.

»Wie meinst du das? Vorher?«, wollte Heinrichs wissen.

»Ja, als die grünen Kollegen ankamen, da hatten die Jungs mit dem Automaten noch gar nich' angefangen. Die waren noch nich' ma' da. Die Tipps kommen immer vorher. Am Montag auch, über 'ne Stunde vorher, dat Ding mit dem Plattenladen.«

»Dann ist die Sache doch glasklar«, meinte Heinrichs. »Der Tippgeber kann nur jemand aus dem Täterumfeld sein, der von den geplanten Sachen weiß.«

»Ja, schon«, bestätigte van Appeldorn. »Nur passt das hinten und vorn nicht zusammen. Die Hinweise, die bei uns eingehen, beziehen sich alle auf Delikte von Jugendlichen. Kannst du mir erklären, warum die sich gegenseitig verpfeifen sollten? Mir ist das noch nie untergekommen.«

»Un' wat hat dat alles mit dem Einbruch bei Rogmanns, dem toten Kaufmann un' dem vermissten Giltjes zu tun?«, fragte Ackermann und rechnete fest damit, dass van Appeldorn ihn zusammenstauchen würde, aber der nickte.

»Ach!« Heinrichs fühlte sich sichtlich wohl. »Jetzt gebt mir erst noch eine Zigarette und dann lassen wir die kleinen grauen Zellen mal so richtig arbeiten.«

Ackermann warf ihm eine Selbstgedrehte zu. »Ich lass ja gern denken, aber vorher muss ich noch wat loswerden. Ich war doch jetz' 'n paar Mal mit meine Nadine zum Schwofen auffe Scheunenfete. Un' ich hab doch erzählt, dat die da neuerdings so Sicherheitstrupps im Einsatz haben. Wenn die Jugend sich unternander an die Köppe kriegt, gehen die dazwischen un' sorgen für Ruhe. Am Samstag datselbe auffe Kirmes in Hasselt. Bloß, un' jetz' kommt et: So eine Truppe gibbet gar nich'!«

Heinrichs schaute ihn verwirrt an und van Appeldorn stöhnte. »Sprich zur Abwechslung mal deutsch, Ackermann!«

»Ich dacht, dat hätt ich getan! Also, weder die Hasselter noch der Schnösel vonne Scheunenfeste hat 'n Sicherheitsdienst beauftragt, noch nie.«

»Du meinst ...«, begann van Appeldorn, starrte dann aber nur grübelnd ins Leere.

»Un' wat auch wichtig sein kann: Diese angeblichen Saalordner haben so wat wie 'ne Uniform an, schwarz, un' Mützen auffem Kopp, auch schwarz. Die Gesichter kann man nich' richtig sehen. Un' da is mir der Gregor Weller eingefallen ...«

Auch Heinrichs, der ja die Sache mit Weller am Rande noch miterlebt hatte, verfiel ins Grübeln. Fast fünf Minuten lang war es still.

»Na, kommt«, meinte er dann, »jetzt lasst uns doch mal zu Ende spinnen, was wir alle so denken. Jemand, der sich in der Szene auskennt und weiß, was geplant ist, gibt der Polizei Hinweise. Könnte es sich um eine einzelne Person handeln?«

»Höchst unwahrscheinlich«, brummte van Appeldorn.

»Ganz bestimmt nicht«, rief Ackermann. »Flintrop hat mir erzählt, dat et immer andere Anrufer sind. Sogar Frauen oder Mädkes.«

»Also eine Gruppe.« Walter Heinrichs nickte zufrieden.

»Ich sehe kein Motiv, versteht ihr!« Van Appeldorn klang nörgelig, aber Heinrichs ging darüber hinweg. »So ungewöhnlich ist das doch nicht: Selbsthilfegruppe, Bürgerwehr, etwas in der Art. Alles schon da gewesen. Erinnerst du dich nicht an die Sache im Rheinland vor ein paar Jahren? Da gab es in einem Nobelviertel eine Einbruchserie und die Bürger fanden, die Polizei kümmere sich zu wenig darum. Also haben sie sich zusammengetan, sich bewaffnet und sind nachts Streife gegangen. Geendet hat das alles damit, dass sie einen harmlosen Zeitungsboten erschossen haben.«

»Aber so was läuft doch nicht unter Jugendlichen«, beharrte van Appeldorn.

»Un' wieso nich'?«, fragte Ackermann. »Die denken doch auch, dat die Bullen sich 'n Dreck um sie scheren. Da helfen se sich eben selbs'. Zum Beispiel als Ordnertruppe.«

Heinrichs strahlte. »Und dann passt auch der Einbruch ins Muster. Statt uns immer nur Hinweise zu geben, greifen sie selbst durch. Deshalb lassen sie auch das Zeug stehen. Die wollten nichts klauen, die wollten den Einbruch verhindern und den Tätern einen Denkzettel verpassen.«

»Denkzettel«, meinte Ackermann düster. »Ich weiß ga' nich', wat du dich so freust.« Er hatte wieder Andy

Kaufmann vor Augen, wie er da lag mit seinen dünnen Kinderbeinen. »Un' Weller is' 'n Abzieher, deshalb die Strafaktion. Mir wird gruselig.«

»Aber es könnte stimmen«, murmelte van Appeldorn.

»Wenn et stimmt, sind die ganz schön abgebrüht. Andy is' tot, stand in jede Zeitung. Trotzdem schlagen die in Hasselt wieder zu. Wenn et dieselben sind ...« Ackermann sprang auf, lief zum Fenster und öffnete es weit.

»Das muss doch rauszukriegen sein«, überlegte Heinrichs. »Wenn es ein solches Einsatzkommando gibt, dann muss das unter den Jugendlichen bekannt sein.«

Van Appeldorn fiel plötzlich etwas ein: »Schuster hat nach der Automatengeschichte erzählt, Kaufmann und Giltjes wären über den Friedhof abgehauen und wie um ihr Leben gerannt. Aber als sie gesehen hätten, dass es die Bullen waren, die sie verfolgten, wären sie ganz erleichtert gewesen, hätten sich richtig gefreut.«

»Mir ist schlecht«, raunte Ackermann.

»Und Björn Giltjes hat bei dem Bruch abhauen können«, spann van Appeldorn den Faden weiter, »und verkriecht sich jetzt aus lauter Angst vor ...«

»Oder au' nich'. Oder wat viel, viel Schlimmeres.«

»Nun reg dich ab, Jupp«, sagte Heinrichs streng. »Ich würde sagen, wir haben eine erstklassige Arbeitshypothese. Ihr müsst nur noch loslaufen und rumfragen. Am besten, ihr fangt bei euren Kindern an. Fragt die erst mal aus, das ist der einfachste Weg. Und dann Discos, Jugendheime, Sozialarbeiter, von mir aus auch die von der Drogenberatung, eben alle, die irgendwo mit Jugendlichen zu tun haben. Hach, am liebsten würde ich ...«

»Du gehst angeln!« Van Appeldorn bremste den Höhenflug recht barsch.

»Un' ich geh tanzen«, murmelte Ackermann.

Van Appeldorn war froh, dass Ackermann kurz darauf wegen einer alten Betrugsgeschichte noch einmal zur

Chefin gerufen wurde und Heinrichs sich dann auch bald verabschiedete. Er brauchte ein bisschen Zeit zum Nachdenken. Fragt eure Kinder aus, das ist der einfachste Weg. Guter Witz! Wie sollte er an Anna herankommen? Seit der hässlichen Szene am Freitag hatten sie kaum drei Worte miteinander gewechselt.

Mit Marion hatte er sich schon am nächsten Morgen wieder versöhnt, auf eine Weise, die ihm ausgesprochen angenehm war. Und am Montag nach dem Fußballtraining hatten sie länger zusammengesessen und über die Kinder gesprochen. Marion fand, er müsse mehr Leine geben und mal darüber nachdenken, wie er sich selbst in dem Alter gefühlt hatte. Es fiel ihm schwer. Und ob die lange Leine wirklich das Richtige war?

Anna – sie mochte verschlossen sein, aufmüpfig und unbequem, aber sie war sicher nicht feige oder falsch. Nein, kein Einkaufsbummel, keine Einladung zur Pizza, am besten, er spielte mit offenen Karten.

Entschlossen wählte er seine eigene Telefonnummer und hatte Glück – Anna war gleich am Apparat.

»Was gibt's? Mama ist noch nicht da.«

»Ich will ja auch mit dir sprechen. Ich brauche deine Hilfe.«

»Ach du Scheiße!«

»Jetzt dreh nicht gleich wieder am Rad, Mäuschen. Ich will nicht, dass du deine Freunde bei mir verpfeifst oder so einen Quatsch. Ich brauche nur ein paar allgemeine Informationen.«

»In Ordnung, schieß los!«

»Doch nicht am Telefon. Können wir uns nicht irgendwo treffen?«

»Wo denn? Meinst du, ich laufe mit dir durch die Stadt? Wenn mich einer mit Papa sieht, der schmeißt sich doch weg.«

Van Appeldorn musste lachen. »Ich dachte, da stündest du mittlerweile endlich drüber. Aber gut, wenn nicht, dann komm doch ins Büro. Es ist wirklich wichtig. Im Moment komme ich ohne dich nicht weiter.«

Anna schwieg. »Keine Zeit«, sagte sie dann. »Muss noch mit Carmen für die Mathearbeit morgen pauken.«

Verdammt, dachte van Appeldorn. Womit hatte er denn jetzt wieder alles vermasselt? Wieso machte sie auf einmal alle Schotten dicht?

»Na gut, aber ein paar Minuten hast du doch noch, oder? Dann machen wir es eben am Telefon.«

»Wenn es unbedingt sein muss ...«

Er sammelt seine offenen Karten wieder ein und fragte sie nur, wo denn die Jugendlichen so hingingen, außer auf Scheunenfeste, welches Jugendheim im Moment angesagt war. Sie ließ sich die Würmer einzeln aus der Nase ziehen und er hatte große Mühe, nicht in seinen bösesten Vernehmungston zu fallen.

Als er auflegte, hatte er bohrende Kopfschmerzen und eine magere Ausbeute auf seinem Zettel: *World Center (freitags; viele Bärchen), Materborner Jugendheim (gut), Effa (= evang. Jugendheim; öde), Radhaus, Whisky Saloon, Fellinis, Le Journal (alles nicht so doll, weiß nicht).*

17

Auch Ackermann hatte nach einem langen Telefonat mit seiner Tochter das Jugendheim in Materborn ganz oben auf seiner Liste und so machten sie sich am späten Nachmittag auf den Weg.

»Komm, wir nehmen mein Auto, Norbert.« Van Appeldorn war aus irgendeinem Grund mal wieder muffelig, möglicherweise auch sauer, das wusste man nie so genau. Vielleicht ließ er sich aufmuntern.

»Na, wat sachste jetz'?«

Van Appeldorn sagte erst mal gar nichts, sondern guckte nur ein bisschen dümmlich, als Ackermann vor einem blitzenden roten BMW stehen blieb und den Schlüssel ins Türschloss steckte.

»Hast du eine Bank ausgeraubt?«, meinte er schließlich.

»Ach wat! Der is' gebraucht, sieht bloß aus wie neu. Ich hab den für 'n paar Tage auf Probe. Ein Kumpel von mir arbeitet bei diesem Autofritzen. Ich will endlich ma' wat anderes fahren als immer die ollen Opels.«

Ackermann hatte die Familienkutschen gründlich satt. Seine Kinder wurden langsam flügge, die Zeiten, in denen er sie alle Mann hoch durch die Gegend hatte fahren müssen, waren vorbei.

Van Appeldorn musste den Beifahrersitz verstellen, um genügend Platz für seine Beine zu haben. »Und was sagt ... die Mutti dazu?«

»Och, die meint, dat is' immer noch besser wie 'n dickes Motorrad, wat sich die andern all kaufen, wenn se in die Jahre kommen.«

Er ließ den Motor an. »Dat is' 'n Sound, wa? Also, wie war dat? Du has' mit dem Jugendheim telefoniert, un' die Leiterin is' 'ne Frau?«

Van Appeldorn verzichtete auf die Sprachkorrektur, verzog aber schmerzlich das Gesicht.

»Dat muss 'n ganz schöner Brecher sein, die Tante«, sinnierte Ackermann.

»Und was bringt dich zu dieser Annahme, Josef?«

»Die Nadine sagt, dat Heim wär 'n Treff für die Hauptschüler, un' da ging et öfters mal richtig rund.«

»Ach was, sagt die Nadine das? Tja, dann ist das ja wohl kaum der richtige Ort für ein braves Mädchen vom Gymnasium. Und der stolze Vater sieht sein Kind dort sicher auch nicht gern.«

»Has' du den Kopp am bluten, oder wat?« Ackermann trat auf die Bremse. »Wo is' denn hier die verdammte Warnblinke?« Hektisch fingerte er an verschiedenen Knöpfen herum.

»Was ist denn?«, fragte van Appeldorn erschrocken.

»Ich will anhalten!«

»Du kannst doch um diese Zeit nicht mitten auf der Gruft anhalten!«

»Dat woll'n wer doch mal sehen!« Endlich hatte Ackermann den richtigen Knopf gefunden. Mit einem leichten Rums fuhr er auf den Bürgersteig. »So, un' jetz' will ich wissen, wat du mich schon wieder so anblaffst. Mir reicht et nämlich!«

Van Appeldorn guckte fassungslos. »Was regst du dich denn so auf?«

»Komm mir nich' mit dem Spruch! Also, wat hab ich dir getan?«

»Nichts, Jupp, es tut mir Leid.«

»Da kann ich mir nix für kaufen.«

»Es hat nichts mit dir zu tun, wirklich nicht.«

»Dann wüsst ich gern, wieso ich et immer abkriege.«

»Seit wann bist du denn so empfindlich?«

»Schon immer, du Arschloch! Du bis' bloß der Einzigste, der dat noch nich' gerafft hat.«

»Ich habe mich entschuldigt ...«

»Ja, ja, und damit isset dann außer Welt. Ach«, Ackermann holte Luft, »vergiss es.«

»Genau.«

»Weißte wat, Norbert, ich glaub, et wird höchste Zeit, dat du dich ma' bei jemand ausquatschst.«

»Ich wüsste nicht, worüber.«

Ackermann drehte zwei Zigaretten und hielt van Appeldorn eine hin.

»Danke, Jupp.« Van Appeldorn gab ihm Feuer. »Vergessen wir die Sache? Ich hatte mich über was geärgert, aber du hast Recht, ich hätte es nicht an dir auslassen dürfen.«

»Find ich auch. Aber okay, vergessen wir's.« Ackermann lachte schon wieder. »Et geht doch nix über 'n anständiges Gewitter, sag ich immer. Ich bin ja mal gespannt auf die Heimleiterin. Wat sind dat eigentlich für Leute. Sozialarbeiter? Oder sind dat Pädagogen?«

Er fand eine Parklücke gleich vor dem Jugendheim. Ein paar Jungen lungerten zwischen den Autos herum und rauchten.

»Wetten, dat dat Joints sind«, wisperte Ackermann.

Van Appeldorn zuckte die Achseln. »Kann schon sein, aber was geht das uns an?«

»Dat sagst du immer, un' hinterher ... hee, wo wills' du denn hin?«

Van Appeldorn zeigte auf das neue Gebäude gegenüber. »Jugendheim!«

»Nix da, Männeken! Dat war ma' so geplant, aber dann haben se die Kiddies hier in dem alten Gemäuer untergebracht.«

»Woher weißt du das denn schon wieder?«

»Nadine.«

»Hätte ich drauf kommen müssen.« Van Appeldorn probierte ein Lächeln.

»Ja, ja, mit de Jugend isset wie mit de alten Leutchen: Dat Beste is' grade gut genug.«

»Guten Tag, Frau Beckmann.«

»Nennen Sie mich Ulli, das tun alle.«

Die Leiterin hatte sie gut zehn Minuten warten lassen. Irgendetwas an der hochmodernen Discoanlage war nicht in Ordnung gewesen. Sie hielt den Lötkolben noch in der Hand. Die Frau war nicht einmal eine halbe Portion. Sie hatte ganz kurzes, braunes Haar, eine Stupsnase und sehr lebhafte, dunkle Augen.

»Sie managen dat alles hier?«, staunte Ackermann.

»Schon seit fünf Jahren.«

»Können Sie Karate oder so wat?«

Sie stutzte kurz, aber dann lachte sie. »Jetzt verstehe ich! Nein, wenn ich das nötig hätte, könnte ich einpacken. Na, dann kommen Sie mal mit in mein Büro. Deniz!«, rief sie über die Schulter. »Dreh mal 'n Tick leiser!«

›Büro‹ war geschmeichelt. Es war eine kleine Kammer, voll gestopft mit Möbeln, die schon bessere Zeiten gesehen hatten, und Unmengen von Papierkram.

Ulli schob die Hände in die hinteren Jeanstaschen und guckte ein bisschen verlegen. »Entschuldigung, aber Ordnung ist nicht gerade meine Stärke.« Dann rubbelte sie sich mit den Händen durchs Haar. »Nehmen Sie die beiden Hocker da vorn. Ich setze mich hier auf die Fußbank.« Sie musste Mitte dreißig sein, aber mit den blanken, schwarzen Augen und dem zerzausten Haar sah sie aus wie ein quirliger Kobold. »Tja, also ...«

»Es ist ein bisschen schwierig zu erklären«, begann van Appeldorn und lächelte warm. Ackermann blieb der Mund offen stehen: Norbert lächelte eine Frau an! Das gab's doch nicht, der fuhr auf die ab! Na ja, verstehen konnte man es.

»Eine Gruppe von Jugendlichen?«, fragte sie, nachdem sie eine ganze Weile konzentriert zugehört hatte. »Sie meinen aber doch hoffentlich nicht die *Materborner Street Fighter*?«

»Die bitte was?«

Sie lachte und wuschelte sich wieder durchs Haar. »Ein Phantom, das immer mal wieder durch die Gegend geistert. Es soll sich um eine Streetgang handeln, die ab und zu die Gegend unsicher macht. Gesehen hat die allerdings noch kein Mensch.«

Ackermann rutschte unruhig auf seinem Hocker herum. »Kann ich mal ebkes für kleine Jungs?«

Ulli sprang sofort auf und lief zur Tür. »Den Gang runter, die letzte rechts!«

Als Ackermann zurückkam, hörte er sie schon auf dem Flur fröhlich lachen. Konnte das echt sein, dass Norbert flirtete?

»Entschuldigung, wenn ich störe ...« Ackermann grinste und setzte sich wieder. »Wat habt ihr denn für 'n komisches blaues Licht auf dem Klo? Is' dat wegen Energie sparen?«

Ulli schüttelte den Kopf. »Schön wär's. Nein, das ist wegen der Fixer. Angeblich kann man bei dem Licht keine Vene finden. Wir haben das erst seit ein paar Tagen und es scheint zu funktionieren. Nicht, dass wir damit das Drogenproblem lösen, aber wenigstens suchen die sich jetzt eine andere Toilette. Wir hatten dauernd die Klos verstopft, weil die ihre Löffel haben reinfallen lassen, und dann überall die gebrauchten Nadeln. Man muss die Kids, die noch nicht darauf gekommen sind, ja nicht unbedingt auf dumme Gedanken bringen. Na ja, aber deswegen sind Sie nicht hier. Das ist eine ziemlich abenteuerliche Geschichte, die mir Ihr Kollege da erzählt hat. Wie war noch Ihr Name?«

»Norbert«, sagte van Appeldorn langsam. »Norbert van Appeldorn. Vielleicht kennen Sie meine Tochter Anna.«

»Anna van Appeldorn? Klar kenn ich Anna.« Sie betrachtete van Appeldorns rabenschwarzes Haar, dann glitt ihr Blick an seinem Körper hinab bis zu den langen Beinen. »Dass das Ihre Tochter ist, da kommt man auch nicht so ohne weiteres drauf, nicht die leiseste Familienähnlichkeit.«

Van Appeldorn sah ihr in die Augen. »Ich bin ihr Stiefvater. Sie ist wohl oft hier?«

»Nicht regelmäßig. Sie ist ein nettes Mädchen, weiß sich zu behaupten. Aber zu Ihrer Frage: Ich habe noch nichts über so eine Gruppe gehört und normalerweise bin ich immer ganz gut informiert.«

»Sie meinen, man würde es Ihnen erzählen?«

»Ich glaube eigentlich schon. Die meisten vertrauen mir einigermaßen. Wahrscheinlich weil ich den Mund halten kann und auch schon mal ein Auge zudrücke.« Sie war sehr ernst jetzt. »Es ist ein ewiger Konflikt: Wenn ich merke, dass jemand Drogen nimmt, und ich knöpfe ihn mir richtig vor, dann ist der sofort über alle Berge, taucht ab und ich habe überhaupt keinen Einfluss mehr. Und wenn ich es kommentarlos durchgehen lasse, mache ich mich unglaubwürdig oder man nimmt mich nicht mehr für voll. Das gleiche gilt für kleinere Delikte. Ich bewege mich immer auf einem ganz schmalen Grat.«

Es klopfte, die Tür ging auf, ein Mädchen guckte um die Ecke. »Ulli, kommst du gleich mal?«

»Drei Minuten, Jacqui, okay?«

»Dat war doch die Jacqueline Kaufmann!«, rief Ackermann.

»Ja, kennen Sie die?« Ulli schlug sich gegen die Stirn. »Ich Dummkopf! Ihr Bruder, natürlich. Schlimm! Aber Jacqui packt das. Das ist überhaupt eine starke Frau. Die kriegt die Kurve.«

»Es sieht im Augenblick ganz danach aus, als habe die Gruppe, über die wir hier sprechen, etwas mit Andys Tod zu tun«, meinte van Appeldorn.

Sie zuckte richtig zusammen. »Wirklich? So ernst ist das? Geben Sie mir noch mal Ihren Zettel.«

Van Appeldorn reichte ihr seine Liste.

»Doch, die ist gut. Warten Sie, wen könnten Sie sonst noch fragen? Ja, den Sigi Beem vielleicht, der hat eine Menge mit Jugendlichen zu tun. Wir hatten hier letztes Jahr einen Kurs in Selbstverteidigung, den Sigi geleitet hat. Und das hat er super gemacht. Er hatte sofort einen Draht zu den Kids. Prima Typ. Er hat ein Studio unten in der Lohengrinstraße, Krafttraining, verschiedene Kampfsportarten. Seine Frau bietet, glaube ich, Aerobic und so was an. Jedenfalls gehen inzwischen viele von unseren Leuten hier in Sigis Studio und trainieren dort. Fragen Sie ihn doch mal, vielleicht hat er ja was gehört.«

Wieder ging die Tür auf. »Ulli, besser du kommst mal ...«

»In einer Sekunde, Deniz.«

Sie stand auf. »Tut mir Leid, aber wenn Deniz kommt, dann brennt's.« Sie gab erst Ackermann dann van Appeldorn die Hand. »Ich werde mich unauffällig für Sie umhören, okay? Sobald ich etwas weiß, melde ich mich bei Ihnen.« Sie zögerte und lächelte dann zu ihm hoch. »Aber Sie können ja auch einfach noch mal reinkommen.«

»Das mache ich bestimmt.«

»Mannomann, dat funkt aber!«, murmelte Ackermann vor sich hin, als sie hinausgingen.

»Wie bitte?« Gott sei Dank hatte Norbert ihn nicht verstanden.

»Nix!«

Auf dem Parkplatz blieb van Appeldorn stehen und rieb sich das Kinn. »Irgendwie sieht dein Schlitten anders aus, Jupp.«

»Ach du Scheiße, die Radkappen! Ich werd wahnsinnig! Wie soll ich dat Kalli verklickern?«

»Nur die Ruhe, Jupp. Guck mal da vorne unter dem Busch liegt eine. Na komm, die anderen finden wir auch noch.«

Sigi Beem nutzte normalerweise die beiden Stunden, in denen das Studio nachmittags geschlossen war, dazu, selbst intensiv an den Geräten zu arbeiten, aber heute konnte er sich nicht konzentrieren. So hatte es keinen Sinn, er riskierte nur eine Zerrung, wenn nicht Schlimmeres. Mürrisch legte er sich das Handtuch um den Nacken und ging hinüber in den Spiegelraum, wo seine Frau ein neues Stepp-Aerobic-Programm einstudierte. Sie schaltete sofort die Musik ab, als sie seinem Blick im Spiegel begegnete.

»Hast du was?«

»Ich weiß nicht, Manu.« Er ließ sich auf eine Bank fallen und wischte sich mit dem Handtuch durchs Gesicht. »Ich habe irgendwie ein schlechtes Gefühl.«

»Wegen Killer und Bobo?«

»Ja, seit Tagen haben die sich nicht blicken lassen. Da stimmt was nicht. Bobo hat immer trainiert wie ein Irrer und Killer war bei jedem Meeting der Erste. Ich habe versucht, ihn zu erreichen, aber der hat sogar sein Handy abgeschaltet. Wenn die bloß keinen Mist bauen.«

»Ach, komm!« Manuela setzte sich neben ihn. »Die spielen sich doch nur auf. Wahrscheinlich wollen sie nur mal testen, wie weit sie bei dir gehen können, sehen, wer der Stärkere ist.«

»Eben, das gefällt mir gar nicht.«

»Ach, Quatsch, bis jetzt hast du das doch immer wieder hingebogen.«

»Ich weiß nicht. Wenn die irgendeinen Scheiß machen, hänge ich mit drin.«

»Jetzt hör aber auf! Wieso hängst du mit drin? Du tust doch gar nichts. Wir sind doch nie mit dabei.«

»Die finden schon einen Dreh, mich dranzukriegen, verlass dich drauf. Ach Mann, hättest du gedacht, dass die Sache so aus dem Ruder läuft? Meinst du, wir kriegen das wieder in den Griff?«

»Uns wird schon was einfallen. Warte mal!« Manuela horchte. »Ich glaube, da ist jemand vorn an der Tür.«

»Bleib sitzen! Wahrscheinlich bloß wieder einer, der nicht lesen kann. Es ist noch nicht fünf.«

Aber das Klopfen wurde energischer.

»Da muss jemand sein!«, grummelte Ackermann. »Brennt doch Licht.«

Van Appeldorn hatte seine Dienstmarke hervorgeholt und klickte damit gegen die Scheibe. »Ach, doch noch.«

Eine gertenschlanke, junge Frau mit einer hellroten Lockenmähne tauchte drinnen auf und schüttelte wild den Kopf. Der gelbe Catsuit, den sie trug, hatte dunkle Schweißflecken unter den Brüsten. Sie hielt ihren Arm hoch und tippte auf ihre Uhr.

Van Appeldorn tippte auf seine Dienstmarke. Die Frau blinzelte kurz, dann klimperte der Schlüsselbund, der innen in der Tür steckte.

»Was ist denn los?«, fragte sie unfreundlich.

»Entschuldigung, ich weiß, Sie haben noch geschlossen, aber wir sind dienstlich hier«, meinte van Appeldorn. »Kripo Kleve. Wir würden gern mit Herrn Beem sprechen.«

»Das ist mein Mann.« Die Sommersprossen in ihrem hellen Gesicht traten deutlich hervor. »Er duscht gerade. Ich werde ihm sagen, dass er sich beeilen soll. Setzen Sie sich doch solange drüben an die Bar. Ach, um was geht's denn?«

»Nur ein paar Fragen.«

Fünf Minuten später kam sie mit ihrem Mann zurück.

»Boah!«, entfuhr es Ackermann.

Sigi Beem schüttelte ihnen ausführlich die Hände, lachte und setzte sich auf einen Barhocker. »Kann ich Ihnen helfen?«

Zum zweiten Mal an diesem Tag erzählte van Appeldorn seine Geschichte, wesentlich trockener diesmal, stellte Ackermann fest.

»Eine Gruppe? Meinen Sie wirklich?« Siegfried Beem wunderte sich. »Und wer soll das sein?«

»Tja, wir dachten, dat könnten Sie uns sagen«, meinte Ackermann.

»Ich? Wieso denn ausgerechnet ich?«

»Frau Beckmann hat uns zu Ihnen geschickt«, erklärte van Appeldorn. »Sie meinte, Sie hätten viel mit Jugendlichen zu tun.«

»Die Ulli, ach so! Ja, stimmt, wir haben viele junge Leute hier. Die kriegen bei uns grundsätzlich einen Sondertarif. Wissen Sie, ich finde, die sollen lieber was für ihren Körper tun, als auf der Straße rumlungern und sich mit Alkohol und Drogen voll pumpen.«

Van Appeldorn nickte.

»Und irgendwie scheint das zu funktionieren, was meine Frau und ich hier machen. Wir haben immer mehr Anmeldungen. Die Kids brauchen eine Anlaufstelle. Für die tut doch heutzutage keiner mehr was, die hängen doch in einem richtigen Vakuum. Was glauben Sie, warum die DVU und die anderen Nazis heute wieder so viel Zulauf haben? Die organisieren Jugendgruppen mit Lagerfeuerromantik und allem, was dazu gehört. Die bieten den Kids was, gemeinsame Erlebnisse, Zusammengehörigkeit, so was wie eine Heimat. Inzwischen machen wir auch Gruppentraining, meine Frau in Tanz und Aerobic und ich beim Kampfsport. Und hinterher glucken wir noch ein bisschen zusammen. Das hat voll eingeschlagen.«

Wieder nickte van Appeldorn. »Ich weiß, was Sie meinen. Ich trainiere selbst eine Jugendmannschaft im Fußball.«

»Find ich toll. Na, aber wie gesagt, von Ihrer Geschichte da habe ich noch nie was gehört. Du, Manuela?«

»Ich? Woher denn?«

»Wann haben Sie denn das nächste Mal Gruppentraining? Vielleicht können wir uns dann selbst ein wenig unter den jungen Leuten umhören«, überlegte van Appeldorn.

»Immer dienstags am frühen Abend«, antwortete Manuela Beem. »Das haben Sie gerade gestern verpasst.«

Van Appeldorn rutschte vom Barhocker. »Wenn's Ihnen nichts ausmacht, versuchen wir es nächste Woche einmal.«

»Aber gerne!«

Sie verabschiedeten sich, aber dann hatte Ackermann doch noch was auf dem Herzen. »Muss man eigentlich lang trainieren, bis man so 'n Körper hat wie Sie?« Besonders Beems Schultern hatten es ihm angetan.

»Ziemlich.«

»Oft?«

»Mindestens zwei Stunden täglich.«

»Dat hatt ich befürchtet!«

18

»Lutz?«, flüsterte Björn. »Lutz, bist du das?«

Wieder nur ein Stöhnen.

Das konnte nur Lutz sein! Der hatte jetzt Schule aus. Tante Martha und Onkel Bernd machten Mittagsschlaf, das wusste er. Und wenn es nicht Lutz war? Wenn es ...

»Björn! Björn, hilf mir hoch! Ich bin's.«

Großer Gott! Lutz hatte überall Blut im Gesicht und an den Händen.

Björn stürzte die Leiter hinunter. »Lutz!«

»Die Schweine haben mir die Rippen gebrochen!«, wimmerte Lutz. »Ich kriege kaum Luft. Scheiße, tut das weh! Bleib hinter mir, ich kann schon.«

Stöhnend nahm er Sprosse für Sprosse. Es dauerte, aber er schaffte es.

Björn fing an zu zittern. »Was ist passiert?«

Lutz hatte Schmerzen, aber er war auch wütend, unheimlich wütend. »Du verschwindest hier, sofort! Das waren deine Scheißrächer. Haben mich nach der Schule abgefangen und fertig gemacht. Zwei schwarze Schweine!« Er hielt sich die rechte Seite und ächzte.

»Wer sind die?«, flüsterte Björn.

»Woher soll ich das wissen, du Arsch? Die waren total vermummt. Auf alle Fälle verschwindest du hier und mir ist scheißegal, wohin. Ich lass mich doch wegen dir nicht umbringen!«

»Wo, wo sind die denn jetzt?«

»Was weiß ich denn! Draußen auf dem Hof irgendwo. Die haben gesagt, ich hätte nur eine Chance zu überleben: Ich hol dich raus oder ich bin dran. Einer von denen hat eine Pistole.«

Björn heulte auf, steckte den Kopf zwischen die Knie und fing an, sich vor und zurück zu schaukeln.

Lutz seufzte. »Hör zu, Kleiner, wenn mein Alter mich gleich so sieht, ruft der sowieso die Bullen. Du stellst dich einfach und die nehmen dich mit. Dann bist du in Sicherheit.«

»Nein«, jammerte Björn, »nicht die Bullen, Lutz. Das sehen die doch. Wenn ich freikomm, dann knallen die mich ab.« Er fing wieder an zu schaukeln.

»Lutz, hilf mir doch, Lutz!« Man konnte ihn kaum verstehen. »Nur einmal noch, bitte!«

»Wie denn, verflucht?« Aber dann fiel ihm etwas ein. Warum war er nicht viel früher darauf gekommen? Aber das ging nicht. Wie sollten sie denn rauskommen, ohne dass die ... Oder vielleicht ...? »Hast du noch Wasser?«

Björn hob den Kopf.

»Los, mach! Wir müssen das Blut abwaschen. Ich hab eine Idee.«

Björn krabbelte zur Milchkanne hinüber. »Hier!«

»Pass auf, Kleiner, da gibt es so einen Privatschnüffler in Elten. Der hat neulich einen Vortrag bei uns in der Schule gehalten. Der ist in Ordnung, echt. Ich weiß, wo der wohnt, ich bring dich hin. Der hilft dir bestimmt.«

»Nein, bitte Lutz.«

»Schnauze! Wir müssen nur hier rauskommen, ohne dass die Dreckskerle uns erwischen. Aber da ist das Maisfeld hinterm Schweinestall. Wir müssen bloß durch die Spülküche. Wie spät ist es? Scheiße, mein Alter steht gleich wieder auf.«

»Ich will nicht.«

»Fresse! Das ist deine einzige Chance. Ich hab die Nase voll. Du kannst froh sein, dass ich ... Ich kann auch meinen Vater rufen, wenn dir das lieber ist.«

Durch die Spülküche kamen sie leicht. Es war so still im Haus, dass das Ticken der Wanduhr wie Donnerschläge klang. Die Schweine quiekten, aber nur ganz kurz, Lutz wusste, wie man sich zu bewegen hatte. Er hielt sich die ganze Zeit seine rechte Seite.

Drei Meter von der Tür bis zum Maisfeld.

»Wo sind die denn?«, keuchte Björn.

»Keine Ahnung. Ist auch egal. Wir haben nur einen Versuch. Renn!«

Und sie rannten.

Vom Geräteschuppen her hörten sie einen unterdrückten Schrei und dann lief jemand los.

Sie waren im Feld. »Lauf, lauf weiter«, hechelte Lutz. Man merkte, dass er Schmerzen hatte. Dann: »Schmeiß dich hin – jetzt! Bleib liegen, beweg dich nicht.«

Björn roch nasse Erde, sie drang ihm in die Nase, aber er traute sich nicht, den Kopf zu drehen. Es raschelte hinter ihm, jetzt lauter, wieder leiser.

»Die müssen hier irgendwo sein!«

Dann wieder lauter, näher, ganz nah.

Lutz suchte den Klingelknopf, aber da war keiner. Schließlich zog er an dem dicken Eisenzapfen, der neben dem Portal hing. Drinnen erklangen tiefe Glockentöne und nur Sekunden später wurde die Tür geöffnet.

»Sie wünschen?«

Björn verschwand sofort hinter Lutz. Der Mann war unheimlich groß und er hatte komische Sachen an, eine gestreifte Hose und eine lange schwarze Jacke. Sein roter Schnurrbart war an den dicken Enden hochgebogen und er bewegte die buschigen Augenbrauen, dass man Angst kriegte.

Lutz haspelte los: »Wir brauchen Hilfe. Wir müssen Herrn Lowenberg sprechen. Er muss uns helfen. Mein Vetter hier war bei einem Einbruch dabei und da ist sein Freund umgebracht worden. Und jetzt wollen die ihn auch umbringen. Die sind hinter uns her! Sie müssen ihm helfen!«

Hinter dem Riesen bewegte sich etwas. Ein zweiter Mann kam. Der sah auch komisch aus mit seinem weißen Anzug. »Gibt es ein Problem, Daniel?«

»Herr Lowenberg«, rief Lutz.

Der Riese hatte sie nicht aus den Augen gelassen. »Lowenstijn«, meinte er streng und drehte sich dann um. »Ich würde sagen, es scheint ein größeres Problem zu sein hier.«

Jetzt tauchte eine dritte Person an der Tür auf. Björn wich noch weiter zurück. Es war eine schwarze Frau, sehr groß, sehr dünn, mit Riesenaugen.

Lutz stammelte noch einmal los, alles von vorn.

Lowenstijn schob sich an dem Riesen vorbei. »Daniel, ich glaube, du erschreckst die beiden. Kommt erst einmal herein.«

Lutz rannte fast, Björn stolperte hinter ihm her. Er konnte sehen, dass der Mann im weißen Anzug unwillkürlich die Nase rümpfte. Er wurde rot und biss die Zähne zusammen.

»So, und jetzt eins nach dem anderen«, sagte Lowenstijn. »Wir werden uns in Ruhe unterhalten. Daniel, so wie es aussieht ...«, er musterte Björn, »... brauchen wir etwas zu essen und zu trinken.«

»Sir, die Köchin hat heute ihren freien Tag.«

Lowenstijn wedelte ungeduldig mit der Hand. »Das weiß ich. Ich verlasse mich wie immer auf dich. Du wirst schon etwas herrichten. Wir gehen unterdessen in den Salon. Aber ich denke, der junge Mann hier sollte zunächst ein Problem beseitigen ... Jocelyne, würdest du dich darum kümmern?«

Björn ballte die Hände zu ganz engen Fäusten. »Ich muss pissen.«

»Ich würde sagen, das hast du schon getan«, murmelte der Riese.

Die schöne schwarze Frau beugte sich zu Björn hinunter und blickte ihm fest in die Augen. »Wie alt bist du?« Ihre Stimme war ganz tief und ein bisschen heiser.

Björn betrachtete den Fußboden. »Dreizehn.«

»Ah, dreizehn. Da kannst du anfangen, ein paar nette

Worte zu lernen, denkst du nicht? Man sagt: Ich möchte auf die Toilette gehen. Komm mit. Du brauchst ein Bad.«

Björn bewegte sich nicht, sah sie auch nicht an.

»Wie heißt du, junger Mann?«

»Björn Giltjes.«

»Alors, Björne, ich will dich nicht waschen. Ich zeige dir nur den Baderaum und dann werden wir Kleider für dich finden. Gehen wir. Tellement petit! Wir werden etwas von meinen Kleidern nehmen müssen.« Damit legte sie ihren Arm um seine Schultern und drückte ihn kurz an sich. »Du bist ganz warm. Hast du vielleicht Fieber? Wir werden das messen. Komm mit mir, mignon.«

»Lass uns abhauen!«

»Du spinnst, Bobo. Irgendwann müssen die zurückkommen. Wir haben Zeit«, meinte Killer grimmig. »Wir warten.«

»Und wenn die Alten die Bullen rufen? Die fette Schnepfe kommt alle paar Minuten raus und guckt, wo ihr Baby bleibt. Die dreht voll am Rad.«

»Wenn schon! Die finden uns nicht. Ej, da tut sich was!«

Killer und Bobo verzogen sich hinter den Mähdrescher.

Ein dicker Jaguar kam auf den Hof gerollt. Der Fahrer stieg aus, ein großer, sehr kräftiger Mann mit einem enormen, roten Schnurrbart. Er half Lutz aus dem Wagen. Sofort kam die Mutter aus dem Haus gelaufen. »Um Himmels willen, Junge, wo hast du gesteckt? Wir haben schon überall angerufen. Wer ist der Mann? Hast du was angestellt? Hat er was angestellt? Wir wollten schon zur Polizei gehen. Wie siehst du denn aus?« Tränen liefen ihr übers Gesicht.

Lutz trat unbehaglich von einem Fuß auf den anderen. Da legte ihm der Mann die Hand auf die Schulter. »Guten Tag, mein Name ist Baldwin. Ihr Sohn hatte einen Unfall. Er ist gestürzt.«

»Mit dem Mofa? Oh Gott!«

»Ist nicht so schlimm, Mutter«, sagte Lutz. »Ich habe mir nur ein bisschen die Haut abgeschrabbt und meine Rippen tun weh, aber es ist nichts gebrochen.«

»Und was haben Sie damit zu tun?«, fragte die Mutter misstrauisch.

»Ich sah es passieren, als ich vorbeifuhr an der Schule.«

»Er hat mir geholfen«, erklärte Lutz schnell. »Vielen Dank noch einmal.«

»Oh Gott!«, rief die Mutter wieder. »Und ich dachte schon ... Du meine Güte! Bitte kommen Sie doch herein, Herr ...«

»Baldwin. Das ist sehr freundlich von Ihnen, aber ich fürchte, ich habe keine Zeit.«

»Aber ich möchte mich bei Ihnen bedanken. Was kann ich ...?«

»Kein Dank!«, winkte der Mann ab. »Das ist schon in Ordnung. Ich muss nun gehen. Auf Wiedersehen, Lutz.« Er hörte sich an wie ein Ausländer.

»Aber«, stammelte die Mutter aufgeregt, »bitte bleiben Sie noch.«

»Sie schulden mir nichts, gnädige Frau. Ich habe nur meine Verpflichtung erfüllt. Also, auf Wiedersehen.« Er stieg ins Auto, hob noch einmal grüßend die Hand und fuhr dann ab.

Bobo schaute Killer verstört an. »Was war das denn für eine Show?«

Killer lächelte böse vor sich hin. »Das werden wir schon rauskriegen. Hast du den Namen verstanden?«

»Nein ...«

»Und was ist mit dem Auto? Hast du das Nummernschild gesehen?«

»Nicht richtig, der stand so blöd. Aber ich glaube, das war ein Klever Kennzeichen.«

»Scheiße, verdammte. Aber macht nichts. Von dem Schlitten fahren bestimmt nicht viele rum. Der Typ hat Knete, so viel steht fest.«

Norbert van Appeldorn lag auf dem Rücken im Gras und spürte jeden einzelnen Lebenstag. Das Training war heute prima gelaufen, aber er hatte schon vorher gute Laune gehabt, warum, wusste er nicht so genau. Jedenfalls hatte er sich von seinen Jungs breitschlagen lassen, mal wieder selbst mitzuspielen. Verdammt gut waren die inzwischen und er hatte sich völlig verausgaben müssen, um mithalten zu können.

»Du bist ein wenig aus der Form, glaube ich.« Maxim hatte netterweise für ihn Bälle und Hütchen eingesammelt.

»Ein wenig ist gut. Ich hab seit zwei Jahren nichts mehr getan und die Qualmerei rächt sich auch.« Van Appeldorn setzte sich auf. »Wie machen sich deine Schützlinge? Ich hab gehört, das sind ganz nette Kerle.«

»Das sind sie, wenn sie etwas zu tun haben. Bis jetzt geht es gut. Ich habe angeboten, Extra-Training zu geben. Mal schauen, ob sie heute kommen.«

»Gehen die eigentlich noch zur Schule?«

»Sie machen Sprachkurs und danach Ausbildung, entschuldige, eine Ausbildung bei dem SOS-Kinderdorf. Das wird im Oktober beginnen. Es ist gut, dass sie deutsche Freunde finden. Wenn man immer nur miteinander ist, hat man dumme Gedanken. Ah, da kommen sie ja, gut.« Er winkte die jungen Männer heran. Van Appeldorn versuchte, möglichst sportlich auf die Füße zu kommen.

»Andrej, Dimitri, Sergej, das ist mein Freund Norbert. Er ist Trainer von der C-Jugend.«

Die drei lächelten scheu.

Schuster und Schumacher waren wieder vereint. Sie waren in dieser Woche nicht nur gemeinsam zur Frühschicht eingeteilt, Schumacher hatte sich auch dazu durchgerungen, seinem Freund endlich Ilona vorzustellen. Und wider Erwarten war das Treffen harmonisch verlaufen. Schuster war offensichtlich positiv überrascht gewesen und hatte sich jede abfällige Bemerkung über die Provinz verkniffen und auch Ilona hatte ihre Zunge, die hin und wieder ganz schön spitz war, im Zaum gehalten; anscheinend mochte sie Schuster. Sie hatten sich den Hof angesehen, gemeinsam Kaffee getrunken und waren erst gegangen, als es Zeit zum Melken wurde und Ilona ihr weißes Minikleid gegen einen Overall getauscht hatte. Schumacher wäre gern noch geblieben und hätte geholfen, aber er wollte das Schicksal nicht zu sehr herausfordern: Schuster im Kuhstall, das wäre zu weit gegangen.

»Schnuckelig, deine Ilona, gefällt mir. Die hat nicht zufällig noch eine Schwester?«

»Du bist doch in festen Händen.«

»Noch«, meinte Schuster in einem Ton, der keine Fragen zuließ. »Überhaupt habe ich mir einen Bauernhof anders vorgestellt. Das ist ja ein ganz moderner Betrieb. Und die Ilona hat das studiert?«

»Ja, sie hatte schon als Kind Spaß an der Landwirtschaft. Ihr Onkel hat ihr den Hof vermacht. Der hatte keine eigenen Kinder.«

»Ach, der Betrieb gehört ihr? Dann hat die ja richtig was an den Füßen.«

»Hm.«

»Guter Fang, alle Achtung.«

»Hör auf!«

»Nein, ehrlich, ich meine das gar nicht böse.«

»Wir werden bald heiraten.«

»Bist du verrückt? Wieso denn heiraten?« Schuster war entsetzt.

»Dämliche Frage! Weil ich mit ihr zusammenleben will.«

»Ja, dann mach doch.«

»Auf dem Dorf geht das nicht so einfach. Die sind alle katholisch, Ilona auch.«

»Du heiliger Strohsack! Gibt's so was heute noch? Lässt sie dich denn überhaupt ... ich meine, durftest du denn schon mal ...«

»Jetzt ist es aber gut! Natürlich haben wir ...«

»Ich dachte schon! Schumi, der größte Casanova von der Polizeischule und dann eine Jungfrau!«

»Der größte Casanova warst ja wohl du.«

»Stopp«, rief Schuster plötzlich. »Fahr mal da vorne auf den Parkplatz.«

»Was hast du denn jetzt schon wieder?«

»Mach schon, halt an.«

Schumacher bremste und bog auf den Parkplatz an der Kneipe ein.

»Hab ich doch richtig geguckt«, stieß Schuster ihn an. »Unsere drei russischen Freunde. Was wollen die denn auf dem Materborner Fußballplatz?«

Die drei Jungen verschwanden gerade hinter dem Tor mit dem goldenen Drachen und der Inschrift *Siegfried Kampfbahn*.

»Los, wir gehen denen mal nach. Nicht, dass die wieder was anstellen.«

»Ich hab frei«, wehrte sich Schumacher. »Wieso musst du dich immer in alles einmischen?«

»Meine Güte, ich will doch nur mal gucken.«

»Na gut.« Sie stiegen aus.

»Da, das ist doch van Appeldorn, oder nicht? Was wollen die denn von dem?« Schuster ging schneller. »Gibt es Ärger, Kollege?«

»Ärger?« Van Appeldorn sah ihnen verdattert entgegen. »Was macht ihr denn hier und wieso soll es Ärger geben?«

Schuster lachte und zeigte auf die drei Jugendlichen. »Das sind doch unsere nackt...« Er brach ab. Mit van

Appeldorn war nicht gut Kirschen essen, wenn man eine Sache in den Sand setzte, das hatte Schuster schon ein paar Mal am eigenen Leib erfahren.

Die Jungen sahen aus, als wären sie am liebsten abgehauen. Maxim Weiß war verwirrt. Und dann dämmerte es van Appeldorn. »Du meinst, das sind die drei aus Reichswalde?«

Schuster nickte. »Und aus Hasselt.«

»Du bist Polizei, Trainer«, sagte Sergej und der ängstliche Unterton passte überhaupt nicht zu seinem eindrucksvoll kahlen Schädel.

»Das ist richtig«, antwortete van Appeldorn, »aber ich bin nicht gefährlich.«

Dimitri und Andrej lachten unsicher.

»Wie ihr seht, gibt es hier keinen Ärger, Kollegen. Trotzdem vielen Dank.«

Dass es Zeit wurde zu gehen, hörten die Kollegen, auch ohne dass van Appeldorn es ausdrücklich sagte.

»Ich glaube, Freunde, ihr könnt mir helfen«, wandte er sich an die Jugendlichen. »Ich lade euch auf ein Bier ein, wenn du einverstanden bist, Maxim. Vielleicht könnt ihr mir ein paar Fragen beantworten. Keine Angst, euch passiert nichts.«

Van Appeldorn führte das Gespräch sehr behutsam, schon weil er Maxim nicht beleidigen wollte, und er brauchte das Vertrauen der Jungen.

Sie stammten alle aus Kasachstan, aber sie hatten sich erst hier im Wohnheim kennen gelernt. Sie kamen aus kleinen Dörfern, in denen, wie Maxim erklärte, die Zeit vor mehr als hundert Jahren stehen geblieben war. In ihren Pässen stand ›als Deutscher geboren‹, aber das hatte ihnen nichts bedeutet. Sie waren keine Außenseiter gewesen. Sie waren Russen, Bürger mit allen Rechten und Pflichten. Nicht einmal ihre Eltern hatten noch Deutsch gesprochen. Aber dann plötzlich hatten sie angefangen, vom Goldenen Westen zu reden, vom Schlaraffenland, vom Paradies. Nun waren sie hier, zuerst im Lager, jetzt in einem Wohnheim. Besonders Sergej hatte große Probleme mit seinem Vater; in der Heimat ein geachteter Mann, ein Ingenieur, arbeitete er hier in einem Kaufhaus bei einem Schlüsseldienst. Dass Maxim ein ähnliches Schicksal hatte, interessierte Sergej nicht; Maxim war nicht sein Vater.

Ja, sie prügelten sich oft, schlugen sich mit den Leuten, die sie ›Russenschweine‹ nannten oder ›dreckige Russkis‹, Leuten, die so alt waren wie sie, mit Kevins Bande und mit anderen. Und was passierte? Kevin ging mit acht, neun Leuten auf sie los, sie waren nur zu dritt, trotzdem verteufelte man sie, die Ausländer. War das gerecht?

Van Appeldorn dachte an das, was die Kollegen erzählten: ›Keiner ist so brutal wie die Russen. Die treten noch zu, wenn einer längst am Boden liegt, und immer auf den Kopf.‹

Und die Schilderung der Familien, auch Maxims Schicksal, wie ging das zusammen mit der Tatsache, dass die harte Drogenszene hier längst fest in der Hand einer russischen Mafia war, auch der Knochenpark in Emmerich, die Küppersstraße? Wie passte das zu den Männern, mit denen Ackermann sich im KK 21 zunehmend beschäftigte: Russen, die, kaum drei Monate im Land, mit einem nagelneuen, dicken Mercedes herumfuhren?

»Es gibt Verbrecher, die hierher kommen, natürlich«, sagte Maxim. »Vielleicht sind es auch nicht wenige, ich weiß es nicht, aber man kann doch nicht alle über einen Kamm scheren. Und wenn ihr sagt, die Kinder sind brutal und böse, sie stehlen, sie prügeln, was soll das bedeuten? Wir Russen haben das in unseren Genen?«

»Du weißt, dass ich das nicht denke, Maxim.«

»Nicht du, Norbert, das weiß ich wohl.«

Und dann redeten die Jungen. Ja, da gab es eine Gruppe seit ein paar Monaten, die aus dem Nichts auftauchte, wenn es irgendwo Streit gab, die für Ordnung sorgte. Die Leute waren nicht bewaffnet, aber sie waren schnell, sie waren gut, sie waren perfekt aufeinander eingespielt. Keiner wusste, wer sie waren, sie kamen immer vermummt und man nannte sie die Schwarze Polizei.

19

Fanny und Zarah schoben ihre Fahrräder durch die Fußgängerzone.

»Du gibst mir deine Erdkundemappe und dann zisch ich sofort wieder ab. Ich brauche Tage für das dämliche Referat, Mensch. Warum muss der ausgerechnet mir das reindrücken, kannst du mir das sagen? Huch!«

Zwei Gestalten sprangen ihnen in den Weg: Killer und Bobo.

»Lasst die Fietsen stehen und kommt mit. Ist wichtig!«

Die Mädchen gehorchten sofort.

»Wir gehen runter zum Moritzpark. Da ist um diese Zeit kein Mensch.« Killer wartete nicht, er stapfte einfach los.

Fanny blieb stehen und starrte ihm nach. »Wie siehst du denn aus?« Killer trug einen Ring im rechten Ohr, an dem ein großes Hakenkreuz baumelte.

»Du spinnst total! So was ist verboten. In Kleve kannst du das nicht gekauft haben.«

»Ich war in Holland.«

»Ach du Scheiße!«

»Was geht das dich an?«

Zarah hakte sich bei Bobo ein und schmiegte sich an ihn. »Hallo, Schatz!«

Bobo schüttelte sie ab. »Komm, jetzt nicht.«

»Kommt endlich«, schnauzte Killer und lief die Treppen zum Park hinunter. »Wir nehmen den unteren Weg. Da sieht uns keiner.«

Schweigend trabten sie hintereinander auf dem schmalen, glitschigen Pfad bis zu einer Bank, die direkt am Wasser stand.

Killer setzte sich breitbeinig hin. »Giltjes ist verschwunden.«

»Was?«, rief Fanny. »Ich denk, der sitzt bei seinem Onkel in Emmerich.«

»Nicht mehr. Sein Vetter, der blöde Wichser, hat ihn weggebracht.«

»Und an das Arschloch kommen wir im Moment nicht ran«, sagte Bobo. »Der lässt sich nur noch von seinem Alten fahren.«

»Wir müssen Giltjes finden«, blaffte Killer dazwischen, »und zwar schleunigst. Der bringt das und verpfeift uns. Und dann haben wir einen Mord am Arsch.«

»Dann mach doch!« Fannys Stimme klang trocken.

»Und wie wir machen! Und zwar mit euch zusammen«, sagte Killer. »Ihr hängt nämlich genauso mit drin wie wir.«

Fanny richtete sich auf. »Ich habe nicht zugetreten.«

»Ach, so ist das!« Killer kam ganz dicht heran, so nah, dass ihre Nasen sich beinahe berührten. »Die kleine Schlampe will den Arsch einkneifen. Guck mal an. Interessant! An deiner Stelle wäre ich jetzt ganz vorsichtig, Fanny. Überleg dir ganz genau, was du sagst.«

Fanny wich nicht einen Millimeter zurück, aber sie hatte Mühe mit dem Atmen.

»Sigi!«, rief Zarah und ihre Stimme überschlug sich dabei. »Wir gehen zu Sigi. Der hilft uns.«

Killer ließ von Fanny ab. »Ich wusste immer schon, dass du dämlich bist. Sigi hat uns den Unfall abgekauft, der weiß bis heute nicht, was Sache ist. Der würde uns ans Messer liefern, ohne mit der Wimper zu zucken. Hast du das immer noch nicht geschnallt?«

»Killer hat Recht«, mischte sich Bobo ein. »Ihr hängt mit drin. Also macht jetzt keinen Fehler.«

»Sonst?«, flüsterte Zarah.

»Sonst?« Killer lachte schmierig, seine Augen glänzten. »Sonst, du alte Nutte, übe ich an euch schon mal ein bisschen für das, was ich mit Giltjes vorhabe.«

Bobo rieb sich unbehaglich die Arme. »Ihr müsst euch wieder reinhängen.«

»Bei Jacqui ist nichts zu holen«, sagte Fanny, »echt nicht.«

»Dann lasst euch was anderes einfallen, Schlampe.« Killer grinste und sprang auf die Füße. »Ihr hört von uns. Ihr habt ja gesehen, wir finden euch überall.«

Wim Lowenstijn machte es sich mit einem Whisky auf der Couch vor dem Kamin bequem und dachte nach. Eines stand fest: Björn hatte schlotternde Angst und keinen Menschen, dem er traute. Dass die Polizei ihn beschützen konnte, glaubte er nicht und vielleicht hatte er sogar Recht damit.

»Der Kleine schläft schon wieder.« Jocelyne war leise in den Salon gekommen. »Er isst und schläft und schläft und isst. Er ist so schwach, aber er hat kein Fieber mehr.«

Lowenstijn klopfte neben sich auf die Couch. »Der Kleine, mignon ... Jocelyne, du und Muttergefühle! Ich muss gestehen, das beunruhigt mich.«

Sie setzte sich neben ihn, legte die Beine hoch und schmiegte sich in seine Arme.

»Mach dir keine Sorgen, Cheri, du weißt, wie sehr ich meinen Beruf liebe.«

»Mehr als mich?«

»Mehr als alles.«

Er seufzte. »Kein Wunder. Den ganzen Tag mit Diamanten zu tun, die schönsten Steine der Welt, in einer der schönsten Städte ...«

»... mit der schönsten Mafia im Nacken«, ergänzte sie trocken. »Aber was ist dabei? Ich liebe die Gefahr.«

»Und mich.«

»Und dich.« Mit einem Lächeln nahm sie den Whisky entgegen, den er ihr eingeschenkt hatte. »Alors, was machen wir mit dem Kleinen?«

»Der Kleine, Jocelyne, ist ein ausgemachtes Früchtchen.«

»Das denke ich nicht. Er ist nur sehr, sehr einsam. Pauvre petit! Glaubst du seine Geschichte?«

Lowenstijn betrachtete die Lichtreflexe im geschliffenen Whiskyglas. »Ja, die Geschichte klingt absurd, aber ich glaube ihm.«

»Und was machen wir nun?«

»Ich bin mir noch nicht ganz sicher. Fest steht nur, dass ich meine Lizenz riskiere, wenn ich den Jungen weiter bei mir verstecke.«

Jocelyne machte eine wegwerfende Handbewegung. »Es gibt so viele schöne Dinge für dich zu tun.«

»Selbstverständlich, aber ich brauche hin und wieder Arbeit, sonst werde ich unzufrieden. Das muss das deutsche Blut in meinen Adern sein. Ich werde Daniel rufen.« Er drückte auf den Klingelknopf am Kaminsims. »Wir müssen die Sache in Ruhe durchsprechen.«

Einen Wimpernschlag später stand der Brite in der Tür. »Sie haben geläutet, Sir?«

Lowenstijn verdrehte die Augen. »Jetzt zieh endlich den Cut aus und nimm den Binder ab. Ich gebe dir für heute frei. Du bist jetzt außer Dienst.«

»Ein Butler ist immer im Dienst, Sir.«

»Daniel, ich warne dich!«

Baldwin setzte sich, ohne eine Miene zu verziehen. Jocelyne stand auf und goss auch ihm einen Whisky ein. Er nahm das Glas sehr vorsichtig. Seit neun Jahren war er weg aus Birmingham, seit neun Jahren schon arbeitete er nicht mehr als Schweißer, aber seinen Händen sah man es immer noch an.

»Also, was ist, Daniel?«, fragte Lowenstijn. »Glaubst du dem Jungen?«

»Natürlich, ich frage mich nur, wie groß seine Phantasie ist.«

»Was meinst du?«

»Nun, wie gefährlich sind diese Terroristen wirklich? Sind sie immer noch hinter ihm her? Würden sie ihn tatsächlich töten? Aber es kommt nicht darauf an, im Grunde. Wir müssen diese Leute finden in jedem Fall.«

»Wir müssen den Jungen der Polizei übergeben, Daniel, und das weißt du auch.«

»Nein, Wim«, rief Jocelyne, »das kannst du nicht tun! Er hat solche Angst.«

Daniel Baldwin brummelte etwas von »deutscher Polizei« und »deutschen Gesetzen«. »Wir können nicht sein Leben riskieren.«

»Wenn Toppe da wäre«, sinnierte Lowenstijn.

»Das ist, was ich dachte«, bestätigte Baldwin. »Was, wenn du mit van Appeldorn sprichst?«

»Ich weiß nicht.«

»Wir finden einen Weg«, sagte Baldwin entschieden.

Eine gute halbe Stunde planten sie, verwarfen wieder. Jocelyne hörte ihnen schweigend zu und mischte sich erst am Schluss wieder ein. »Ihr werdet es nicht heute tun und nicht morgen! Björne ist noch viel zu schwach. Das lasse ich nicht zu! Er muss Kraft haben, wenn er geht.«

»Na bitte«, Lowenstijn lachte. »Ich sag's ja: Löwenmutter.«

Van Appeldorn und Ackermann saßen im Büro und hingen schon seit einer ganzen Weile, jeder für sich, ihren Gedanken nach, aber das Schweigen zwischen ihnen war nicht unangenehm. Ackermann hatte Recht behalten: Das kleine Gewitter hatte die Luft gereinigt, van Appeldorn war wesentlich duldsamer. Sogar gestern Abend, als sie gemeinsam mit ihrer Liste unterwegs gewesen waren und Ackermann selbstverständlich in jeder Kneipe Bekannte getroffen und, wie nicht anders zu erwarten, seine plumpen Scherze gemacht hatte, war van Appeldorn ruhig geblieben.

Sie kamen nicht weiter, es war verrückt, aber bis auf die jungen Russen wollte niemand etwas von der *Schwarzen Polizei* gehört, geschweige denn sie gesehen haben. Ackermann hielt das für unmöglich. In Kleve verbreitete sich jede Neuigkeit in rasantem Tempo, sogar unter Leuten, die mit den jeweiligen »Sensationen« gar nichts zu tun hatten.

Van Appeldorn erinnerte sich, dass die russischen Jungen nicht nur mit Furcht und Wut von der schwarzen Truppe gesprochen hatten, es hatte auch Respekt durchgeklungen, fast schon Bewunderung. Konnte es sein, dass den Jugendlichen das Einsatzkommando gelegen kam, dass sie die Leute mit Absicht deckten? Oder hielten sie aus lauter Angst vor Rache den Mund?

»Norbert«, meinte Ackermann schließlich, »et hilft nix, wir müssen denen 'ne Falle stellen.«

»Das ging mir auch gerade durch den Kopf.«

»Pass auf, wir machen dat so wie ich damals in Grieth. Heute is' dat Scheunenfest bei uns in Kranenburg. Wir heuern einfach 'n paar von den Jugendlichen an. Ich kenn se ja inzwischen alle. Die sollen 'ne Klopperei anzetteln, un' wir gucken, wat passiert.«

Van Appeldorn zeigte ihm den Vogel. »Damit uns die Chefin einen reinwürgt wegen Anstiftung zu einer Straftat. Du spinnst!«

»Ach«, antwortete Ackermann, »dat kriegen wir schon gedeichselt. Lass mich ma' machen.«

»Vergiss es, Jupp. Da spiele ich nicht mit.«

»Hast du einen besseren Vorschlag?«

»Nein.«

So schnell gab Ackermann nicht auf. »Die brauchen sich doch ga' nich' echt zu vertrimmen, Mensch. Et muss bloß so aussehen, als wollten die. Am besten wären ja wohl deine russischen Freunde. Die brauchen sich bloß zu zeigen, un' schon geht et rund.«

»Das wird ja immer schlimmer«, sagte van Appeldorn gepresst. »Dann stempelt man uns auch noch zu Ausländerfeinden.«

»Bitte!« Ackermann schmollte. »Dann mach ich et eben alleine.«

»Das wirst du schön bleiben lassen. Außerdem ist es Quatsch, wenn du auf die Fete gehst. Die Truppe ist noch nie aufgetaucht, wenn du da warst. Du bist doch bekannt wie ein bunter Hund. So lange du da rumtanzt, rühren die keinen Finger.«

»Aber dich kennt kein Schwein ... Obwohl, dir kauft dat auch keiner ab, dat du da zum Abtanzen hingehs' ... Warte ma', genau, dat isset! Ich hab da 'n alten Kumpel, der hat 'ne Pommesbude, die baut der immer auffe Scheunenfete auf. Der lässt dich sicher hinter de Theke, wenn ich den frag. Von da aus hasse alles im Blick.«

Van Appeldorn entspannte sich. »Das wäre eine Möglichkeit. Und wenn es stimmt, was du erzählt hast, dass es eigentlich immer irgendwann Stunk gibt, dann müssen wir doch nur abwarten.«

»Ja, ja, un' wenn ich ein, zwei Leute 'n bisken heiß mach, dann sach ich et dir nich'. Dann bis' du aussem Schneider.«

»Ackermann ...«

»Lass stecken! Also am besten, wir nehmen dein Auto, dat kennt keiner. Du stehs' inne Pommesbude un' ich verkriech mich draußen ir'ndwo. Ich kenn mich da ja aus. Wir können bloß keinen Funk mitnehmen, dat geht nich'. Grübel, grübel. Wat wir brauchen, sind Spitzel, die zwischen uns hin- und herpendeln. Die Nadine is' dabei, davon geh ich aus. Wie is' dat mit deine Anna?«

»Das kannst du getrost vergessen. Außerdem kann ich ihr doch nicht einerseits verbieten, auf diese Feten zu gehen, und dann nehme ich sie selbst mit.«

»Warum denn nich'? Jeder lernt dazu. Sogar so 'n alter Sturkopp wie du.«

Der großartige Plan ging gründlich in die Hose. Ackermanns Kumpel hatte nichts dagegen gehabt, in einem Polizeidrama mitzuwirken. Er hatte sich gefreut über die kostenlose Hilfe und hatte darum gebeten, van Appeldorn möge sich schon um neun Uhr einfinden, da sei der Andrang immer besonders groß. Van Appeldorn verabscheute den Geruch von altem Fett und dieses hier konnte seit dem letzten Krieg nicht mehr gewechselt worden sein. Schon um zehn Uhr war ihm schlecht, aber er musste durchhalten, denn Jupp hatte ihm erklärt, vor Mitternacht liefe normalerweise nichts ab. Ackermann hatte ein sicheres Versteck draußen gefunden, das leider einen Nachteil aufwies: Es hatte kein Dach. Um halb zehn fing es an zu regnen und hörte nicht wieder auf. Nadine spielte gern die Mittlerin zwischen den beiden Polizisten, aber als ihr Vater sie gebeten hatte, doch mal ein paar mittelschwere Jungs zu ihm rauszuschicken, damit er sie ein wenig anheizen konnte, hatte sie sich strikt geweigert. Sie hielt das für eine »total abgedrehte Idee«. Also blieb ihnen nichts weiter zu tun als zu warten.

Um Mitternacht entdeckte van Appeldorn am Eingang seine Tochter Anna. Natürlich hatte sie ihn auch sofort gesehen und sich aus dem Staub gemacht. Er wollte hinter ihr her, bremste sich aber; schließlich hatte er nicht drei Stunden lang den Gestank und das Gebrutzel ausgehalten, nur um jetzt noch alles zu vermasseln. Was fiel dem Gör ein? Eben hatte sie ihn noch bei der Tagesschau gestört und ihm eine langatmige Geschichte erzählt von Carmens Problemen in Mathe und dass sie ihr unbedingt helfen müsse, dabei würde es spät werden, und deshalb würde sie bei Carmen übernachten. Kontrollierte Marion solche Sachen eigentlich nie nach?

Um kurz nach eins gab es eine kleine Rangelei zwischen ein paar Betrunkenen, die sich aber schnell in Wohlgefallen auflöste.

Ackermann hatte keinen trockenen Faden mehr am Leib. Die kleine Taschenlampe zwischen die Zähne geklemmt, putzte er sich gerade zum hundertsten Mal die Brille, als Nadine wieder zu ihm hinauskam. »Norbert hat die Nase voll, er will gehen.«

»Seit wann norbertst du den denn?«, schnatterte Ackermann.

»Seit eben. Der war so sauer, weil er Anna vorhin entdeckt hat, da wollte ich ihn ein bisschen aufmuntern und deshalb hab ich ihn zum Tanzen geholt.«

»Norbert hat getanzt?«

»Klar, und hinterher haben wir Brüderschaft getrunken.«

»Mit Küssen?«

»Klar mit Küssen.«

»Der alte Lustmolch! Wenn ich den zwischen de Finger krich!«

»Doch nicht so, Papa! Jedenfalls sollst du in fünf Minuten am Auto sein.«

Ackermann schüttelte sich den Regen aus dem schütteren Haar. »Ich hab nix gegen 'ne heiße Dusche, bloß ... Schätzeken, würdeste deinem alten, klapperigen Vater einen letzten Gefallen tun?«

»Legst du dich zum Sterben nieder oder was soll das?« Sie lachte.

»Hoffentlich nich'. Pass ma' auf, ich geb dir mein Handy. Wenn der Norbert seins auch mit hat, könnt dat klappen. Lass uns ma' gucken gehen.«

Van Appeldorn wartete schon im Wagen.

»Boah, Norbert, du stinks' wie 'ne Fritteuse.«

Van Appeldorn schaute zähneknirschend geradeaus.

»Hast du dein Handy dabei?«

»Wen willst du denn um diese Zeit anrufen?«

Ackermann blieb ruhig. Er speicherte van Appeldorns Telefonnummer in seinen Apparat ein und zeigte Nadine, welche Tasten sie drücken musste. »Ich nehm Norbert mit zu uns, da kann er sich ers' ma' den Gestank ausse Haare waschen. Wenn die Schwapo doch noch auftaucht, rufs' du an, un' wir sind in drei, vier Minuten hier.«

Sie rollten gerade in Ackermanns Einfahrt, als Nadine sich schon meldete. Van Appeldorn wartete den Ausgang des Gespräches nicht ab, sondern wendete sofort mit quietschenden Reifen.

»Sie sind da!«

Es war nur gut, dass zu dieser späten Stunde in Kranenburg nichts los war, denn Norbert van Appeldorn hielt sich mit den gängigen Verkehrsregeln nicht weiter auf.

»Zwei Minuten vierzig«, meinte Ackermann bewundernd, als sie am Bürgerhaus bremsten.

Ein lang gezogener, schriller Pfiff ertönte, und als sie ausstiegen, stürmten die vermummten Gestalten schon aus der Tür und liefen Richtung Bahngleise. Ackermann setzte ihnen nach, aber ihre Silhouetten verschmolzen mit der Dunkelheit. Dann waren sie weg. Ackermann leuchtete ihnen mit seiner Taschenlampe nach, aber der Strahl war zu schwach, man sah nur einen glitzernden Regenschleier. Hinter ihm kam van Appeldorn angehechelt. »Fünf Leute!«

Ackermann richtete den Lichtstrahl auf den Boden. »Pass auf, sons' brichst du dir die Knochen. Hier liegen überall Schienen. Ach, guck ma'!« Er ging in die Hocke und betrachtete den tiefen, deutlichen Abdruck einer Schuhsohle mit wulstigem Profil. »Ich fress 'n Besen, wenn ich den nich' scho' ma' gesehen hab, un' zwar auf van Gemmerns Fotos vom Bruch bei Rogmanns.«

»Bist du sicher?«

»Nee, aber et is' 'n Versuch wert. Ruf ma' den Klaus an.«

»Der wird sich freuen. Mitten in der Nacht noch mal raus!«

»Fragt uns einer? Wir können doch wohl schlecht die ganze Nacht hier hocken bleiben un' dat Ding bewachen. Ich klapper mir ja jetz' schon einen ab. Is' dir übrigens aufgefallen, dat die schon getürmt sind, da waren wir noch ga' nich' ausgestiegen. Die müssen dein Auto kennen.«

20

Am nächsten Morgen erschienen sie beide früh zum Dienst, saßen dann jedoch nur da und stierten vor sich hin. Sie mussten sich etwas Besseres ausdenken als die Falle gestern Nacht, aber im Augenblick waren sie so müde, dass sie keine zwei vernünftigen Gedanken zusammenbekamen. Auch van Gemmerns Bestätigung, dass die beiden Abdrücke tatsächlich vom selben Schuh stammten, konnte sie nicht so recht wecken. Die Information würde erst etwas wert sein, wenn sie den zum Schuh gehörigen Menschen fanden.

Als das Telefon klingelte, wechselten sie lange Blicke, keiner wollte rangehen, aber schließlich gab sich van Appeldorn geschlagen.

Es war Wim Lowenstijn.

»Ich nehme an, der Name Björn Giltjes sagt dir etwas.«

»Was denkst du wohl, wer den Fall bearbeitet!«

»Wenn ich dir sagen könnte, wo der Junge steckt, was würdest du tun?«

Van Appeldorn wurde schlagartig wach. »Ich würde ihm eine ganze Menge Fragen stellen.«

»Könntest du für seine Sicherheit garantieren?«

»Wie meinst du das? Jetzt red doch mal Klartext, Mensch!«

»Der Junge ist in Lebensgefahr. Ist das klar genug?«

»Und woher weißt du das?«

»Das erkläre ich dir gleich. Ich will nur erst eins von dir hören: Bist du bereit, persönlich für seine Sicherheit zu sorgen?«

»Jetzt reicht's mir aber, Wim. Wo steckt Giltjes? Und was hast du mit ihm zu tun?«

Man konnte förmlich sehen, wie Ackermanns Ohren immer größer wurden.

»Ich sage dir, was ich weiß«, antwortete Lowenstijn. »Björn Giltjes war an dem Einbruch in der Bresserbergstraße beteiligt. Es war eine Sache, die er und Andreas Kaufmann ganz allein geplant hatten, aber offensichtlich hat jemand Wind davon bekommen. Die beiden Jungen sind nämlich gestört worden, und zwar von einer Gruppe, die man die Schwarze Polizei nennt. Sagt dir das was?«

»Ja, schon, aber wir wissen noch nichts Genaues.«

Jetzt hielt Ackermann es nicht mehr aus. Er rollte mit seinem Stuhl dicht an van Appeldorn heran und versuchte mitzuhören.

»Björn ist jedenfalls vor diesen Leuten getürmt«, fuhr Lowenstijn fort, »und hat sich bei seinem Onkel auf einem Bauernhof in Emmerich versteckt. Nur sein Vetter wusste davon; er hat den Jungen versorgt, mehr schlecht als recht. Vor ein paar Tagen ist plötzlich die Schwarze Polizei auf dem Hof aufgetaucht und hat Björn gesucht. Frag mich nicht, woher die sein Versteck kannten. Auf alle Fälle hat der Onkel sie verscheucht; er hielt sie für gewöhnliche Einbrecher. Am Tag darauf haben sie Björns Vetter nach der Schule abgefangen, ihn zusammengeschlagen und gedroht, ihn zu töten, wenn er Björn nicht rausrückt. Diese Leute sind übrigens bewaffnet, mindestens einer von ihnen hat eine Pistole. Sie haben den Hof überwacht, aber den beiden Jungen ist es doch gelungen zu fliehen. Verstehst du, Norbert? Die Sache ist bluternst. Das ist kein Kinderspiel. Björn Giltjes ist tatsächlich in größter Gefahr und er hat Angst. Es nutzt nichts, wenn du ihn bei euch im Präsidium vernimmst und ihn nachher zu seinen Eltern bringst. Und komm mir nicht mit Polizeischutz und Zeugenschutzprogramm. Wir wissen beide, wie so was läuft. Diese Terroristen wollen den Jungen unter allen Umständen und ich bin sicher, die finden einen Weg, wenn wir uns nicht etwas Vernünftiges einfallen lassen.«

»Und was stellst du dir vor?« Van Appeldorn spürte eine hilflose Wut in sich aufsteigen. Ackermann fing an, wild zu gestikulieren und zu flüstern, aber van Appeldorn drehte sich weg. »Soll ich ihn etwa bei mir zu Hause verstecken und Händchen halten?«

»Genau daran hatte ich gedacht!« Lowenstijn lachte. »Ich wusste doch, dass wir uns verstehen.«

»Das kann ich nicht machen, Wim. Ich komme in Teufels Küche.«

»Norbert, da muss noch jemand anderes in der Leitung sein. Ich habe gerade einen deutschen Beamten sprechen hören.«

Ackermann grinste breit, van Appeldorn knirschte mit den Zähnen. »Kaaskopp! Also gut, ich mach's, okay?«

»Prima! Dann müssen wir nur noch die Übergabe regeln. Ich weiß nicht, ob die Schwarze Polizei Björns Spur bis hierher verfolgen konnte. Daniel hat das Gelände im Auge und bis jetzt ist alles ruhig, niemand zu entdecken. Trotzdem sollten wir auf Nummer Sicher gehen.«

Van Appeldorn unterbrach ihn: »Kannst du mir sagen, wie du an Giltjes gekommen bist?«

»Später. Siehst du eine Möglichkeit, ihn unauffällig hier abzuholen?«

»Nicht, wenn die Schwarze Polizei tatsächlich bei euch rumlungert. Die kennen Ackermann und mich. Wer weiß, wen von uns hier sonst noch.«

»Damit hatten wir schon gerechnet. Gut, dann bringe ich Björn zu dir nach Hause. Mein Jaguar ist zu auffällig, aber Jocelyne ist für ein paar Tage bei mir. Ich werde ihren kleinen Peugeot nehmen und den Jungen auf den Rücksitz legen. Wann passt es dir?«

Van Appeldorn sah auf die Uhr und dachte kurz nach. »Ich muss meine Frau erst informieren. Sagen wir, in anderthalb Stunden.«

»Perfekt! Ich fahre dicht an deine Haustür ran. Sieh zu, dass die Übergabe dann flott geht.«

Van Appeldorn legte auf und blickte einen Moment ins Leere. »Ich kann nicht glauben, dass ich mich darauf eingelassen habe!«

Ackermann schlug ihm freundschaftlich fest auf die Schulter. »Ich find dat affenscharf! Soll ich dir Schützenhilfe geben bei de Mutti? Die findet dat bestimmt nich' so toll.«

»Da sei Gott vor!«

»Un' wat mach ich in der Zeit? Ich wär ja wohl gern bei de Vernehmung dabei.« Er rieb sich den Bart. »Obwohl, vielleich' doch nich' so gut. Kann sein, die haben dein Haus im Visier. Am besten gehste alleine.«

»Wieso sollen die mein Haus im Visier haben?«

»Die Schwapo scheint doch alles zu wissen. Terroristen, dat hat Lowenstijn auch gesagt.«

Marion war allein in ihrem Laden. Das kleine Geschäft für Kinder- und Damenmoden aus zweiter Hand war einmal eine Goldgrube gewesen, aber dann war Marion dem Trend gefolgt und hatte sich auf teure Designermarken spezialisiert. Was in den Großstädten boomte, hatte sich in Kleve als Flop herausgestellt. Die wenigsten Leute hier waren bereit, für eine gebrauchte Jeans achtzig Mark auf den Tisch zu legen, wenn man für dasselbe Geld im Kaufhof eine neue kriegte. Die Ladenmiete in der Innenstadt war hoch, seit Monaten butterte Marion zu und so langsam wurde es ernst. Sie wusste, dass sie wieder zum alten Konzept zurückkehren musste, aber sie hatte einfach keine Lust mehr, sich den ganzen Tag mit aggressiven, unerzogenen Kindern herumzuschlagen, deren Mütter sich keinen Deut um ihre Brut scherten, wenn sie erst einmal in der Umkleidekabine waren.

Van Appeldorn nahm sich Zeit und erklärte ausführlich, was geplant war und warum er keine andere Möglichkeit sah. Sie reagierte anders, als er erwartet hatte. Kein ›Du willst mir einen Verbrecher ins Haus setzen? Kommt nicht in Frage!‹ Stattdessen sah sie ihn nur verwundert an. »Was ist denn mit dir los? Du zeigst Herz?«

»Damit hat das nichts zu tun«, wehrte er sich. »Es geht einfach nicht anders.«

»Das hab ich schon verstanden.« Sie streichelte seine Wange. »Er könnte Noras Zimmer haben. Die kann bei Anna schlafen. Ist der Junge sehr schwierig?«

»Ich habe nicht die leiseste Ahnung. Er ist dreizehn.«

»Und du willst ihn den ganzen Tag bewachen?«

»Na ja, das geht natürlich nicht. Ab und zu muss ich mich im Präsidium blicken lassen, aber vor allem müssen wir die Schwarze Polizei ...«

Er hörte förmlich, wie die Klappe fiel. »Ach, so ist das? Ich soll den Aufseher spielen? Und wie stellst du dir das vor? Ich habe ja auch sonst nichts zu tun! Und heute Nachmittag geht es schon mal gar nicht. Ich muss mit Nora in die Stadt. Sie braucht dringend neue Unterwäsche und einen Winteranorak. Das ist seit Tagen geplant, falls du dich bitte erinnerst. Aber vermutlich hast du mal wieder nicht zugehört. Und dafür, dass Ludmilla mich heute die paar Stunden vertritt, darf ich gutes Geld zahlen, wie du vielleicht weißt.«

»Was regst du dich denn so auf? Wir werden das schon hinkriegen. Jetzt ist doch sowieso erst einmal Wochenende. Gibt es heute Mittagessen?«

»Bei uns gibt es immer Mittagessen!« Aber dann lenkte sie plötzlich wieder ein. »Du weißt ja wohl, dass Kinder in dem Alter am liebsten Spaghetti essen, aber ich glaube, heute habe ich mal ein Herz für die großen Kinder. Schnitzel mit Pommes und Erbsen, oder? Hast du noch Zeit zum Einkaufen? Anna kommt um kurz nach eins aus der Schule. Wenn du die Sachen besorgst, kriege ich die Kocherei noch hin und wir können alle zusammen essen.«

Van Appeldorn verstaute seine Einkäufe im Kühlschrank, zündete sich dann eine Zigarette an und stellte sich ans Küchenfenster. Von hier aus hatte er den oberen Teil der Straße im Blick.

Wieso hatte er sich nur dazu überreden lassen? Wenn das herauskam, würde die Meinhard ihn vierteilen. Ackermann würde den Mund halten, das war sicher, aber was war mit Anna und Nora? Es konnte Tage dauern, bis sie die richtige Spur zu dieser ominösen Schwarzen Polizei gefunden hatten. Die Mädchen mussten am Montag wieder zur Schule. Würden sie es schaffen dichtzuhalten? Konnte er ihnen klarmachen, dass möglicherweise Giltjes' Leben davon abhing?

Und eigentlich musste er Giltjes' Eltern Bescheid sagen, dass ihr Sohn wieder aufgetaucht war, einstweilen noch gesund und munter. Aber konnte er das riskieren? Wenn der alte Giltjes den Kanal mal wieder voll hatte, würde der seine Klappe bestimmt nicht halten. Nein, er konnte nicht anrufen und er tröstete sich damit, dass die Eltern sich in der ganzen Zeit nicht ein einziges Mal gemeldet hatten, um sich nach den Ermittlungen zu erkundigen. Die Liebe zu ihrem Kind schien nicht allzu groß zu sein.

Der Peugeot! Auf die Minute.

Van Appeldorn hatte die Haustür schon geöffnet, bevor das Auto ausgerollt war. Lowenstijn stieg aus, öffnete die hintere Tür, der Junge sprang heraus und schoss an van Appeldorn vorbei in den Flur.

Lowenstijn legte seinem Freund die Hand auf die

Schulter. »Jetzt schau nicht so sorgenvoll drein. Denk an unsere gemeinsame Aktion vorletztes Jahr. Das war auch beileibe nicht alles rechtens, aber hinterher, als wir das Kind geschaukelt hatten, hat kein Hahn mehr danach gekräht. Alsdann! Melde dich, wenn du Hilfe brauchst.«

»Du kannst ruhig noch mit reinkommen.«

»Lieber nicht. Ich habe noch etwas vor.«

Björn Giltjes stand hinter der Tür an der Wand und zitterte.

»Tag, Björn, ich bin van Appeldorn, der Vater von Anna. Komm erst mal mit in die Küche. Du willst bestimmt was zu trinken.« Er kam sich linkisch vor.

»Ich möchte bitte zur Toilette«, wisperte Björn.

Anna knallte die Tür zu, pfefferte ihre Schultasche in die Ecke, die Jacke daneben und schnupperte dann. »Schnitzel? Hat einer Geburtstag?«

In der Küchentür blieb sie wie angewurzelt stehen. »Ihr habt Giltjes geschnappt!«

Ihr Vater machte ein komisches Gesicht. »Ganz so ist es nicht«, druckste er. »Aber setz dich erst mal.«

Nora plapperte los: »Der Björn wohnt jetzt bei uns. Er schläft in meinem Zimmer und ich bei dir. Mama hat mir schon ein Bett auf deinem Sofa gemacht. Papa und wir passen jetzt auf Björn auf. Wir müssen den beschützen vor den Mördern.«

Anna stand noch immer da wie betäubt. »Mörder?«, brachte sie schließlich heraus. »Was denn für Mörder?«

Van Appeldorn erzählte es ihr.

Anna schüttelte die ganze Zeit den Kopf, Hitze stieg ihr ins Gesicht.

»Scheiße, das mit Andy ...« Sie fing an zu weinen. Björn konnte nur nicken, die Tränen schnürten ihm die Kehle zu.

»Kinder, hört doch auf!« Marion stellte die Pfanne mit den brutzelnden Schnitzeln auf den Tisch. »Jetzt hab ich mir solche Mühe gegeben. Wenn ihr weiter so weint, kriegt ihr keinen Bissen runter. Nun kommt schon. Es wird ja alles wieder gut.«

Anna starrte sie an. Dann drehte sie sich um und ging. Die Badezimmertür klappte.

»Wie isset gelaufen?« Ackermann konnte es vor lauter Neugier nicht mehr aushalten. »Is' der Jung jetz' da? Wer passt denn jetz' auf den auf? Wat hat deine Familie gesagt?«

Van Appeldorn ließ sich auf den Stuhl fallen, streckte die Beine aus und atmete zum ersten Mal an diesem Tag richtig durch. »Ja, der Junge ist da und meine Familie spielt mit, sogar Anna. Obwohl die immer noch glaubt, dass Giltjes sich die Schwarze Polizei nur aus den Fingern saugt.«

Ackermann nickte eifrig. »Et hört sich ja auf den ersten Blick auch an wie 'ne Räuberpistole. Un'? Red doch weiter!«

Van Appeldorn hatte über zwei Stunden mit Björn Giltjes gesprochen. Wieder und wieder waren sie in allen Einzelheiten den Einbruch durchgegangen, hatten versucht, jeden Schritt zu rekonstruieren. Kaufmann und Giltjes waren durch die Luke im Dach eingestiegen, hatten ein paar Dinge, die ihnen wertvoll erschienen, auf dem Tisch im Wohnzimmer abgestellt und wollten dann hinunter in den Keller, wo angeblich der Familienschmuck versteckt war. Diese Information hatte Kaufmann tatsächlich von Jacqueline, nur war ihr wohl nicht bewusst gewesen, was ihr Bruder damit anfangen würde. Als sie gerade die Kellertreppe hinunter wollten, waren auf einmal schwarz vermummte Leute durch die Luke gekommen und Björn war sofort die Treppe hinuntergelaufen, um durch die Kellertür nach draußen zu fliehen. Kaufmann hatte das nicht mehr geschafft.

»Giltjes hat sich noch einmal umgedreht«, berichtete van Appeldorn. »Er hat gesehen, wie einer von den Vermummten in dem Hundehaufen ausgerutscht ist und dabei Kaufmann zu Fall gebracht hat. Dann ist Giltjes über den Zaun und hat Fersengeld gegeben. Nichts von Zusammentreten. Das muss alles erst passiert sein, als er schon über alle Berge war. Einer von den Schwarzen ist ihm noch nach und hat gerufen: Wir kriegen dich, Giltjes!«

»Die kannten den also!«

Van Appeldorn nickte. »Die Stimme will Giltjes wieder erkannt haben, als zwei von der Schwarzen Polizei ihn auf dem Hof seines Onkels gesucht haben.«

»Dat is' doch wen'stens wat. Un' sons' konnt der sich an nix erinnern? Wie sieht et mit Beschreibung aus?«

»Schlapp, leider. Der Junge war in Panik, und zwar aus gutem Grund. Er kannte die Schwarze Polizei.«

Ackermann sperrte Mund und Nase auf.

»Ja, Giltjes sagt, in der Szene ging schon länger das Gerücht, dass es eine Truppe geben sollte, die es sich zur Aufgabe gemacht hätte, die Jugendkriminalität auszurotten. Giltjes hat das natürlich wesentlich blumiger ausgedrückt, aber darum scheint es zu gehen. Er hat auch gehört, dass man dieser Gruppe anonym Informationen zukommen lassen kann.«

»Un' wie?«

»Das ist das Problem. Es gäbe eine Adresse, aber angeblich kennt er die nicht.«

»Dat kriegen wer schon. Er wird ja wohl noch wissen, wer ihm dat erzählt hat. Da klemmen wer uns hinter. Interessant is' auch, wer gewusst hat, dat die den Bruch planen.«

»Auf die Frage habe ich auch noch keine vernünftige Antwort bekommen. Anscheinend hat Kaufmann vorher ziemlich rumgeschwätzt. Aber ich will mir Giltjes heute Abend noch einmal in Ruhe vorknöpfen. Der war nach zwei Stunden einfach platt. Zum Schluss konnte der sich kaum noch an seinen eigenen Namen erinnern.«

»Dann bin ich aber dabei!«, sagte Ackermann entschieden.

»Von mir aus.«

»Hast du einen Schimmer, wie die Schwapo Giltjes in Emmerich aufgespürt hat?«

»Der war blöd genug, durch die Stadt zu spazieren. Dabei sollen ihn irgendwelche Bekannte gesehen haben. Wie die heißen, weiß er nicht. Der Junge scheint ein ausgesprochen schlechtes Namengedächtnis zu haben, aber ich werde ihm schon noch auf die Sprünge helfen. Und was hast du getrieben?«

»Ich hab 'ne neue Falle gebaut, die wird dich echt vom Hocker hauen.«

Es klopfte leise.

»Ja?«, rief van Appeldorn.

Herein kam ein sehr großer, sehr breiter Mann. Der weite, fast bodenlange schwarze Mantel konnte die enormen Muskelpakete nicht vollständig verbergen. Auf seinem mächtigen Schädel trug er einen breitkrempigen dunklen Hut und in seinem Gesicht kämpften eine scharfe Hakennase und eng stehende, runde Kinderaugen um die Vorherrschaft. Er musste in den Dreißigern sein.

»Bin ich hier richtig?«, fragte er in tiefem Bass.

»Glaub ich nich'«, meinte Ackermann. »Die Muckibude is' im Kellergeschoss.«

Der Hüne schmunzelte fröhlich. »Gestatten, mein Name ist Cox, Peter Cox.«

»Cox ... Cox? Sacht mir nix.«

»Ich soll am Montag hier bei Ihnen anfangen und da dachte ich, es wäre nett, wenn ich mich heute schon einmal kurz vorstelle.«

Ackermann fiel die Kinnlade runter. »Der Computerfachmann!«

»Und Polizist«, ergänzte van Appeldorn. »Nur hereinspaziert. Wir beißen nicht.«

»Oder wen'stens nich' immer. Und nehmen Se sich 'n

Stuhl. Der Mensch muss sich schonen, so gut er kann, sach ich immer. Jupp Ackermann, mein Name. Aus Kranenburg, genauer gesagt aus Scheffenthum. Wat ja wahrhaftig 'n Unterschied is' ...«

21

Marion wurde langsam ungeduldig – schon gleich fünf.

Anna hatte sich, nachdem Norbert gegangen war, in ihrem Zimmer verkrochen und tat keinen Mucks, nicht einmal ihre über alles geliebte Musik lief. Björn saß seit einer Weile stocksteif vor dem Fernseher. Neben ihm hockte Nora und himmelte ihn an, das kleine Luder.

»Ich will jetzt endlich los, Nora. Ich muss heute Abend noch vier Kartons Ware auszeichnen.«

»Aber Papa ist doch noch nicht hier.« Sie machte ein wichtiges Gesicht. »Und dann müssen wir auf Björn aufpassen, hat er gesagt.« Noch so ein himmelblauer Blick.

Björn wusste nicht, wohin er schauen sollte. Er zog die Schulterblätter noch mehr zusammen.

»Ja, ja«, murmelte Marion und trommelte mit den Fingernägeln am Türrahmen. »Kann der nicht einmal in seinem Leben pünktlich sein?« Wieder sah sie auf die Uhr, dann gab sie sich einen Ruck, ging zu Annas Zimmer und klopfte.

»Was ist?«, fauchte es von drinnen. »Ich will alleine sein!«

Marion öffnete entschieden die Tür. »Entschuldige mal!«

Anna lag auf dem Rücken auf ihrem Bett und schaute an die Decke.

»Was ist los mit dir?«, fragte Marion beunruhigt.

Fast widerwillig wandte das Mädchen ihr das Gesicht zu. »Ich bin sauer! Nora, der Bastard, hat schon wieder in meinen Schubladen rumgeschummelt.«

»Ach so, ich dachte, es wäre was Ernstes.«

Anna drehte sich wieder weg. Jetzt betrachtete sie die Wand.

»Kannst du mir eventuell einen Gefallen tun, Lieblingstochter? Springt auch eine CD bei raus.«

»Was?«, kam es patzig zurück.

»Ich muss jetzt wirklich mit Nora in die Stadt. Dauert ungefähr eine Stunde. Könntest du wohl solange hier bleiben und dich um diesen Jungen kümmern? Ich meine, vielleicht spinnt dein Vater ja auch, aber das passt eigentlich nicht zu ihm.«

»Warum macht der das?« Anna klang verzweifelt. »So was hat der noch nie gemacht. Für keinen.«

Das Telefon schellte. Marion fluchte und lief in den Flur.

»Van Appeldorn!«, meldete sie sich ungehalten.

»Hallo! Ist Fanny da?«

»Fanny? Hier gibt es keine Fanny!«

Jemand kicherte. »Ach, bin ich blöd! Hier ist Carmen. Kann ich Anna sprechen?«

Marion legte die Hand über die Muschel und brüllte: »Anna! Deine Busenfreundin!«

Es dauerte ungewöhnlich lange, aber dann bequemte ihre Tochter sich doch noch.

»Was schlurfst du denn so? Soll ich dir einen Rollstuhl bringen?« Marion presste die Hand fester auf die Muschel. »Aber du bleibst jetzt zu Hause, oder?«, flüsterte sie. »Ich kann doch jetzt gehen?«

»Ja doch! Zischt schon ab«, flüsterte Anna zurück und nahm dann den Hörer. »Hallo, Alte! Was los?«

»Killer will uns sehen«, haspelte Carmen. »Ist dringend, ganz dringend, hat er gesagt. In zehn Minuten an der Bank im Park, wo wir voriges Mal waren.«

»Ich kann nicht.«

»Du musst!«

»Ich sag doch, ich kann nicht.«

»Du solltest aber besser. Killer ist nicht besonders gut drauf.«

»Ist er bei dir?«

»Er steht draußen vor der Telefonzelle.«

»Ich kann trotzdem nicht, echt. Tschö!«

Die Haustür fiel hinter Marion und Nora ins Schloss.

Anna ballte die Hände zu Fäusten. Ihr war schwindelig. Langsam ging sie ins Wohnzimmer. Björn zuckte zusammen, als er sie bemerkte. »Ach, du bist das!«

»Bloß ich. Du hast echt die Hosen voll, wa? Was guckst du denn da für 'n Scheiß?«

»Weiß nicht.«

»Dann mach doch aus.« Anna drückte auf die Fernbedienung, es flimmerte auf dem Bildschirm, dann wurde er schwarz.

Sie setzte sich ein Stück von Björn entfernt aufs Sofa. »Und du glaubst den Quatsch mit der Schwarzen Polizei echt?«

»Mann, wenn ich's doch sage! Hältst du mich für dämlich, oder was?«

»Jetzt blas dich nicht so auf, ej. Und wie kommst du drauf, dass die dich killen wollen?«

»Boah, ej, die waren doch mit der Knarre hinter mir her! Wenn wir uns nicht im Maisfeld in den Dreck geschmissen hätten ... Wir hatten bloß Schwein.« Auf einmal kippte seine Stimme. »Die haben ja auch Andy alle gemacht.«

»Das stimmt doch nicht!«, schrie Anna.

Es klingelte Sturm.

»Scheiße!« Anna wischte sich über die Augen.

»Mach nicht auf, bitte!« Björn war verwirrt und voller Panik.

»Schwätz nicht! Das ist bloß wieder meine dämliche Schwester, die irgendwas vergessen hat. Die klingelt immer wie eine Geisteskranke.« Sie stand auf und ging zur Tür.

Björn hetzte hinter ihr her. »Lass mich nicht alleine, Anna. Bleib hier! Mach nicht auf!«

Es war Carmen. »Fanny, wo bleibst du denn? Boah, Alte, ej, Killer ist stinksauer! Kommst du jetzt endlich?« Dann wich ihr plötzlich alles Blut aus dem Gesicht. Direkt hinter Anna war Björn Giltjes aufgetaucht.

»Das ist doch nicht wahr!« Zarah hatte ihre Sprache wieder gefunden. »Du? Ihr? Ihr versteckt den die ganze Zeit!«

Björn schnappte erschrocken nach Luft und stöhnte auf. Zarahs Augen! Die schwarzen Balken drum herum. »Nein!«, schrie er und sein Blick flog zwischen den beiden Mädchen hin und her. »Nein!« Er fuhr herum, riss dabei den Telefonapparat von der Konsole neben der Garderobe, stürzte ins Badezimmer, knallte die Tür und schloss sich ein.

»Du Verräterin!«, kreischte Zarah. »Du Scheißverräterin!« Und sie spuckte Anna mitten ins Gesicht. »Dafür wirst du büßen!« Sie heulte. »Du!«

Anna wischte sich die Spucke ab, rannte zum Bad, hämmerte gegen die Tür, rannte zurück. »Carmen, hör doch. Bitte! Giltjes weiß überhaupt nichts. Er hat nichts gesehen, echt nicht. Vor dem müsst ihr keine Angst haben. Hee, Alte«, schluchzte sie, »tu mal normal, ej. Komm rein.«

»Schnauze, du Drecksau! Ich glaube dir nichts mehr! Nie mehr glaub ich dir was! Und Killer erst recht nicht.« Sie spuckte noch einmal und dann lief sie los, die Straße hinauf.

Anna schlug die Tür zu, biss die zitternden Kiefer fest aufeinander und fing an, gegen die Badezimmertür zu bollern. »Giltjes! Björn! Komm raus, Björn!«

Kein Laut.

»Bitte, Björn, komm da raus, schnell!«

»Hau ab. Du bist eine von denen. Du hast Andy umgebracht.«

»Nein, ich war das nicht. Ich hab ihn nicht angerührt, ehrlich. Björn, bitte komm da raus. Ich tu dir nichts, ich schwör's. Ich hab nichts mehr mit denen zu tun. Bitte, Björn, wir müssen abhauen, sofort. Die sind gleich hier! Killer ist total ... bitte, Björn, du musst mir helfen! Und du musst auch hier weg!«

Ganz kurz war es still, dann sprang die Tür auf. Anna fiel Björn um den Hals und presste ihm fast die Luft ab. »Wir müssen weg hier. Wir müssen uns verstecken, wo die uns nicht finden. Verdammt, wo denn bloß? Scheiße, wo denn bloß?« Sie ließ von ihm ab, lehnte sich gegen die Wand, den Kopf in den Nacken gelegt und versuchte zu denken.

»Wim und Daniel«, sagte Björn leise, »und Jocelyne.«

»Was?«

»Da, wo ich war. Die helfen uns, die passen auf.«

Anna stieß sich von der Wand ab. »Lowenstijn? Der wohnt in Elten, Mann! Wie sollen wir da hinkommen?«

Sie bückte sich, hob das Telefon auf und fing an, im Schuhschrank nach ihren Turnschuhen zu wühlen – auf den Plateaus konnte sie nicht rennen. »Scheiße, Scheiße, Scheiße! Mach, zieh dich an! Wir müssen erst mal raus hier.«

»Habt ihr ein Auto?«

Anna hörte auf zu wühlen und sah zu Björn hoch. »Was nützt das? Ich kann nicht fahren.«

»Aber ich.«

»Du?«

»Klar, haben Andy und ich dauernd gemacht. Der konnte die astrein knacken, hatte aber immer Schiss zu fahren. Ich bin schon mit tausend Karren rumgegurkt.«

Am Brettchen hingen Marions Autoschlüssel. »Wo wohnt Lowenstijn genau?«

»Keine Ahnung.«

»Scheiße! Das Telefonbuch, mach! E... E... Emmerich. Mist! L... Lowenstijn! Da!«

Sie rannten blindlings nach draußen, Anna riss das Garagentor auf, sie sprangen in den Wagen.

Der Blaue Himmel, die Sackgasse, in der van Appeldorns wohnten, lag direkt unterhalb der Schwanenburg und schmiegte sich eng an den Berg. Schon ein geübter Autofahrer brauchte sein ganzes Fingerspitzengefühl, um den engen Bogen aus der Garage hinaus auf die Fahrbahn zu schaffen. Björn schaffte ihn nicht, er krachte mit dem linken vorderen Kotflügel gegen die Stützmauer zum Burgberg.

Anna sprang aus dem Auto, warf einen kurzen Blick auf den Schaden, dann knallte sie das Garagentor zu und fiel wieder auf den Sitz. »Setz zurück, Mann, und dann rum! Los! Fahr! Fahr endlich!«

Sie rollten durch das schmale Tor am Ende der Gasse und schossen dann quer über die Straße den Berg hinauf zur Kirche.

Im letzten Augenblick entdeckte sie ihn: Killers Wagen am Ende vom Parkplatz!

Zarah auf der Rückbank, Bobo; für eine Sekunde sah sie Killers Augen. Sie konnte sich nicht rühren.

»Ich renn schon mal vor, Mama!« Nora nahm die letzten Stufen zum Blauen Himmel hinauf mit zwei langen Sätzen. Marion tat sich mit der sperrigen Plastiktasche und mehreren kleineren Beuteln in den Händen etwas schwerer. Sie war kurzatmig, als sie oben ankam, und nahm sich zum hundertsten Mal vor, endlich regelmäßig Sport zu treiben, und wenn es nur Schwimmen war.

Nora übte sich im Dauerklingeln und trippelte dabei von einem Fuß auf den anderen. »Ich muss aufs Klo, Mensch. Warum macht die blöde Kuh nicht auf?«

Marion stellte ihre Tüten ab, strich sich eine verschwitzte Haarsträhne aus der Stirn und holte den Hausschlüssel aus der Tasche. »Die haben bestimmt die Musik voll aufgedreht.« Aber in der Wohnung war es still.

»Was ist denn hier los?« Der Schrank unter der Garderobe stand offen, davor, wild durcheinander, alle möglichen Schuhe. »Anna? Björn?«

Keine Antwort. Marion spürte auf einmal ihren Magen.

»Mama?« Nora schaute sie ängstlich an.

»Geh aufs Klo. Ich guck schon nach.«

Sie lief in jedes Zimmer, sogar hinaus auf die Dachterrasse, obwohl die Glastür geschlossen war. Mit weichen Knien ging sie zum Telefon, wählte. »Norbert? Anna und Björn sind weg!« ... »Ich war mit Nora in der Stadt, nur kurz. Anna hatte versprochen, bei ihm zu bleiben« ... »Ja, ich weiß« ... »Norbert, ich habe Angst« ... »Nein, ich warte hier« ... »Bitte, mach schnell.«

»Mama?«

»Papa kommt sofort.«

22

»Wo sind die jetzt?« Björn wischte sich zuerst die eine, dann die andere schweißnasse Handfläche an seinen Jeans ab und umfasste das Lenkrad noch fester. Seine Beine zitterten so sehr, dass er Mühe hatte beim Kuppeln und Gasgeben.

Anna drehte sich nach hinten. »Es sind immer noch vier Autos dazwischen.«

Björn fluchte. »Ich könnte sie abhängen, wenn wir von dieser Scheißstraße runterkämen.«

»Nein, nicht! Wir verfahren uns bloß. Und die dürfen uns nicht alleine erwischen. Wir müssen über die verdammte Rheinbrücke.«

Sie steckten mitten im Feierabendverkehr auf der Emmericher Straße und wegen der langen Baustelle auf der rechten Seite krochen sie mit fünfzig dahin und hatten keine Chance zu überholen. Aber wahrscheinlich hätte Björn das sowieso nicht gewagt.

Killer hatte keine Skrupel. Der Wagen, der ihnen jetzt entgegenkam, betätigte wild die Lichthupe und hinter ihnen quietschten Bremsen. Anna drehte sich wieder um. »Nur noch zwei Autos!«

»Endlich, Norbert! Das hat ja ewig gedauert.« Marion stand vor dem Haus auf der Straße.

»Das waren nicht mal zehn Minuten.« Van Appeldorn nahm ihr die hastig gerauchte Zigarette mit der zentimeterlangen Glut aus den Fingern und warf sie in den Rinnstein. »Komm, mach kein Theater«, sagte er leise.

»Theater?« Er hatte Ackermann mitgebracht und noch einen Mann, den Marion nicht kannte, aber das war ihr egal. »Hast du sie nicht mehr alle? Du erzählst mir die ganze Zeit was von irgendwelchen durchgeknallten Leuten und Lebensgefahr, du schleppst mir dieses Balg ins Haus und jetzt ist mein Kind verschwunden.«

Van Appeldorn biss sich auf die Lippen und schob sie sehr bestimmt in die Wohnung. »Jetzt erzähl doch erst einmal, was überhaupt passiert ist.«

»Da gibt's nichts zu erzählen. Sie sind weg, alle beide. Dabei hatte Anna mir versprochen ...« Sie stockte. Hinter Ackermann war jetzt auch der Fremde hereingekommen.

»Das ist Peter Cox«, sagte van Appeldorn ruhig, »ein neuer Kollege. Er weiß Bescheid.«

Der Mann nickte ihr zu und lächelte.

»Hat die Anna dir vielleicht 'n Zettel hingelegt?«, fragte Ackermann.

»Nein.« Marion guckte sie der Reihe nach unsicher an. »Ich glaube nicht.«

Aus Annas Zimmer dröhnte urplötzlich laute Musik.

»Nora! Mach das sofort aus, zum Teufel!«

Es wurde wieder still.

»Möglicherweise ist ja alles ganz harmlos«, begann van Appeldorn. »Vielleicht hatten die zwei einfach keine Lust mehr, hier rumzusitzen, und sind in die Stadt. Du kennst doch Anna.«

Marion schüttelte den Kopf. »Der Junge hatte wahnsinnige Angst. Der hat die ganze Zeit wie festgenagelt auf dem Sofa gesessen, der wäre nicht einmal am Fenster vorbeigegangen.«

»Warum fliegen eigentlich die ganzen Schuhe hier rum?«

»Ich weiß es nicht. Wenn deine Mörder mein Kind haben! Mein Gott, tu doch endlich was!«

»Jetz' mach dich doch nich' verrückt, Marion.« Ackermann nahm sie fest in den Arm. »Lass uns ma' in aller Ruhe überlegen.«

Marion sah ihm ins Gesicht. »Carmen hat angerufen. Gerade als wir gingen.«

»Mama, guck mal!«

Nora stolzierte in den Flur: schwarzer, übergroßer Overall, schwarze Turnschuhe, schwarze, wollene Motorradmütze. »Geil, oder?«

»Wo hast du das schon wieder her?«, schimpfte Marion müde.

»War in Annas Rucksack unter ihrem Bett.« Nora wackelte albern mit dem Po.

»Wie oft habe ich dir gesagt, du sollst nicht an Annas Sachen gehen?« Dann verstummte Marion.

Ackermann schloss für einen langen Moment die Augen, dann sah er unglücklich in van Appeldorns gequältes Gesicht.

Peter Cox nahm den Hut ab.

»Wir schaffen es nicht, Björn. Er ist direkt hinter uns.« Anna liefen die Tränen übers Gesicht, sie klammerte sich mit beiden Händen am Sitz fest.

Hüthum, ein Straßendorf. Björn schoss mit achtzig durch die Hauptstraße.

»Pass auf!«

Die Bahnschranke vor ihnen kam bimmelnd herunter. Millimeter – Björn fegte unter ihr hindurch.

Anna fasste es nicht. »Du hast es geschafft! Du hast ihn abgehängt! Er steht hinter der Schranke. Fahr! Fahr doch! Wir schaffen es!«

»Bastard!« Killer schlug mit der Faust auf das Lenkrad. »Verfickter Bastard!«

»Du kriegst ihn noch«, sagte Bobo. »Die beiden Loser haben doch keine Chance gegen dich, Killer.«

Zarah rutschte auf der Rückbank hin und her. »Es gibt eine Umleitung. Da ist eine Unterführung.«

Killer drehte sich um. Sein Gesicht war starr. »Was laberst du, Schlampe? Spuck's aus!«

»Ein Stück zurück, dann rechts ab. Da ist so ein Tunnel drunter durch.«

Killer legte den Rückwärtsgang ein. »Wehe, du laberst Scheiße.«

Zarah merkte, dass sie ganz furchtbar aufs Klo musste. Sie fasste nach Bobos Arm, der schob ihre Hand weg, wandte sich dann aber doch um.

»Alles klar?«

Killer setzte ein Stück zurück und wendete. Er verfehlte den Fußgänger nur knapp.

Van Appeldorns Gesicht war grau. Er schaute Ackermann an. »Sie gehört dazu, sie ist bei der Schwarzen Polizei. Und ich Idiot, ich habe denen Giltjes quasi auf dem Tablett geliefert.«

»Norbert ...«, Ackermann konnte es kaum aushalten.

»Doch, doch. Ist doch alles glasklar jetzt. Warum nie was passiert ist, wenn du auf den Scheunenfesten warst. Meine Tochter war ja auch immer da, nicht wahr? Natürlich kannte sie dich, natürlich kannte sie mein Auto. Sie konnte ihre Truppe immer rechtzeitig warnen. Das darf doch alles nicht wahr sein!«

Marion verknotete ihre Finger. »Die haben sie dazu gezwungen. So muss es sein. Weil ihr Vater Polizist ist. Die haben sie erpresst, Norbert.«

»Ach ja?« Jetzt schrie er. »Und warum ist sie dann nicht zu mir gekommen?«

»Zu dir?«, schrie sie zurück. »Ausgerechnet! Ach, hör doch auf. Du spinnst doch. Das kann alles gar nicht sein. Anna würde doch nie ...«

»Doch, sie würde«, sagte van Appeldorn langsam. »Ich glaube, sie würde.«

Peter Cox knetete seine Hutkrempe. Auch Ackermann war still.

»Sie hat Giltjes an die Schwarze Polizei ausgeliefert«, murmelte van Appeldorn mit steifen Lippen. »Sie musste nur auf den passenden Moment warten.«

»Un' wenn de mich totschlägst, Norbert, dat glaub ich nie im Leben«, rief Ackermann.

»Was denn sonst?«, fuhr van Appeldorn ihn an. »Was glaubst du denn?«

»Ich weiß et nich', is' auch piepegal. Wat ich weiß, is', dat wir die zwei finden müssen, un' zwar dalli.«

Peter Cox räusperte sich. »Vielleicht sollten wir uns hier ein wenig genauer umsehen. Die ganzen Schuhe, das muss doch etwas zu bedeuten haben. Das Telefonbuch da vorn. Und du, Nora«, tippte er das völlig verstörte Mädchen vor ihm an. »Du heißt doch Nora? Du gehst jetzt am besten und ziehst diese hässlichen Kleider wieder aus.«

Ackermann lief zur Konsole und schaute in das aufgeschlagene Telefonbuch. »Hat einer von euch dat hier liegen lassen?«

»Nein.« Marion war hinter ihn getreten. »Als ich ging, lag das in der Schublade, wie immer.«

»Emmerich«, sagte Ackermann. »Unter L und M, Emmerich, Elten.« Er drehte sich zu van Appeldorn um. »Lowenstijn!«

Van Appeldorn rieb sich die Schläfen. Er war immer noch aschfahl. »Das macht keinen Sinn, Jupp.«

»Und wenn doch? Und wenn doch? Nehm doch ma' an, Björn hat rausgekricht, dat die Anna bei diese Scheißschwapo is'. Un' da is' er abgehauen. Dahin, wo er sicher war.«

»Und Anna ist ihm nach, oder wie?«

»Entschuldigung«, meinte Cox vorsichtig, »aber ich kann mir nicht vorstellen, dass der Junge sich in einer solchen Situation noch die Zeit genommen hätte, im Telefonbuch nachzuschlagen.«

»Wieso überhaupt Telefonbuch? Ruf Lowenstijn an, Norbert«, drängte Marion. »Björn muss mit ihm telefoniert haben. Oder Anna. Mein Autoschlüssel!« Sie starrte auf das Schlüsselbrett über der Konsole. »Norbert, mein Autoschlüssel ist nicht mehr da.« Gleichzeitig hastete sie schon zur Haustür und lief hinaus. Man hörte das Garagentor scheppern, dann war sie wieder in der Tür. »Mein Auto ist weg!«

Die drei Männer sahen sich an. Ackermann griff langsam zum Telefon und wählte Lowenstijns Nummer.

»Anna kann nicht Auto fahren«, weinte Marion und packte van Appeldorns Arm.

Der verzog bitter den Mund. »Aber Giltjes kann. Der hat schon zig Autos geknackt.« Er lauschte; Ackermann haspelte irgendetwas ins Telefon. »Kacke! Bleib dran, Wim.« Die Brille war ihm bis auf die Nasenspitze gerutscht. »Nix, Norbert. Bei Wim hat keiner angerufen. Wat machen wer jetz'?«

Van Appeldorn straffte sich. »Wir fahren nach Elten. Das ist die einzige Spur, die wir haben. Oder sieht das einer anders?« Keiner antwortete ihm. »Sag Wim, er soll zu Hause bleiben und die Augen offen halten. Und du«, er strich Marion kurz über den Kopf, »wartest hier. Wir bleiben in Verbindung.«

Er schaltete das Funktelefon ein und ging hinaus.

»Möglichkeit A«, begann er. »Anna hat, sobald die Luft rein war, ihre Komplizen angerufen, und die sind gekommen und haben Giltjes abgeholt.« Seine Stimme war jetzt wieder so kühl wie immer. »Frage 1: Warum ist Anna dann auch weg? Frage 2: Warum ist dann das Telefonbuch bei Lowenstijns Nummer aufgeschlagen? Möglichkeit B: Die Schwarze Polizei hat mein Haus beobachtet und zugeschlagen, als alle, bis auf Anna und Giltjes, weg waren. Frage 1: Wieso haben die Marions Auto genommen? Frage 2: Warum ist das Telefonbuch bei Lowenstijns Nummer aufgeschlagen?«

»Möglichkeit C«, Ackermann klang wütend. »Anna is' zur Vernunft gekommen un' hat selbs' Schiss. Un' deshalb is' dat Telefonbuch bei Lowenstijns Nummer aufgeschlagen. Un' dann is' Anna genauso in Gefahr wie Giltjes.«

»Das ist doch bescheuert«, knurrte van Appeldorn, setzte sich ins Auto und drehte den Zündschlüssel. »In dem Fall hätte sie doch nur zu Hause bleiben und mich anrufen müssen. Das wäre am sichersten gewesen.«

Darauf antwortete Ackermann nicht. Er wandte sich stattdessen an Peter Cox: »Bist du dabei, Pit.«

Der nickte und stieg ein.

Björn trat das Gaspedal durch.

»Kannst du ihn sehen? Ist er hinter uns?«

»Ich weiß nicht.« Anna kniete jetzt auf dem Sitz und blickte durch die Heckscheibe. »Da sind ein paar Autos weiter hinten, aber ich kann nichts erkennen.« Sie setzte sich richtig hin und legte den Gurt wieder an. »Unter der Bahnlinie durch und dann kann man gleich rechts den Berg hoch, glaub ich. Großer Gott, brems ab!«

Björn hörte auf zu atmen. Die Linkskurve zog sich immer enger zu. Er bremste, schlingerte, lenkte, bremste und dann hielt er den Wagen nicht mehr. Sie schleuderten, drehten sich zweimal und krachten mit dem Heck in die Mauer der Bahnunterführung. Für einen Augenblick war es totenstill.

Dann hörte man Autogeräusche, Bremsen kreischten.

»Raus hier! Den Berg hoch in den Wald«, schrie Anna.

Björn hatte die Augen geschlossen. Er bewegte sich nicht.

»Björn? Was ist denn? Bist du okay?«

»Ich glaub wohl«, kam es tonlos zurück.

Anna sprang aus dem Wagen, Björn kriegte seine Tür nicht auf. Ohne lange zu überlegen, krabbelte er über den Beifahrersitz nach draußen. Autos hatten hinter ihnen am Straßenrand gehalten, Leute kamen gelaufen.

Ganz hinten rollte Killers Wagen heran.

Blindlings stürmten sie los, kämpften sich durch ein Dickicht und waren im Wald. Es ging steil bergan.

23

Van Appeldorn, Cox und Ackermann erreichten die Unfallstelle nur wenige Minuten später.

Ackermann stöhnte laut auf, als er Marions Wagen erkannte, van Appeldorn fuhr mit versteinertem Gesicht an der Autoschlange vorbei bis vorn zu den Leuten, die da standen und in den Wald hochstarrten.

Ackermann war herausgesprungen, bevor sie zum Stehen kamen. Er schob die Leute beiseite und schaute in das zerbeulte Auto. »Die sind nich' da!«, brüllte er über die Schulter zurück. Dann packte er den nächststehenden Mann beim Ärmel. »Wat geht hier ab?«

Der Mann schaute ihn erschrocken an.

»Polizei«, schnauzte Ackermann. »Wat is' passiert, verdammt?«

»Ich habe alles gesehen.« Eine jüngere Frau kam heran und dann redeten auf einmal alle wild durcheinander:

»In die Brücke gekracht.«

»Zwei Jugendliche.«
»Das eine war ein Kind.«
»Abgehauen in den Wald, da hoch.«
»Die haben das Auto bestimmt geklaut.«
»Und dann sind drei andere ...«
»... aus dem Wagen da vorne ...«
»... hinter denen her.«
»Auch in den Wald hoch.«
»Der Große hatte ein Schießeisen.«
»Eine Pistole.«
»Und einer von denen ist ein Mädchen.«
»Rote Jacke ...«
»Da! Jetzt kann man sie wieder sehen.«

Tatsächlich sah man, ungefähr auf der Hälfte des Hanges kurz etwas Rotes aufblitzen. Van Appeldorn tastete nach dem Schulterhalfter unter seiner Jacke und wollte los.

»Stopp!« Ackermann hielt ihn fest. »Geb mir dat Telefon. Ich sag Lowenstijn Bescheid. Vielleicht können die von oben kommen. Renn! Ich hol dich schon ein.«

Peter Cox drückte irgendwem seinen Hut und den hinderlichen langen Mantel in die Hand und heftete sich an van Appeldorns Fersen.

»Wir müssen uns verstecken«, japste Björn.

»Halt die Klappe! Lauf einfach. Wir müssen aus dem Wald raus, wo Leute sind.« Anna stolperte weiter. Der Waldboden war tief durch den vielen Regen in den letzten Wochen. Dicke Lehmklumpen klebten an ihren Schuhen und machten die Flucht immer beschwerlicher.

»Ich kann nicht mehr!« Björn ließ sich einfach auf die Erde fallen und hechelte.

Anna kniete sich neben ihn. »Steh auf«, flehte sie. »Bitte!«

Und dann hörten sie Killer einen wüsten Schrei ausstoßen – triumphierend – viel näher, als sie gedacht hatten.

Björn kam auf die Füße. Sie rannten wieder. »Da rüber, da sind mehr Sträucher.« Zweige schlugen ihnen ins Gesicht.

Van Appeldorn lief schnell, aber Peter Cox war nach kurzer Zeit gute dreißig Meter vor ihm. Jetzt sah er sie: das Mädchen mit der roten Jacke, zwei junge Männer.

»Stehen bleiben! Polizei!«, rief Cox, aber keiner von denen reagierte. Er hetzte weiter. Van Appeldorn hatte wieder aufgeschlossen, da kam auch Ackermann.

Anna stolperte über eine Wurzel, fing sich ab und dann wurde sie gepackt und heftig zur Seite gezogen. Eine Hand legte sich über ihren Mund und dämpfte ihren Aufschrei. Sie wehrte sich, trat, schlug.

»Ganz ruhig, Mädchen«, raunte der Mann und zog sie herum.

Lowenstijn! Er presste sie gegen den dicken Baum und sah ihr beschwörend in die Augen. Sie nickte, schnappte leise nach Luft. Ein paar Meter rechts sah sie Daniel Baldwin, der Giltjes mit sich ins hohe Farnkraut zog.

»Stehen bleiben!«, rief Peter Cox wieder.

Der Mittlere hielt im Laufen inne. Er drehte sich um und schoss, einmal, zweimal, dreimal. Holz splitterte. Cox und Ackermann warfen sich zur Seite, suchten Dekkung.

Wieder ein Schuss, ein Aufbrüllen. Ackermann lugte hinter seinem Busch hervor.

Der Junge mit der Pistole war zu Boden gegangen, wälzte sich hin und her.

Van Appeldorn stand zwischen zwei Bäumen und hatte seine Waffe noch immer im Anschlag.

Ackermann war schwindelig vor Erleichterung. Er sprang auf, wurde aber sofort wieder zu Boden gerissen. Seine Brille flog in hohem Bogen durch die Luft. Das Mädchen mit der roten Jacke biss ihm in die Hand, kratzte mit ihren scharfen Fingernägeln durch sein Gesicht. Er bekam sie zu packen, rüttelte sie und verpasste ihr Ohrfeigen, drei, vier. Sie fiel auf den Hintern und blieb wie erstarrt sitzen.

Bobo hatte sich an Cox festgeklammert und versuchte, ihn zu Fall zu bringen. Der schüttelte sich nur und streckte den Jungen mit einem einzigen Faustschlag zu Boden.

Ackermann fand seine Brille wieder. Er war giftig. »Wat meins' du, wat dat Teil kostet, du dämliches Gör!«

Nur wenige Meter weiter oben trat Lowenstijn hinter einer dicken Eiche hervor. Er grinste und nickte Cox wohlwollend zu. »Saubere Arbeit, mein Bester. Haben Sie mal geboxt?«

»Nein, nur als Rausschmeißer gearbeitet.«

Baldwin war bei Killer stehen geblieben. »Saubere Arbeit auch. Schuss in das Bein.«

Anna und Björn kamen nicht näher.

»Wo ist eigentlich Norbert?«, fragte Ackermann.

»Dort«, antwortete Peter Cox leise.

Van Appeldorn stand gegen einen Baum gelehnt und weinte.

Wir bedanken uns bei Andrej, Valentina, Katharina und Gerti für ihre Hilfe und Inspiration.

Wir danken Andreas für seine Zeit und seinen Mut. Sein nicht nur sprachliches Einfühlungsvermögen hatte großen Anteil an der Entstehung dieses Buches.

Krimis aus den Niederlanden

***Henk Apotheker:* Ayse ist weg**
Deutsche Erstausgabe ISBN 3-89425-511-0
Arnheim: Im ›Türkenviertel‹ verschwindet ein 4-jähriges Mädchen.
»Apothekers Schreibkunst, die auch eine Heilkunst ist, hat einen lebenswarmen Kern: Es ist das Mitgefühl mit ihren Figuren.« (Die Zeit)
»Henk Apotheker konfrontiert den Leser in seinem Krimi nicht nur mit erschreckenden Geschehnissen, vielmehr erzählt er auch die Geschichte ›seines‹ Arnheims. Darüber hinaus zeichnet er mit ironischer Feder ein zeitgenössisches Sittengemälde seiner Landsleute. Kurz gesagt, ein Krimi, der spannend und deshalb lesenswert ist.« (NRZ)

***Felix Thijssen:* Cleopatra**
Deutsche Erstausgabe ISBN 3-89425-504-8
Privatdetektiv Max Winter wird in ein Geflecht aus Korruption, Erpressung, Ehebruch und Rache hineingezogen.
»Ein routiniert geschriebener Krimi mit dichter Atmosphäre und gut gezeichneten Charakteren, der bis zur letzten Seite fesselt.« (ekz-Informationsdienst)
»Hier werden europäische Elemente in einem äußerst spannenden und guten Krimi verknüpft. Die Empfehlung des Quartals!« (Briefmarken-Hammer)

***Felix Thijssen:* Isabelle**
Deutsche Erstausgabe ISBN 3-89425-513-7
Was als romantische Liebesnacht begann, endet als Tragödie: Der Liebhaber der jungen Isabelle wird vor ihren Augen erschossen, sie selbst schwer verletzt. Als die Ermittlungen der Polizei ins Stocken geraten, bittet die Witwe des Toten Max Winter um Hilfe. Eine Erbschaft, ein Waisenhaus und eine Adoption bringen den Privatdetektiv und seine Freundin CyberNel auf eine Spur, die nach Frankreich führt.

***Jac. Toes:* Auf der Strecke geblieben**
Deutsche Erstausgabe ISBN 3-89425-506-4
Der Anwalt Fred Benter und der Journalist Donald de Wacht kommen einer vertuschten Affäre aus den achtziger Jahren auf die Spur und geraten dabei selbst in Lebensgefahr.
»Subtil die Morde, subtil aber auch die Personen, die letztlich für Aufklärung sorgen.Toes baut dabei Spannung auf, die den Leser fesselt, ihn nicht mehr loslässt.« (Emsdettener Volkszeitung)
»Jac. Toes erzählt mit viel Liebe zum Detail. Sein Krimi ist mit Humor und Ironie gewürzt, auch was die niederländische Heimat des Schriftstellers angeht.« (NRZ)

***Jac. Toes:* Tief gesunken**
Deutsche Erstausgabe ISBN 3-89425-516-1
In der Arnheimer Mafia rollen Köpfe. Eine Abrechnung unter Kriminellen? Oder hat die Polizei ihre Finger im Spiel? Fred Benter, Donald de Wacht und die Polizistin Yvon Matiber kommen einer Verschwörung auf die Spur, die ihren Ursprung in politischen Ambitionen und verletzter Eitelkeit hat.